U0943869

中国戏曲学院研究生文库 总主编：李　威　刘　婧

荟聚新创 胜场留声

中国戏曲学院研究生跨系部联合创作剧目集（2017-2018）

王　扬◎主 编

中国文联出版社

图书在版编目（C I P）数据

荟聚新创　胜场留声：中国戏曲学院研究生跨系部联合创作剧目集：2017-2018 / 王扬主编 . -- 北京：中国文联出版社，2022.1
（中国戏曲学院研究生文库 / 李威，刘婧主编）
ISBN 978-7-5190-4664-4

Ⅰ. ①荟… Ⅱ. ①王… Ⅲ. ①剧本—作品综合集—中国—当代 Ⅳ. ① I230

中国版本图书馆 CIP 数据核字 (2021) 第 217036 号

主　　编　王　扬
责任编辑　曹艺凡
责任校对　马　帅
装帧设计　贾　璞

出版发行　中国文联出版社有限公司
社　　址　北京市朝阳区农展馆南里 10 号　　邮编　100125
电　　话　010-85923025（发行部）　010-85923091（总编室）
经　　销　全国新华书店等
印　　刷　北京虎彩文化传播有限公司

开　　本　710 毫米 x 1000 毫米　1/16
印　　张　21
字　　数　329 千字
版　　次　2022 年 1 月第 1 版第 1 次印刷
定　　价　58.00 元

《荟聚新创　胜场留声：中国戏曲学院研究生跨系部联合创作剧目集（2017–2018）》编委会

序

尹晓东

值此贯彻落实习近平总书记给中国戏曲学院师生重要回信精神一周年之际，由学院科研与研究生工作处组织编辑的一套集国戏研究生创作实践、学术研究以及艺术评论等系列成果的文集结集出版了。这是学院不断探索和完善戏曲高端人才培养机制，展示新时代国戏研究生培养成果的举措，是一件有意义的事。

中国戏曲学院作为培养戏曲高端人才的最高学府，始终坚持为党育人，为国育才的工作导向，遵循戏曲人才培养规律，以为国家培养更多高素质的戏曲艺术人才为使命，不断深化教育教学改革。近几年，学院科研与研究生工作处连续推出了研究生“跨系部联合创作剧目”“观剧评戏”“国戏论坛”等高端人才培养机制，为研究生成长搭建多层次学习、实践和研究平台，不断开创建设高水平特色型戏曲大学的新局面。其中“研究生跨系部联合创作剧目”项目，打造了一批思想性、艺术性、观赏性兼备的优秀剧目，一些剧目还受邀参加国内重要戏剧节展演，并成功将创作成果转化为院团的演出剧目。这一项目的实施，不仅探索出了一条打通专业壁垒的戏曲人才培养之路，还使研究生在创作实践过程中的团队合作能力和艺术实践能力得到了极大增强。“观剧评戏”项目，通过精心筛选包括戏曲、话剧、音乐剧、舞剧等具有一定品质且符合时代精神的剧目，让同学们走进剧院，将所学理论知识与舞台实践紧密结合在一起，观有所得，评有所悟，在观摩、思考和评论中，体悟艺术真谛。“国戏论坛”项目，则是引导研究生更加深入地进行戏曲理论的基础研究和应用研究，提高他们的科研水平，打造具有国戏特色的戏曲学科研究体系。

我院科研与研究生处打造出来的这些品牌项目，是为了更好地把握国戏办学定位和发展目标，必将成为我院研究生教育的阶段性成果和研究生成长的重要记忆。

习近平总书记在给中国戏曲学院师生的重要回信中强调，繁荣发展戏曲艺术关键在人。这套文集的出版，是戏曲事业发展青春力量的集中呈现，也是国戏学子青春力量的集中表达，正是有了一代代青年学子的薪火相传，戏曲事业才有无限生机，才有更为光明的未来。

新时代、新使命、新征程，国戏将牢记习近平总书记的嘱托，坚定文化自信，弘扬优良传统，坚持守正创新，以不断提升研究生教育水平为目标，在着力把学院建成“戏曲人才培养中心、戏曲理论研究中心、戏曲传承与创新中心、中外戏剧交流与合作中心”的奋进中，努力把中国戏曲学院建设成为中国一流、世界知名戏曲艺术大学。

序

冉常建

研究生教育肩负着高层次人才培养和创新创造的重要使命，是国家发展、社会进步的重要基石。在全国研究生教育会议上，明确了以卓越创新引领研究生全面发展的系列要求，习近平总书记对提升研究生创新能力、培育大批德才兼备的高层次人才寄予嘱托与期许。中国戏曲学院从 1950 年建校以来，逐步建立起中专、本科、研究生三级人才教育体系，70 载光阴为全国戏曲院团培育了大批不同层次的戏曲人才，极大地支撑和推动了戏曲事业的生存和发展。中国戏曲学院研究生是未来弘扬戏曲艺术的新生力量，而中国戏曲学院则是戏曲人才培养之道的探究者。

中国戏曲学院秉承“德艺双馨、继往开来”的理念，充分挖掘优秀传统文化内涵。研究生教育在传承发展戏曲文化传统时要坚持“守正创新”的原则，培养新时代下创新型戏曲人才。学习不仅是在书本上的研精究微，更要投身于戏曲之美，领悟躬体力行之后的酣畅淋漓。为此，中国戏曲学院研究生教育从实出发，考量新时代下对于高端戏曲人才的需求，逐步形成了一套以能力培养为主线，知行并进，融“教学、科研、创作、实践”为一体的符合戏曲艺术人才成长规律的培养模式。在此基础上学院创办了研究生系列品牌活动——“国戏论坛”、“中国戏曲学院研究生跨系部联合创作剧目”、“观剧评戏”等。于学，“国戏论坛”在探索中求真知，将艺术原理纳含在艺术表现之中，完成艺术素养培育，打造戏曲学术活动的殿堂；于行，“中国戏曲学院研究生跨系部联合创作剧目”引领研究生艺术实践，舞台之上展现戏曲魅力。新主体、新手法、新形式呈现新视角下的戏曲创作；于研，“观剧评戏”拓展学生艺术视野，赏多元艺术作品所长，品经典历史名家韵味。笔锋所至，思辨得当，焕发评论界新生血液。

中国戏曲学院研究生教育有效促进学生个性化和多样化发展，适应戏曲艺术传承创新的人才多样化需求。培养研究生学术、实践齐头并进，肩负起传承与发展中华优秀传统文化的重要历史使命，在教学相长中探寻艺术真谛，在服务人民中砥砺从艺初心，为建设社会主义文化强国作出新的更大的贡献。

目　录

第一章　亦真亦假亦梦幻　蚀者编梦问“青天”

——实验戏曲《青天》剧目集 …………………… 001

第二章　梦里窥视贪人欲　醒时奈何身似“鸭”

——小剧场京剧《陈显窥梦》剧目集 …………… 075

第三章　甘辞红尘千万年　换得白衣陌上翩

——小剧场昆剧《画狐》剧目集 ………………… 131

第四章　一生寻顾情离乱　珠沉璧碎心如故

——新编大型古装豫剧《鱼玄机》剧目集 ……… 193

第五章　西口情深意绵长　我等风月也等尔归

——二人台实验戏曲《西口情》剧目集 ………… 273

第一章

亦真亦假亦梦幻 蚀者编梦问『青天』

——实验戏曲《青天》剧目集

实验戏曲
青天
QINGTIAN
入选2018年度
内地与港澳文化交流重点项目
2018年
4月11日–12日
晚6:30 晚7:00
中国戏曲学院大剧场
导演：姬晴 吴二川
编剧：李涵宇
中国戏曲学院出品

《青天》海报

第一部分　团队简介

实验戏曲《青天》创作团队主要由中国戏曲学院研究生组成，希望通过学院创新剧目的平台，提高个人创新实践能力，加强各专业的团队协作能力。此创作团队中大部分成员已共同合作过多部剧目，内部沟通交流频繁，培养出了极强的团队默契与深厚友谊。

此次申请的剧目《青天》，是团队成员共同筛选商量后确定，主创团队进行了多次创排会议，来讨论剧目的呈现方案，最终决定以实验戏曲的形式来呈现，把戏曲的传统程式表演与先锋戏剧理念相结合，既反映现实意义，也要保留戏曲的写意特质。

实验戏曲《青天》剧组

导　　演：姬　晴　吴二川
编　　剧：李涵宇
制　　作：姬　晴　胡奕博
舞美设计：刘　靖
灯光设计：杨　帆
灯光设计助理：张锦萌　王淑臻
服装设计：吴　瑶
造型设计：姜力晖
木偶制作：武　兴　王光锋　温万峰
音乐作曲：刘奇凯
音乐编曲：王　岩　丁　一
舞蹈编排：司高伟
戏曲形体设计：赵永明

威亚设计：陈　玮　王安胜　李超群　刘亚同
威亚技术支持：戏说（北京）文化传媒有限公司北京飞影盛世文化交流有限公司
音响控制：赫文瑞　柴　堃　胡晓雪
打击乐队：司鼓：陈　圣
大锣：王逸贤
铙钹：翟亚龙
小锣：肖永强
字　　幕：谢佩菲
录像摄影：李汉豪　苏徐进　孙子桀
宣传推广：胡震昊　张雯燕　陈　涛
主　　演：（按出场顺序排列）
王乔乔　饰　蚀梦者甲
刘　畅　饰　蚀梦者乙
李学熹　饰　包拯
段路阳　饰　蝼鼠 / 无名氏
武　兴　饰　杨大人（木偶主演）
朱云成　饰　杨大人（木偶操作）/ 无名氏
赵永明　饰　杨大人（木偶操作）/ 无名氏
赵传丹　饰　杨大人（木偶操作）/ 无名氏
程秀丽　饰　梦瑶 / 无名氏
赵二辉　饰　梦瑶爹（木偶操作）/ 无名氏
孙子豪　饰　县令、包勉 / 无名氏
杨可为　饰　王公子 / 无名氏
吴秋霞　饰　老妇 / 无名氏
侯明涛　饰　包勉（包拯侄子）的母亲 / 无名氏
特别鸣谢：大碗娱乐山西省孝义市文化馆

第二部分　剧目简介

实验戏曲《青天》

欲望之海，极乐之地，亘古无垠，直情径行，你该如何选择？穿梭于梦中，食梦为生的蚀梦者，以传说中刚正不阿的包拯为赌注，将他引入梦中，窥探其不为人知的内心。钱欲、权欲、爱欲、亲缘，在这个亦真亦假的梦网中，形形色色的人物与包拯产生化学反应。

在包拯梦中，随着蚀梦者的窥探，众多人物纷纷上台，他遇到了衣衫褴褛却拖着沉重行囊财帛不肯撒手的蝼鼠，蝼鼠辗转于乱世与太平盛世之间，借着时空错位大发国难财，他本是人的模样，因为贪欲和血的浸染令他变成面目可憎的鼠类；遇到了猪面人身，只顾中饱私囊而不顾百姓死活的贪官——杨大人，以及不惜代价只愿自己也变成掌权者的溜须拍马之辈；遇到了求而不得的爱情，以及被自己亲口下令斩杀的侄子包勉。

在梦境之中展现出一个多面的、人性化的包拯，他也有无奈与挣扎，但最终选择了正义与荆棘丛生的艰难道路。说到底，他也有自己的欲望，就是扫除贪官污吏吸人膏血之辈，还朝廷一个清净庙堂。包拯并非黑面，也不是冷血无情之徒，只是一个凡人披上了嶙峋的外壳。最后，包拯重新躺倒进入梦乡，蚀梦者也餍足而去。

创作构思：

梦是人类现实世界的另一展现，是人内心的潜藏之地。在《青天》当中，笔者将传统戏剧代表人物包拯置于梦中，探索一个被历朝历代塑造成铁面无私的完美人物的内心世界，探讨人性“七宗罪”中永恒不变的话题——欲望与贪婪。

一个丰满的人格不应该只是单面的特写，还应该有凡人都有的纠结、挣扎与迷茫，铁面无私的人也应该有自己的软肋。而这个梦既是现实的对应，又充满幻想的荒诞，亦真亦假，梦境当中没有地域的边界，也没有时间的流逝与线性规则，人性的欲望与渴求、掩藏的秘密都在这里放大。同样的贪婪不只是在这出戏中，不只是在彼时彼刻，这个话题在今天依旧具有现实意义，意蕴深远。

第三部分　编剧阐述及剧本

实验戏曲《青天》编剧阐述

李涵宇

两个靠食梦生存的蚀梦者，游走于世人的梦境之间，以梦为载体，以贪欲为食。在梦中，一切白日里的假面都无所遁形，一切欲望都得到释放。因为一时兴起，他们将传说中铁面无私的包拯拉入梦境之中，窥探包拯的内心与真实情感，看看他到底是不是刚正不阿的黑面清官。

在包拯梦中，随着蚀梦者的窥探，众多人物纷纷上台，他遇到了拖着沉重行囊财帛辗转于乱世与太平盛世之间，借着时空错位大发国难财的蝼鼠；遇到了乱世之中愚昧而无助向贪官进贡的百姓，他们宁可倾家荡产，也要去求一个缥缈的希望；遇到了猪面人身，只顾中饱私囊而不顾百姓死活的贪官；遇到了自己亲口下令斩杀的侄子包勉……最后，包拯重新躺倒进入梦乡，蚀梦者也餍足而去。

一个丰满的人格不应该只是单面的特写，还应该有凡人都有的纠结、挣扎与迷茫，铁面无私的人也应该有自己的软肋。而这个梦既是现实的对应，又充满幻想的荒诞，亦真亦假，梦境当中没有地域的边界，也没有时间的流逝与线性规则，人性的欲望与渴求、掩藏的秘密都在这里放大。同样的贪婪不只是在这出戏中，不只是在彼时彼刻，这个话题在今天依旧具有现实意义，意蕴深远。

写一个这样的题材和风格的作品，对我来说是一个不小的挑战，敢于尝试，接受批评，我会虚心聆听所有人的声音。这是一个注定会有很大争议的作品，我和各位主创修改了一次又一次，竭尽全力希望能展现出来它最好的样子。

《青天》剧本

编剧：李涵宇

人物表

包　拯——中性服装，没有时代特征

蚀梦者——飘逸黑衣，头戴象征各色欲望的诡异面具

蝼　鼠——鼠面人身，对钱财有极度的渴望

梦　瑶——包拯梦中相爱之人

包　勉——包拯侄子

其他人物若干——百姓、仆役、老妇、包勉之母等无名氏

第一场

【幕启。

【灯亮。

【几个中性服装的无名氏在舞台上踱步，有男有女，各个垂手塌腰，漫无目的，动作笨拙僵硬。

【舞台上回荡着沉闷压抑的音乐，几人不时朝四周畏缩又向往地探看过去，不时抽动抓什么似的伸向空中，嘴中发出没有意义的私语。

【音乐转，影像停止，众人默契统一地回到各自位置上，静止不动。

【夜幕降临。两个黑衣蚀梦者上。姿态轻灵，头戴怪异的面具，挨个儿看着几人。二人相视，笑嘻嘻地从怀里掏出荧光的粉末，扬手抛了开去。

【众人仿佛启动了开关动起来，寻着粉末活动，动作也越来越灵活夸张，不时追着蚀梦人移动。

【阵阵鹧鸪声。

蚀梦者甲　日，落幕，虚度慌忙。

蚀梦者乙　夜，来临，入梦回乡。

蚀梦者甲　尘世人，浑浑噩噩。

蚀梦者乙　梦中人，为所欲为。

众　人　日，落幕，虚度慌忙；夜，来临，入梦回乡；尘世人，浑浑噩噩；梦中人，为所欲为。日，落幕，虚度慌忙；夜，来临，入梦回乡；尘世人，浑浑噩噩；梦中人，为所欲为……

蚀梦者甲　爱情，炽热的爱情，总是离人泪千行。

蚀梦者乙　嘿嘿，裸露的爱情。黄袍加身，帝王将相，生杀在握坐江山。

蚀梦者甲　无聊无聊。

蚀梦者乙　杀伐决断不可攀，赫赫威名。

【一个无名氏端起架子，其余人跪拜。

蚀梦者甲　（一路闻过去，兴奋地）天上的九天神女，倾国倾城，上天下地，无所不能。

【两个无名氏舞在一起，像一对情人。

蚀梦者乙　卑鄙，庸俗。

蚀梦者甲　嘿，你以为你有多高雅！蚀梦者，以梦为食，这就是我们的生活。

蚀梦者乙　山珍海味，日日如此，也没什么意思。哎？你说，这世上有没有人能逃过情、欲二字？

蚀梦者甲　嗯……好问题……我觉得没有。

蚀梦者乙　要是有呢？

蚀梦者甲　怎么，你想试试？

蚀梦者乙　玩儿嘛。

蚀梦者甲　试试就试试。

蚀梦者乙　找谁？

蚀梦者甲　最近倒是有这么一个人。无欲无求，无情无爱，穷人梦里他扬善，恶人梦中他锄奸。

无名氏　千人梦中千般样，只有一样是相同。

蚀梦者乙　什么是相同？

蚀梦者甲　在他们的梦中，他都顶着一张——黑脸！

【众人插话，语气各异。

无名氏　包希仁。

无名氏 包待制。

无名氏 包龙图。

众　人 包青天!

【包拯上。身穿现代常服，手里拿着个假人，作古装包待制打扮，脸上画着黑色的脸谱，比常人高大了许多。众人纷纷避开，让出一条路。

【两个蚀梦者好奇地看着他，包拯走到一旁站立。

【众人绕了一圈，假人发出威严的呼和，众人害怕地躲开。

【蚀梦者甲撒出一把粉末。

【包拯手中的假人掉在地上，倒地。众无名氏下。

【灯暗。

第二场

【灯亮。

【蚀梦者戴上面具。包拯倒在地上。

蚀梦者甲 包拯……包拯……包希仁!

包　拯 嗯……（翻了个身）

蚀梦者乙 包待制……包大人。

包　拯 你们是谁?

【蚀梦者把包拯拉起来。四周起了白雾。包拯的脸上戴了半个黑白勾脸谱面具。

包　拯 你们是谁?

蚀梦者乙 我们是谁，我们是蚀梦者，是这里的主人。

蚀梦者甲 这儿是我们的世界，这儿也是你的梦境，你们人类的梦境。

蚀梦者乙 什么是真，什么是假?

蚀梦者甲 这是你的黄粱一梦，也是永恒不灭。从这到那，所有人的梦都相连；从古到今，所有的梦连绵不绝。

蚀梦者乙 在这里，我们才是最真的真实。

蚀梦者甲 说说看，你想要什么?

蚀梦者甲 你要什么，我们都能给你。

包 拯 我想要什么，都能给我？等等，我，我是谁？

蚀梦者乙 包拯，梦的常客，在这里都不知道自己的身份。

蚀梦者齐 哈哈哈。

包 拯 我叫……包拯？

无名氏 威……武……

【几个无名氏上。头戴没有五官的面具，手拿鲜红的绸带，环绕着包拯，却越缠越紧。

蚀梦者甲 这里是欲望之海，极乐之地，所有的欲望都能满足，所有的幻想都能实现。

无名氏 （唱）老病死，无七苦，

金钱名利能餍足。

尘世人怕把姻缘误，

求不得爱别离尽皆无阻。

梦寐以求你开口诉，

无死，无贫，无恨，无怨，

倒转乾坤心意纾。

包 拯 我想要什么，都能给我？

蚀梦者甲 是的。

【包拯向往，随后恢复理智。

包 拯 怎么可能呢。一觉醒来，梦就成为过去，现实不会改变。

蚀梦者乙 很简单！只要你把这里当作现实，它就会改变，并且永远改变。

包 拯 可除了名字，我连自己是谁都不知。

蚀梦者乙 那更好了，你可以是任何人，做任何事。

【无面人窸窸窣窣地围着包拯和蚀梦者说起话来。

无名氏 我想要钱！金山银山数之不尽！

无名氏 杀了他，杀了他！哈哈！

无名氏 我们永生永世在一起，再不分别，再不分别！

【无面人的声音缠绕在一起。

包　拯　不，不！（用力挣脱）让我出去！

蚀梦者乙　聪明人做聪明的选择。

包　拯　这就是我的选择。

蚀梦者甲　那你就自己找法子吧，咱们的时间可长得很呢。

蚀梦者乙　梦是骗不了人的，（指心）这里想的什么，你藏不住。

【蚀梦者站到一旁阴影。

包　拯　荒谬，荒唐！（他四处探看，又拍拍身体）

【包拯又躺在地上，闭眼尝试睡觉，翻身。不一会儿又愤怒地站了起来。

包　拯　不知姓名，我自己去找，没有出路，我自己去寻！喂！有人吗！有人吗！

蚀梦者甲　想知姓名？

蚀梦者乙　不如忘却。

蚀梦者甲　想找出路？

蚀梦者乙　不如沉沦。

蚀梦者甲　让我们帮你一帮。

蚀梦者乙　我倒要看看，你是真黑面，还是假君子。包大人！

无名氏　（唱）刚正不阿，虚伪假象；
忘记姓名，贻笑大方。
无欲无喜，自讨苦果；
堕落堕落，唾手可得。

包　拯　得偿所愿，为所欲为……（摇头）不可，不可。

【蝼鼠上。他带着鼠类的面具，身材矮小伛偻，形容颇猥琐而瑟缩的样子，他身上戴着金灿灿的饰品，拖着个巨大的鼓胀的袋子。

蝼　鼠　自愿入梦里，此生爱财痴。小的姓蝼名鼠，自打进入梦中，忘记本来姓名，长成鼠面人身，穿梭时空，操劳赚钱，可谓是快活自在。

【蝼鼠走过去。

【包拯看到蝼鼠想要上前，却被这样子吓了一跳。

蝼　鼠　你好啊。

包　拯　你是？

蝼　鼠　叫我蝼鼠就行。

包　拯　蝼先生你好，请问这里有没有出去的路？

蝼　鼠　出去？去哪儿？

包　拯　离开这个梦境。

蝼　鼠　为什么要离开，这里多好啊！

包　拯　好在何处？

蝼　鼠　快活！

【数板】可谓是，人生在世别彷徨，人为财死鸟食亡。秦末起义在咸阳，西汉末年乱边疆。三国战乱烧赤壁，八王之乱屠洛阳。穿梭时空寻乱世，浊世里把财路闯。饿殍命贱白银多，哄抬价格招财广。

包　拯　（看到包袱）国难财？

蝼　鼠　这叫合理挣钱新套路。（贪婪地）我的，都是我的！

包　拯　（冷笑）当真是赚钱好营生。

蝼　鼠　（宝贝似的抱住）承让承让，都是辛苦钱。怎么样，喜欢钱吗，跟我赚钱去？

包　拯　你自去发你的财吧，我便走我的独木桥了。

蝼　鼠　（拉住）你去哪儿啊！

包　拯　（愤怒地）松手！

蝼　鼠　（突地踉跄，下意识护住包袱）哎哟！

（二人皆惊）你……你是谁啊？

包　拯　包拯。

蝼　鼠　啊？（转头就跑）

包　拯　跑什么？（一把拉住蝼鼠）

蝼　鼠　哎哟……（护住包袱）包大人！小人有眼不识泰山，求大人放小人一马！

包　拯　包大人？

蝼　鼠　包大人，刚才我说的都是胡话，您可千万别当真！

包　拯　你为何如此怕我？

蝼　鼠　哦，不怕，不怕，我是突然看到您，太过激动了……（又跑）

包　拯　（又拉住）还想跑！

蝼　鼠　哎哟！我不是让你别碰我包袱吗！

包　拯　你这么怕我，就为了这个包袱？（伸手）

蝼　鼠　（凶恶地）别碰它！

【蝼鼠用力一推，包拯倒在地上。

蝼　鼠　为什么要碰它呢！你当你的父母官，我赚我的下作钱。包大人三口铡刀谁人不知，上谏天子，下斩朝臣，您就是大宋青天，也管不着我！

包　拯　啊？！大宋青天！

包　拯　原来我是……包拯！

【包拯呆立当场，蝼鼠趁机拖着包袱离开。蚀梦者生气地阻拦，蝼鼠求饶赶紧逃离。

【无名氏拿出髯口，包拯戴上。

第三场

蚀梦者甲　怪那莽撞是蝼鼠，一语点醒梦中人！

包　拯　原来姓名天注定，今朝入梦忘三魂。

蚀梦者甲　你看，钱，他可不要啊。

蚀梦者乙　哼……（又一计）清高不爱金与银，权可滔天势压人，便看你这头是低，还是不低？

包　拯　什么权？

蚀梦者甲　你且看来！

蚀梦者甲　（唱）金币入袋，阵阵声响。

无名氏　（唱）天籁绕梁。

蚀梦者乙　（唱）钱可通神，驱鬼推磨。

无名氏　（唱）欲望膨胀。

蚀梦者甲　（唱）青天青天，不欲铜臭。

无名氏 （唱）虚伪清高。

蚀梦者乙 （唱）不如权势，死生随心。

无名氏 （唱）恣肆昭彰。

蚀梦者齐 （唱）万人之上，谄媚权贵。

无名氏 （唱）鸿福尽享！

【无名氏操控巨大木偶上，猪面人身，阴森妖异。杨大人缓慢移动，一开口有多个声音，仿佛身体里有许多人。

杨大人 是你吗？

包　拯 你是谁？

杨大人 杨。

包　拯 原来是杨大人。

杨大人 东西带来了吗？

包　拯 带什么？

杨大人 县令没与你讲？

包　拯 大人是否认错人了。

杨大人 你不是王……

包　拯 在下姓包。

杨大人 庶子快走。

包　拯 大人怎么这样说话。

杨大人 来到此地，生杀在我，听我任我。

【县令带富家公子上。

县　令 来来来，快快走。千载机会捧在手，万贯家财换权由。王公子，快一些。

王公子 县太爷，你急什么。

县　令 王公子，这机会可是千载难逢！王员外富甲一方，才能有这种殊荣啊。

王公子 不过捐一个小官，管他什么羊大人牛大人。

县　令 嘘！

王公子 你怕什么！

县　令 小心隔墙有耳！

王公子　你跟谁一边的。

县　令　自然是您啊。这个王公子，事成之后……

王公子　怎么，给你的还不够？

县　令　（搓手）嘿……

王公子　你放心，事成之后，自然少不了你的。

县　令　（高兴的）得嘞！哎，其实这杨大人也就那么回事，谁不知道他那点斤两，地上的泥鳅得了点儿势就以为自己是什么高尚人物……哟，杨大人！（杨大人冷哼）这么巧啊，嘿嘿……大人，人我带来了……（无回应）大人？哎，你是谁？

包　拯　我乃……

县　令　管你是谁！走开！排队！（推开）

杨大人　是他？

县　令　对，这就是王公子。

王公子　草民拜见杨大人。

杨大人　嗯。（背身）

县　令　哎。（示意）

【王公子从口袋掏出玉。

王公子　杨大人，这是我家祖传的琉璃血玉，价值连城啊。

杨大人　嗯……（接过）

县　令　（得意的）大人，这王员外是这儿最富裕的人家，这可是一笔大买卖，不是什么人都能出这等价的。

杨大人　就这个？

县　令　这……

王公子　自然还有！（想了想取下身上装饰）还有这个，我祖母传给我，如果大人不喜欢，我再去给您找别的东西，您瞧怎么样？

县　令　哟，这可是好东西！

杨大人　那王家又给了你什么好东西？

县　令　这怎么能跟大人您比呢。

杨大人 地上的泥鳅，怎么又成大人了。

县 令 大人，我刚那都是瞎说的，瞎说的。（偷偷地）这个，大人啊，你看我给您介绍生意，事成之后是不是……嘿嘿。

杨大人 你当真是左右逢源啊。

县 令 那可不嘛。

杨大人 都要到了我的头上。

【玉碎声。

王公子 这。（示意县令）

杨大人 下去吧。

县 令 等等，大人，您要什么，您要什么，只要王员外能拿出来，都好商量。

杨大人 走！

县 令 大人，您这是干什么？！你就直说吧，你要什么！

杨大人 翡翠宫殿，金砖铺地，满汉全席，千女迎门。

王公子 （拉过县令）耍我呢吧。你不是跟他很熟吗？！

县 令 杨大人，您是要翻脸不认人了！

杨大人 走这么远的路，我这鞋有点儿脏了。

县 令 我这有一方手帕……

杨大人 手帕怎么能擦干净呢？

县 令 那您的意思是？

杨大人 我看你这丝绢的衣服就不错。

县 令 你！（骑虎难下，恨恨地）好，我给大人擦鞋！

杨大人 嗯，好好，不错。

县 令 大人这回您该满意了吧？

杨大人 最近我的眼睛不太好使，年纪大了。

县 令 （咬牙）我，我来给大人按摩明目。

杨大人 治标，不治本。以形补形，治眼，还得用眼来补。

王公子 我给大人杀鸡宰牛！

杨大人 畜生，怎么能补人眼。

王公子 那您要什么？

杨大人　人眼，还是得用人眼补。

王公子　人，人眼？

县　令　（忍无可忍）杨大人，看在蔡大人面子上给你三分薄面，可别给脸不要脸！

杨大人　我看你这眼睛就不错，给我一个吧。

县　令　呸！你还真以为自己是什么东西，王公子可以找你买官，自然也能找别人！（杨大人抓住）啊！（动弹不得）放开我！

杨大人　给我一个，就是你的功德。

包　拯　住手！

县　令　王公子救命！（县令出不了声）

【县令被拖下。惨叫。

包　拯　住手！

杨大人　现在，你有官位了。

王公子　（跪）求大人饶我一命，饶我一命！

包　拯　草菅人命，你可知道我是谁！我乃包拯！

杨大人　包拯又如何？

包　拯　当面杀人，你可知我三口铡刀，上谏天子，下斩朝臣！

杨大人　杀了，又如何？

包　拯　你！

王公子　包大人救我！

杨大人　（哈哈哈）又如何！

【包拯上前。

杨大人　同气连枝，血脉相连，才能放心。

王公子　我，我，我愿意给大人眼睛！

杨大人　血玉，哪比得上真血呢！今天你没了眼睛，明天，你想要谁的，就能拿谁的。

王公子　好……好！（准备动手）

包　拯　好一个蝇营狗苟杀人如麻的狗官！

杨大人　包大人，为官多年，我发现一样最好的东西，最美味的琼浆玉酿，你知道是什么吗？

包　拯　是什么？

杨大人　血！养尊处优，最为美味。

王公子　我来为大人奉献……

杨大人　他的！

王公子　啊？

杨大人　卧榻之侧，岂容他人鼾睡？

【杨大人挥手，一无名氏手拿刀上。

包　拯　哈哈哈！

【杨大人挥手做斩首手势，无名氏举起刀。

包　拯　啊！

（唱）恨贼子妄人命张狂模样，
无法理无人伦枉顾天良。
斩斩斩！

【轰鸣声突起。烟雾弥漫了舞台。无名氏上台疾走，包围众人。

【一个巨大的虎头铡从天而降，在薄纱上映出一个巨大虎头狰狞的侧影。猪形假人被拽下了椅子。

杨大人　放开，放开！

【杨大人声音逐渐扭曲，最后成了畜生似的无意义嘶鸣，又变成了蛇、狼、狐狸、老鼠等多种声音，一声雷响，又一抔血洒在了薄纱上。嘶鸣声挣扎，慢慢没了声息。

【骨头做的椅子倒在了地上，仆役拖着走了下去。虎头铡和薄纱也升上了舞台。包拯也似受到惊吓。

蚀梦者甲　包大人，厉害呀。

蚀梦者乙　这个电闪雷鸣，雷霆之怒，可真是名不虚传。

蚀梦者甲　包大人！你杀了杨大人，用的却是我们给你的权力，这梦里的无上权力。

包　拯　那是他罪有应得。

蚀梦者乙　可是你一未升堂，二未上表陈情，您这一斩，是为公还是为私啊？

包　拯　我，我是在为民除害……

蚀梦者乙 用什么除害？

蚀梦者甲 为公为私，心愿得成，为所欲为，这就是它的好处。

无名氏 （唱）红尘滚滚，乌烟毒瘴，

苦相斗，恨别离，马乱兵荒。

做小官双拳难挡，

留下吧，留下吧，

永诀哀肠。

求财者，万贯身傍，

苦情人，再无凄惶。

为权者，高高在上，

投机人，尽情张狂。

入梦乡富贵尽享，

别糊涂，别迷茫，醉卧梦乡。

第四场

包　拯 （一把抓住蚀梦者的领子，咬牙切齿）让我出去。

蚀梦者乙 哟，包大人要用虎头铡把我们也给斩了吗？

包　拯 （冷静下来）你们到底要干什么。

蚀梦者乙 我们只是想知道你这里，最想要的，是钱……

蚀梦者甲 还是权？

蚀梦者乙 只要给我们个答案，我们就让你出去。

包　拯 如果说我都不要呢？（蚀梦者不相信地笑起来）

蚀梦者甲 （生气的）好一个无欲无求的包待制，我倒要看看，你所谓的真心！

无名氏 （唱）包拯包拯，推三阻四。

两袖清风。

六欲不事，还有七情。

爱恨由衷。

痴云腻雨，神仙眷侣。情根深种。

一眼缱绻，两心缠缠。三世情胧。

【蚀梦者动作，包拯倒在地上。

【灯暗。

蚀梦者乙 梦中愉快。

无名氏 （唱）天子科举令，

金榜有题名。

江南秋光盛，

千里奔前程。

（白）路经此城外，寒鸦萧萧。

【风声，寒鸦声，蛇吐信子。

包　拯 哎呀！

【包拯倒在地上。一貌美女子上。包拯坐起身。

女　子 你醒了？

包　拯 嗯……

女　子 你在山上晕倒了，这么冷的天，要不是我发现你，你早就没命了。

包　拯 我晕倒了？

女　子 是啊，你被毒蛇咬了腿，不过现在都没事了。

包　拯 谢谢。

女　子 你叫什么名字？

包　拯 小生包拯。敢问小姐……

女　子 梦瑶。

包　拯 梦……瑶……

（唱）面芙蓉不施粉黛添旖旎，

恰便似月里嫦娥扶柳西施。

【梦瑶扶住包拯，二人对视。音乐起。二人随着音乐，展现恋人相知、相爱的过程。梦瑶下，包拯在一旁画着什么，梦瑶上。

包　拯 芙蓉珠翠风带面，惊鸿瑶台月中仙。

梦　瑶 公子，好文才。

包　拯　啊，小姐，你来了。

梦　瑶　是呀，我来看你盏中可还有水。

包　拯　有的，有的。

梦　瑶　哦……那，你的窗户可敞开通风？

包　拯　开了，开了。

梦　瑶　那，你的衣物可需换洗？

包　拯　不劳小姐，小生自己来便是。

【沉默。

包、梦　（齐）那，你……

包　拯　你说吧。

梦　瑶　……这是谁呀？

包　拯　小姐不认得吗？

梦　瑶　不认得。

包　拯　是一画中仙。

梦　瑶　画中仙？

包　拯　嫦娥西施入画中，可不是画中仙吗？

梦　瑶　我……油嘴滑舌的。

包　拯　小姐，这画中仙画得可好吗？

梦　瑶　哪里有这么好看。

包　拯　在小生心中，还不及她真人的万分之一……

梦　瑶　啐……

包　拯　小姐，小生……

梦　瑶　你，唤我什么？

包　拯　小姐。

梦　瑶　（摇头）再叫。

包　拯　小姐？

梦　瑶　你再叫。

包　拯　梦瑶！

梦　瑶　包……郎……

包　拯　（惊喜地）（唱）原来是前世冤家恩难断，合该是今世姻缘簿上牵！

【惊雷打断。有人上来强行拉开二人。包拯要挣扎，被一棍打倒在地。

梦瑶父　穷小子还想吃天鹅肉！不自量力！给我打！

梦　瑶　包郎！

【包拯抬手，不支。

【巨大身影映在幕上，幕后音：忘掉他，你们永不会再见，三日后，你就嫁给李家公子！

梦　瑶　爹！

【迎亲婚乐响起。

幕后音　仆役：小姐，吉时已到，该上路了。

梦　瑶　是啊，该上路了。

【包拯起身。

包　拯　梦瑶，你可还记得当日誓言。

（唱）你曾说此一生福祸同在，
百年后共一处坟茔中埋。
娘子，为夫今日便来迎娶你。

梦　瑶　（唱）红绸盖头挂穗喜，

包　拯　（唱）金线鸳鸯两相依。

梦　瑶　（唱）出得门前行雁礼，

包　拯　（唱）喻比双雁不分离。

【幕后音：起轿！

梦　瑶　（齐唱）红花轿，并蒂莲，凤冠霞帔琉璃碧，
烈烈仪仗展旌旗。

包　拯　（齐唱）琴瑟鸣，携白头，马踏昂扬撒花雨，
鞭炮声响迎新妻。

【一个花轿抬出。

幕后音　一拜天地，二拜高堂，夫妻对拜，送入洞房。包拯跟着声音叩拜。

梦　瑶　一生一世一双人，四下纷飞两不知。包拯，你我来世再见。

包　拯　梦瑶！！一生一世一双人，四下纷飞两不知。

【音乐终了，轿子碎裂，梦瑶在空中静默旋转。

【包拯踉跄跪倒。伏地痛哭。

【蚀梦者上。

蚀梦者甲　啧啧啧，世人更重世俗物，清贫难容两情痴。

蚀梦者乙　如何，包大人？

包　拯　心碎万千，寸断肝肠，却原来是大梦一场。

蚀梦者乙　求不得，爱别离，这苦，是真苦啊。

蚀梦者甲　包大人，你也是人，人都有欲望，告诉我，我就满足你。

包　拯　我，也有欲望？

蚀梦者甲　不用争也不用抢。

蚀梦者乙　不用争也不用抢，只要你要，只要你想得到，我们就满足你。

【一群无名氏从左右上了台来。

无名氏　权力，名誉，财富，刻骨铭心的爱情！刻骨铭心的爱情，生杀大权的权力。富可敌国的财富，声名远播的名誉！爱情得不到的烦恼，微不足道的烦恼，天塌地陷的烦恼，无可奈何的烦恼！抵不过人生如戏，堕落是迷人的瘟疫。没有流失的遗憾，没有遗忘的遗憾，没有放弃的遗憾，没有得不到的遗憾！梦里不用再逃跑，梦里不用再难找。堕落沉沦沉沦堕落，沉沦堕落堕落沉沦！

无名氏　求财者，万贯身傍，苦情人，再无凄惶。为权者，高高在上，投机人，尽情张狂。入梦乡富贵尽享，别糊涂，别迷茫，醉卧梦乡！

包　拯　我……我想要……

蚀梦者甲　你想要什么？

包　拯　我……我……

蚀梦者乙　想要什么？

包　拯　不，不！

第五场

无名氏 （唱）倾心之爱，求而不得。历经喜悲。

七情之苦，人伦亲缘。一朝梦回。

午夜梦回，可有愧悔？痛彻心扉。

【包勉上台。他没有头，脖子上面是一个空木头脑袋。他一只手举着头，另一只手不住地在空中摸索。

包 勉 这是哪儿啊，好黑，这里好黑啊。

包 拯 你是谁？

包 勉 请问，你有蜡烛吗，这里太黑了。

包 拯 四下明亮，入眼可见呀，怎么会黑呢？

包 勉 我的头好疼，我的头好疼！

包 拯 你过来些，我看不清你。

包 勉 哦，我想起来了。

包 拯 想起什么，你过来些。

包 勉 想起来了，看不见，因为没有眼睛，头疼，因为它和我分离。（走近包拯）我的头，它不见啦。

包 拯 啊！

包 勉 我记得一些事情，又忘了一些事情，我听到了一些声音，我又什么都没听到。是谁在吵吵闹闹？这是天堂，还是地狱？

包 拯 这不是地狱，也不是天堂，这里是梦境。

包 勉 那么这里既是天堂，又是地狱了。你听，有老妇的哭声，有孩子的笑声，还有刀剑出鞘的低吟。我的头呢？我的头呢？你看到我的头了吗？

包 拯 你的头？

包 勉 是啊，我找不到它了。你看到了吗？

包 拯 你的头……是怎么没的？

包 勉 被人砍啦，我被绳索绑着，被人压着，一把刀，这么长，高高地抬起来，刷！刀就落下来了，多锋利的刀啊，闪着寒光，闪得我眼睛都睁不开……我的脖子好疼啊……你看到我的头了吗？

包　拯　是谁砍了你的头？你，你是谁？

包　勉　是你呀，叔叔，是你砍了我的头呀。

包　拯　我？侄儿？你是侄儿，包勉？

包　勉　是啊叔叔，我是你的侄儿包勉呀。

包　拯　你怎么……

【包拯后退。

包　勉　叔叔，我娘的眼睛都哭瞎了，你为什么杀我呀，你为什么连血缘亲情都不顾！

【包拯后退，摔坐在椅子上，他的面具掉在了地上。一束追光。

【画外音：

画外音　报！门外有人击鼓！

包　拯　传。

画外音　传来！

【一个老妇人佝偻着身子上，跪倒在地。

老　妇　青天大老爷！求您做主啊！

包　拯　有何冤屈，说来。

老　妇　有一个恶霸，他打死了老妇人的亲儿，摔死了我的外孙，羞辱了我的儿媳，还要挟老妇，这血海深仇，杀人凌辱之罪，求青天大老爷为老妇做主啊！

包　拯　何人这么胆大妄为！

老　妇　青天大老爷，这样的罪，该如何去判？

包　拯　如若属实，当斩不饶！

老　妇　当真吗？

包　拯　自然是真。这是何人？

老　妇　这个人，老爷也是知道的。

包　拯　哦？是谁？

老　妇　是同老爷一起长大，如兄如弟的亲侄儿，包勉！

包　拯　啊！

包　勉　叔叔我再也不敢了，你饶我一命吧！

包　拯　开铡……

【又一追光。另一个老妇人，包勉母亲，包拯之嫂上。

包勉之母　希仁！

包　拯　（起身）兄嫂！

包勉之母　你生母下世早，我怜你孤苦无依，把你抱过来和包勉同养。你们二人打小日同食，夜同寝，你可还记得包勉手上为了护你受的伤痕？如今嫂嫂只这一个儿子了，只求你留他一命吧。（跪倒）

包　拯　兄嫂，快起来呀。

包勉之母　求你留他一命吧。

老　妇　青天大老爷，求你为我儿孙讨一个公道啊！

【画外音：

包　勉　叔叔，别怕，我来保护你呀。

包勉之母　希仁，你念念人伦亲情吧。

老　妇　老爷，国法难容，天道何在呀！

包　勉　叔叔，你救救我吧，包勉再也不敢了。

【画外音：

童　音　包拯，你快点！

童　音　包勉，你等会儿我呀。

童　音　再不快点，就赶不上了！

少　年　咱们俩明明年岁相近，我还要叫你叔叔。

少　年　那私底下，咱们还是称名字吧。

少　年　你想得美，当着别人我也不会叫你叔叔的。

少　年　那不行，来，先叫一声我听听。

包　拯　包勉，你太张狂了，再不悔改，终究会铸成大错！

包　勉　知道了，铸成大错不是还有你嘛。

包　拯　天子犯法与庶民同罪，违了法纪纲常，我也护不了你。

包　拯　天子犯法与庶民同罪，违了法纪纲常，我，我也护不了你呀，我也护不了你呀！

（唱）我与你岁相近血脉相认，

你母亲熬白头抚我成人。

为公正怀悔恨将你提审，

误性命我心中痛煞乾坤。

律法严无亲疏我以身为准，

此公理此人意天道为尊。

（颤抖地）斩，斩，斩！

【一个棺材抬了出来。哀乐起。

包　拯　包勉，没有这样的世界，人人的欲望都能无止尽地满足，所有人的生活都畅通无阻，他人的生命任你掌控。就算是有，这样的世界，这样的规则，我也要把它打破！

包　拯　（唱）我也懂人世故精明自保，

只不愿自污蔑愧对先豪。

国应有纲常纪稳固国宝，

我愿意以血鉴宝刀出鞘，

为公理为正义再走一遭。

就算是蚍蜉撼树、江河覆没、雄鹰无巢、独狼沉疴，孤掌没奈何，我也愿意用性命去动它一动，因为上有青天，下有后土，公理自在！

【惊雷声。烟雾掩埋了众人。几人簇拥着包拯，把他推到了舞台中心的椅子上，他坐了下去。

包　拯　（平静而坚定）钱可推磨，但难买公理，权能通天，但天网恢恢。情爱之欲，自寻烦恼，亲缘人伦，抵不过大义正道。你们说得对，我斩不尽天下不平事，你们说得对，我也有贪欲，我唯一的贪欲，就是还天下一份太平，还朝堂一片清明，还百姓一片青天！

【幕后音：包龙图打坐在开封府。

【灯光暗了下去，窸窸窣窣的声音，众人离开了舞台。

蚀梦者甲　金钱权势留不住，爱恨私欲弃风尘。

蚀梦者乙　世人皆贪梦中痴，难料还有独醒人。

众　人　日，落幕，虚度慌忙；夜，来临，入梦回乡；尘世人，浑浑噩噩；梦中人，为所欲为。日，落幕，虚度慌忙；夜，来临，入梦回乡；尘世人，浑浑噩噩；梦中人，为所欲为……

【包拯紧闭双眼，躺在地上。蚀梦者绕着他看。

【灯暗。

【幕落。

第四部分 导演阐述

实验戏曲《青天》导演阐述

姬 晴 吴二川

“梦中无岁月，梦里难遮掩。”在梦里，一切白日里的假面都无所遁形，一切欲望都得到释放。《青天》这部戏讲述掌管爱情、权力、金钱等人世欲望的蚀梦者创造出一个虚假又真实的梦境，每一位蚀梦者都具有极致的人物性格，映射当代社会中的典型人物。他们巧妙诱引历史人物也就是本剧的主人公包拯进入梦境，在这个亦真亦假的梦网里，包拯寻找真我，摒弃贪欲的诱惑，形形色色为欲望沉沦的人物和刚正不阿、清正廉明的历史人物包拯产生强烈对比，促使人们在包罗万象的现当代重新思考人性的本质。《青天》以当代青年的新视野出发，将传统戏曲当中的清廉代表人物包拯，放入梦境这样一个特殊的情景当中，审视、探讨，进行重新解构。本剧是对新时代戏曲发展方向的探索，借此表达我国自古传承的当代优秀文化面貌和敢于探讨、创新、突破的价值理念。

首先，戏曲与现代结合。以戏曲为载体，结合多元表演呈现舞台创作，本部作品将传统戏曲的程式、人物、主题与超现实的先锋戏剧理念相结合，在传统戏曲配乐的基础上辅以阿卡贝拉人声的现代音乐形式，同时又在戏曲内容上加入了山西非遗木偶戏、黑光剧、威亚等全新元素，将中国传统艺术与现代舞台艺术相结合，以此表达主创者对传统艺术的传承以及现代艺术创新的致敬。这部剧在传统戏曲的基础上要最大限度地结合现当代元素，把超现实的先锋戏剧理念与传统戏曲的程式化相结合，既要展现现实意义也要保留戏曲的写意成分，此戏的主人公包拯也为传统戏曲人物，即使他进入梦境也还保留在戏曲舞台上对人物性格的诠释，蚀梦者们代表现代人物，在时间和空间上要给出准确的切分。在时代特征上不做具体的定位，不明确朝代，巧妙利用“虚与实”的时空转换，加入西方戏剧中肢体剧的元素来与程式化的戏曲动作调度进行强烈的碰撞，在保留戏曲程式化的基础之上来进行思维上大胆的创新。

其次，多元素与内容主题的有机结合。本剧根据剧本内容，进行多元素的尝试，例如第三场包拯梦中遇到的贪官杨大人，不用真实演员来演，而是运用山西非物质文化遗产木偶戏，两米高的木偶需三人操控，体现掌权者的威严与丑陋；展现包拯爱情时运用威亚，吊起花轿并使之碎裂，唯美、凄情；被包拯斩杀的侄子上台时，剧本中设计他为无头人形象，因此运用黑光剧和麻绳的阵型，诡谲、富有创意而不会过分冲击。在人物设计上，加入十名无名氏的人物，这些人物在梦境之中是深陷欲网的梦中人，是蚀梦者操控的被操纵者，跳出梦境又是包拯事件历程的旁观者，加强舞台戏剧效果、烘托气氛。而这些无名氏身上又运用了传统戏曲中的甩发，展现这些人物的狂乱、迷茫，增加了新的道具语言。

再次，多元素与高科技的结合。在舞台美术和灯光方面，冲破传统思维模式，不怕夸张，第一幕主人公进入梦网可以尝试走极简主义风格，体现梦境的虚幻。加入多维立体几何拼接出不同的形态，采用镂空设计，增加舞台透视延伸舞台空间，演员可以有效地利用舞台装置进行形体设计与利用。演员根据情绪的不同变化，在空间内进行自由的攀爬，展现不同的人物造型，结合戏曲舞台中的写意手法创造出不同的视觉感受，同时以戏曲人物包拯的人物情绪为主线，每一幕加强色彩变换，营造出强烈的视觉冲击。在戏中还将加入威亚这一舞台形式，我们希望通过现代化的方式，通过现代化的部分舞台吊装，把握新的舞美元素，以达到一种新颖的、强烈的视觉冲击，并赋予创造力。创造戏剧的新视觉，在这部戏里我们不仅需要吊人，更多的是需要做一种独特的吊装，吊置舞美道具，形成一种带有呼吸感的舞台的新视觉。

最后，服装和造型上中国风与非现实主义结合。我们会在抽象的基础之上加强夸张大胆的理念，从人物性格出发，在戏曲传统服饰的基础上加入中国风的设计，在此基础上展现非现实的设计理念，对反面人物有独特的设计，要有“奇”和“怪”的设计元素，足够表现人物的光怪陆离，在色彩上要配合舞美设计统一风格并与主人公形成对比。造型上在包拯和蝼鼠的人物设计上参考戏曲中的花脸和丑行的造型，在每一个蚀梦者的造型上做夸张的设想，改变人体本体结构，重新塑造面部造型，营造荒诞的效果，增强蚀梦者造型的视觉感染力。

以上几点是我对实验戏曲《青天》在导演风格、演员、灯光、舞美、服装造型等几个方面的构思阐述。

第五部分　音乐创作谈及唱腔音乐曲谱

实验戏曲《青天》音乐创作谈

丁　一

大型实验戏曲《青天》，融合了多元素的现代舞台表达方式，融入了国家非物质文化遗产木偶戏的元素，结合京剧表演，呈现出了非常富有时代特征的现代戏曲风貌。故事以梦中梦、戏中戏的创作手法讲述了穿梭梦中食梦为生的蚀梦者，以传说中刚正不阿的包拯为赌注，将他引入梦中，窥探其不为人知的内心。以下我将系统介绍《青天》的主题音乐《两袖清风》的创作历程，以及我谨代表《青天》的音乐编曲团队进行创作经验总结。

《青天》这部实验戏曲的故事非常完整，章节分段十分清晰，主要以贪欲、权欲、爱欲以及血脉亲情四个章节考验包拯这一清正廉明的人物形象是否真的如传闻一般刚正不阿。因此在这次的音乐设计中，我主要运用了主题音乐贯穿的作曲技法，串联全剧。这种创作手法在西方歌剧创作中十分常见，其意在表达故事中心思想，有时是人物命运的写照，有时暗示着故事结尾的动向。往往首先是确立全剧整体的音乐主题中心思想，而后针对不同人物，塑造个性鲜明的音乐主题，以固定旋律展现人物的各种形态。

我们创作一个新的戏曲作品，首先是要认真研究戏曲这一具有悠久历史的艺术在当今文化环境中的生存状态，思维拓展其表现域和表现力的问题，也致力于推动这一传统艺术走进当代、走向世界。因此我深入研习了许多戏曲曲牌，研究其用法、时长、使用情景，再创新性地结合了阿卡贝拉人声合唱这种西方的人声伴奏方式，融入《青天》这部戏中，真情实景地贴合进去。

创作初期我们沿用了现有的MIDI音乐制作方式，将戏曲曲牌重新解构，但因民乐的MIDI声源的局限性，无法如真实乐器一般展现声场，总是不尽如人意。焦灼之时，姬晴、吴二川二位导演提出了以人声阿卡贝拉（意大利语：Acappella，即无伴奏合唱）来作为伴奏，取代MIDI的创新模式。一开始我是抗拒的，因此我们也是发生了很多次交锋。只因以传统的创作眼光来衡量，以人声对峙的方式作为伴奏形式，替代传统乐器伴奏与人声唱腔的从属关系，是不可行的。原因有三，其一是人声的音域限制无法达到器乐的宽广度以及共鸣音效。其二无论是现场乐队或是电子音乐制作，乐队伴奏所产生的声场效果，绝不是人声可以替代的，更遑论阿卡贝拉人数有限的室内合唱了。其三也是最主要的，便是人声的不可控性，一场120分钟的大戏，要用人声替代乐器演奏全场，怎样想也是不可能实现的。而今看来，实践与创新，便是实验戏剧最大的魅力之处。我们要做到名副其实的实践，便是要大胆尝试突破一切的不可能，不破不立，因此才有了今天《青天》的创新呈现。

为突破京剧原有的板腔体形式，我查阅大量资料，并结合故事情节，为主人公包拯选择了传统曲牌《傍妆台》。如何更大程度地发挥其音乐的抒情性特色，并恰如其分地将阿卡贝拉人声合唱融合到戏曲音乐中，变成了我们的首要问题。首先便是解决其人声的音域限制，因此我们将主题定调为降E大调，更贴合人声的音域范畴，沿用了2/4一板一眼的板式，将曲牌固定的八分十六分音符拆分，重新整合为新的旋律形态，如此便有了贯穿《青天》全曲的主题音乐《两袖清风》。主题的命名源自剧本的一句唱词："两袖清风，星目黑面，清正廉明包青天。扬善，锄奸，心有鬼胎他来断，心有苦楚他大于天。"后受限于篇幅，便将文字转化为音乐，作为本戏的主题音乐贯穿全曲，分别于开场、章节幕间过场衔接以及终场出现，分几个层次逐步推进，强调了包拯两袖清风、刚正不阿的形象。

由此可见，如何正确地解读剧本，将静态的文字转化为动态的音乐，也是我们要不断学习研究的一项课题。

在编曲方面，摒弃了现今流行的MIDI音乐制作方式，我们秉持着将打破常规进行到底的决心，在阿卡贝拉的人声设计方面，进行了大刀阔斧的尝试。这是一次更为多元化的戏曲音乐创作，史无前例，但也不论其好坏，仅是在戏曲音乐创新的进程中迈出了新的一步。

其中唱段《包拯包拯》在编曲方面融合了 Basso Ostinato（固定低音）的技法和布吉伍吉风格，唱段中融入戏曲锣鼓的鼓点伴奏，守住戏曲根基的同时以西洋人声伴奏作为底衬的方式呈现。唱腔还是那个唱腔，可伴奏却是从未听过的西洋味道，新奇却也不显得怪异。《红尘滚滚》唱段打破了原有的过门四拍八拍的限制，用一个复调式的短句以不对称的方式来烘托主题，加强爆发力，中间“求财者，万贯身傍”唱句，以不严格的复调逆行作为二声部穿插在主题之中。将复调作曲技法融入唱腔伴奏中，以人声对峙人声，在力度上区分伴奏与主唱的层次，有效地缓解了人声相互对峙的冲突感，可谓是动静分明。

《老病死，无凄苦》唱段，结合了 Hip Hop（嘻哈）说唱元素，人声作为 Loop（音乐循环），不断重复，既增加了伴奏的动态旋律感，又推动了唱腔的流动性，十分俏皮。人声伴奏与戏曲唱腔，你动我静，你静我动，交相辉映。

《面芙蓉》唱段，融入了不严格的 Bossa Nova（巴萨诺瓦）节奏和律动。很多人对 Bossa Nova（巴萨诺瓦）的理解停留在爵士音乐上，而实际上这是一种源自巴西的古老音乐形式，它是轻柔版的桑巴，是产于巴西中产阶级，属于中层社会的，融合了美国爵士乐、古典音乐的巴西本土音乐。它少了桑巴的“切分音”，少了桑巴贫民疾苦的沉重，多了一丝轻快与甜美。如果非要形容的话，那么我觉得她更像是一位高冷的、有故事的少妇，优雅却又散发着稚嫩与成熟相混合的韵味。当古老的巴西伴奏风格与古老东方戏曲唱腔相遇，所产生的化学反应，使两个古老的音乐碰撞产生出了年轻新鲜且绚丽的火花。

《你曾说此一生祸福同在》唱段，伴奏织体以欢庆的堂鼓点作为基础加以变动，同时让人声与鼓点交错，展现了梦瑶和包拯在梦中短暂地相聚，一场没有旁观者的婚礼，为全剧的高潮推动起到绝对性作用。

《倾心之爱》运用了阿卡贝拉人声特点，模仿竖琴做伴奏织体，使整个曲子体现出清新的感觉，直到唱句“午夜梦回，可有愧悔”，音乐进入复调式，整体感觉骤然降温，渐慢渐弱地结束在人声组成的琶音中。全剧也在这凄冷的爱情与人声中达到高潮，包拯与爱人梦瑶天人两隔。

最后再次感谢我的导师谢振强教授和赵石军教授的悉心指导。通过实验戏曲《青天》的创作，我学习到了很多课堂书本中学不到的经验，实践是检验真理的唯一标准，今后我将砥砺前行，在戏曲音乐创作上潜心研习，在继承戏曲神韵的基础上，突破创新，使戏曲艺术在新时代的照耀下继续散发光彩。

《青天》作曲构思

刘奇凯（云南艺术学院）

《青天》这部戏是古典与现代相结合的作品，在音乐方面力求寻找一种新的戏曲创作模式，以既符合现代审美及新的视听需求，又不失传统戏曲音乐的审美感受，呈现出一种现代化的表现形式。拿到《青天》的剧本后经过精细的研读，了解这部戏是以梦为载体，讲述掌管爱情、权力、金钱等的蚀梦者在梦境里创造出一个虚假又真实的梦境并巧妙地引包拯进入梦境，通过形形色色的梦境促使人们反思人性的本质。在研读过剧本后，我研究了大量的戏曲曲牌和京剧唱腔旋律，力求将唱腔及主要旋律依托在戏曲曲牌的底子之上，以及运用阿卡贝拉人声的创新形式将传统的戏曲音乐的原始编制改变。

《金币入袋》《包拯包拯》《倾心之爱》，此三段在唱腔的选择上是一致的，《金币入袋》和《包拯包拯》速度大致相同，而《倾心之爱》速度稍缓以准确表达主人公历经喜悲。

《红尘滚滚》此段开始在A调上运用低旋律来进行发展，直到“尽情张狂”来达到高潮部分，在最后“别糊涂，别迷茫，醉卧梦乡”旋律运用和声小调，脱离传统的戏曲从而得到创新，最后从高到低缓缓结束。

《天子科举令》此曲共有六句歌词，前四句是一个主乐段落到“C羽调式”，最后两句作为一个补充乐句落到“降E宫调式”。以此来展现六句歌词的层次感，以及配合剧本中主人公包拯刚正不阿的形象。

《面芙蓉》《原来是》《你曾说》此三段在唱腔选法上是一致的，来表达两人初次相识，相知相爱。旋律从低到高，最后落音旋律以戏曲拖腔、渐慢的形式结束。

《红绸盖头》此曲分为三个部分。第一个部分为四句体，属于对唱形式，速度稍快。第一句采用高旋律行腔，第二句采用低旋律来呼应，以此形成对比。第二部分“红花轿……迎新妻”，此部分与第一部分旋律行腔完全不同，属于舒展性段落，与第一部分形成鲜明的对比。第三部分采用人声 solo（独奏）以及吟唱、哭泣的方式来诠释主人公悲痛的一种感情，演唱风格以缓慢、自由的方式来进行。

《我与你岁相近》此曲选用京剧二黄板式来进行创作，前两句是用二黄散板来表达主人公内心对亲情不舍的情绪。从第三句进入快板，“律、法、严”三个字旋律达到最高，再加拖腔以衬托出包拯的无私公正。中段加入人声哼鸣四句“起”“承”“转”“合”和京剧锣鼓戏曲打击乐，表现出一种悲痛的情景。最后一段是主人公情绪的抒发，使全曲达到最高点。

《青天》是一部大型新编实验戏曲阿卡贝拉纯人声合唱作品，为戏曲和阿卡贝拉音乐创作观念的努力诠释。通过对戏曲作曲多年的积累和合唱写作的多年学习，结合整部戏的情感基调以及结构观念与创作技法的演变，进而完成创作。

《青天》曲谱

包拯包拯

12

rit.

唱腔.
腻 雨 神 仙眷侣 情 根深 中 一 眼缠绵 两 心缠缠 三 世 情 胧 三 世 情 胧

S.
mp p
a 包 摇 包 摇 三 世 情 胧 a

A.
mp p
a 包 摇 包 摇 三 世 情 胧 a

T.I
mp p
a 包 摇 包 摇 a

T. II
mp p
a 包 摇 包 摇 a

B. I
p
a

B. II
p
a

第六部分　舞美创作谈及舞美图

实验戏曲《青天》舞美创作谈

刘　靖

“一语惊醒梦中人。”梦是人们欲望的满足，内心的各种欲望也会在梦里表现得淋漓尽致。现实中自己的形象往往是经过自己的主观塑造，而虚空的梦境反而成为人们最真实情感的载体。回想自己的梦境，很清晰却又很模糊，似乎记得大概却又难以描述其细节。在设计过程中，在保证设计风格统一的基础上，我将本剧中的几个点做了高度几何形象化的代替，权、钱、情、义也都找出相对应的几何语言，使这种表达方式和人们对于梦境的感觉做一个第一感觉上的统一，在舞台中融入光源、烟雾装置，结合灯光设计，烘托梦境气氛。用“大写意”的几何图形与光源营造一个情感饱满的舞台梦境。

舞台剧照一

舞台剧照二

第七部分　灯光创作谈及灯光图片

实验戏曲《青天》灯光创作谈

杨　帆

此剧以梦为主题，以大家熟知的包拯为标杆，四次入梦直至金钱、权力、爱情，展开探讨人性的欲望与贪婪。正如编剧所说，梦是人类现实世界的另一展现，是人内心的潜藏之地。开场由两位蚀梦者将观众带入梦中世界，演员们在舞台上踱步表演，灯光利用强烈的对比色勾勒出演员的肢体表演；配合着戏曲锣鼓，灯光的变幻使整个舞台产生强烈的形式感，在仪式中把包拯请出来。再就是与舞美的结合，整部戏的舞台没有切换场景，每一次入梦灯光都是一个新的“场景”，我尝试利用强烈的光色、光比来体现梦境的虚幻场景，使得灯光与舞美的整体风格默契统一，同时也实现光怪陆离的变幻效果。跟随剧情发展，根据包拯所遇之人、不同的故事内容以及人物性格特点，变化不同的灯光色彩基调，表达出人的多面性，提升了整部戏的视觉效果。

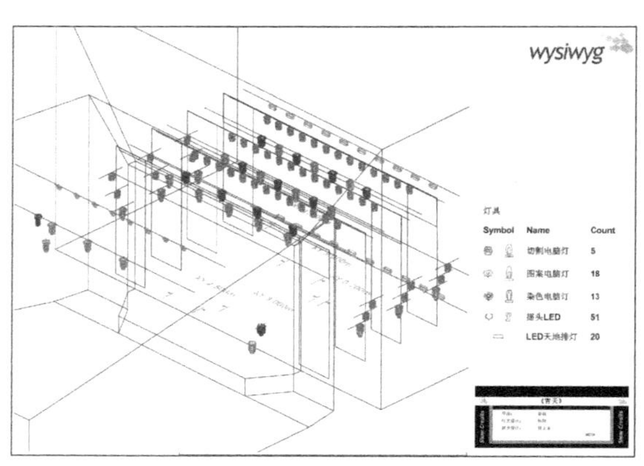

《青天》灯位图（立体）

第八部分　服装创作谈及服装图片

实验戏曲《青天》服装创作谈

吴　瑶

实验戏曲《青天》，讲述了以梦为食的蚀梦者为了探知人心，将铁面无私的包拯引入由钱欲、权欲、爱欲、亲缘编织的梦网中，通过形形色色的人物来窥探包拯不为人知的内心世界。

梦，是我们每一个人都会做的，是最普通的人类精神现象之一，然而又是一种神秘的精神现象，是人们情、爱、钱、权欲望宣泄之地。它亦真亦幻，深处梦中的人一切感受都是真实的，即便是醒来，大脑里依旧残留着梦境带来的各种感受。那梦是真实的，还是现实生活的延续？很现实，并非如此。梦中的感受是真实的，但梦的外在形象是神秘的、怪诞的、唯美的、恐怖的。包拯梦里不知身是客，故而他的情感才会是真实的。在服装上，包拯与蚀梦者只有通过“大同小异”的方式处理，才能让包拯认为自己的遭遇是真实的，让观众清楚他是在梦中。款式上，场上每一个人物的款式基本相同，通过不同的符号性服饰来表现不同人物的不同境遇。如梦瑶，她由蚀梦者幻化而成，因此只需穿上湖蓝色的帔即可表现出其年龄、身份、地位等信息。仅仅用一件帔，而非腰包、大头的整套扮上，是为了营造不和谐的视觉感受，让观众一眼看出戏中的梦瑶是假的，但包拯却认为梦瑶是真实的。这样的真假反差加强了观众对包拯的情感。再者，传统戏曲中，包拯头披黑纱表示入阴间断案，《青天》中包拯穿上黑纱外帔时，表明了包拯梦境的开始。

舞台美术中的各部门只有相互协作，才能达到视觉效果上的和谐统一。《青天》的舞美设计简洁概括、灯光色彩刺激前卫。因此，过于复杂的造型与色彩并不能够融入整体环境氛围中。为了表现梦境的神秘、人物心境的变化，舞台布景整体色彩沉闷，而此时白色的服装便成为整个舞台的通气口，让舞台压抑而不死板。白色是一个包容的颜色，灯光色彩鲜艳刺激，对比强烈，白色可以将这些色彩糅合到一个整体当中，就如戏曲服装中的“三白”（护领、水袖、鞋底），都起到间色的作用，协调色彩，加强黑白灰关系。

舞台服装的一大职能便是为演员表演动作服务。《青天》的表演融入了大量舞蹈元素，打褶的裤子静止时如同裙子一般，舞动时可开可合，方便动作的完成。裤子由下而上，由黑变白，灯光打到身体的上半部分，下裙的黑色与布景的黑色融到一起，搭配戏曲的小碎步，形成人物半浮在空中的效果，来表现梦境。

包 拯

蚀梦者甲

第九部分　造型创作谈及造型图片

实验戏曲《青天》造型创作谈

姜力晖

包拯：由包拯京剧脸谱提炼，上以白色油彩在脸上线条勾勒（例如将脸谱中白色的月牙和眼睛部分进行变形），给演员佩戴髯口。

蚀梦者：佩戴包含喜、怒、哀、乐形象的面具。分别用红、黄、绿、蓝颜色描绘，突出各自形象。面具形象灵感来自日本面具。

蝼鼠：吸取昆曲《十五贯》里娄阿鼠形象，将丑角白口豆腐块变形成白鼠形象进行设计。

包　拯

蚀梦者乙

《青天》这出剧目整体风格比较创新，我根据导演要求做出效果图之后，发给了导师秦文宝，老师提了一些建议和意见，在风格的把控上指导了许多，然后我根据老师的建议做了调整，最后呈现出的效果可能还不够成熟，今后我会继续多与导师沟通，努力完善。

第十部分 主创访谈

实验戏曲《青天》演员阐述

李学熹 饰 包拯

《青天》是一部实验戏曲，它的实验性是多方面的。而我作为本剧演员参与了此剧的创排。

我是导演专业学生，但在本剧中担任的是表演的工作。从表演的角度来说，我是有一些感悟的。令我感受最深刻的就是关于“戏曲表演节奏与话剧表演节奏的融合”，这也是我一直在探索的课题。在我做导演的时候，我就一直在想这个问题，当时我是要在话剧中融入戏曲节奏，当然，也因此跟我的话剧演员有过争吵。现在我作为演员，来亲自尝试这种融合的时候，才切身地感受到到底有多难。是的，无论戏曲也好话剧也罢，都有着自己的训练体系以及表演形式，而这些正是节奏的基础。戏曲表意重体现，话剧写实重再现。话剧以人物情绪情感带动节奏，戏曲通过锣鼓音乐来控制节奏。戏曲演员心中都有着锣鼓点儿，而话剧演员是不需要锣鼓点儿的。这就导致在没有锣鼓的情况下，戏曲演员与话剧演员的反应的差别，戏曲演员的反应总是有空档（心中的锣鼓）而且台词的重音也总习惯于“叫点儿”。所以，我在排演这个戏的时候很痛苦，这个戏实验性非常强，所以锣鼓很少，尤其在台词中间，但是又不能完全话剧，所以寻找一种“话剧感的戏曲念白”是必然的，当然现在处于探索中，无所谓成功与失败。

现在是一个艺术大融合的时代，而戏曲与话剧融合也是大势所趋。通过我自身的表导演经历，来寻找融合的尺度，将是我一直要做下去的课题。

王乔乔　饰　蚀梦者甲

作为《青天》剧组中的一员，我备感荣幸，感谢学校提供给我们这种实践创作的机会，让我们可以与各系学生相互交流，相互学习。

我在剧中饰演蚀梦者甲这个角色，我理解的是“鬼差”，但不是“黑白无常”。蚀梦者两人的性格不同，女性是内柔外刚，男性则是中刚外柔。起初，通过对剧本人物的分析，让我对本角色有了一个基本的概念，但是，分析出来的人物性格与我自身的行当以及性格相差甚远，这让我陷入了苦恼当中。但一个偶然的机会，让我想到，为什么角色一定是那个样子？或者说是大家心里的样子？大家心里的形象就一定是准确的吗？所以，我打破思维定式，对角色重新解读，并根据自己的行当、性格、嗓音特点给予角色新的定位，并且在排练中不断地思考改进，形成最后演出形象。

经过这次人物角色的塑造，使我在表演风格和形式上有了很大的转变，也可以说是对我自身行当的一个大突破。演反面人物并非我所擅长，表现得总不尽如人意，是大家在排练的过程中不断鼓励我、帮助我，才使我一次又一次地建立自信。我们在排练的过程中遇到了很多困难，比如木偶人的操作问题、音乐的衔接问题、威亚的处理问题、舞蹈的编排问题、排练的时间问题等，大家都很努力地想各种对策，在反复的尝试中不停地进步。

实验戏曲可以让我们在不失现有传统的基础上，进行大胆的尝试创作，我们应该珍惜并且把握住这难得的机会。

刘畅　饰　蚀梦者乙

我非常幸运能够参与实验戏曲《青天》的创排。

一开始接这部戏时我曾和导演多次沟通商量，导演表示“蚀梦者”这个人物可以尝试按照丑行的感觉表演，我才决定接这个人物！可是后来经过排练我才发现这个理解是有些偏颇的。

《青天》这部戏融合了话剧、阿卡贝拉、威亚、夜光效果等许多现代元素，起初这让我有些摸不着头脑，我不知道该怎么融入进去。“蚀梦者”

这个人物虽然戏份不多，但是他应该算是戏核的一部分，需要在整部戏中穿插，人物一会在戏里一会在戏外，让我这个接受了很多年传统戏曲教育的学生很难接受，一时间找不到表演的感觉和方向。

我也迷茫过，和导演沟通了数次，我这么演，跟这部戏搭不搭，符不符合整部戏的表演方向？经过导演和其他演员的帮助，我才逐渐找到了感觉，同时也在舞蹈编导的启发下，让“蚀梦者”这个角色固定了一个独特的表演风格！

《青天》这部戏是我接触实验戏曲的第一部戏，也是对我帮助很大的一部戏，它让我了解到，原来戏曲也可以这样演！今后我也会继续努力，希望还会有更多的新角色等我去挑战！

赵永明　饰　无名氏

在《青天》首演当天，突然接到家中父亲重病的消息。当时心情百感交集，一面是整个剧组辛苦排练多时的剧目首演在即，一面是年迈父亲重病入院，纠结万分。当时的第一反应是我得赶紧回家，照看父亲。但是转念一想，我这一走整个戏都要变动，正在这首演的紧要关头，我一走整个剧组就要重新安排人员，接替我的演出。这必然会给整个剧目带来极大的影响。作为研究生跨系部联合创作剧目项目展演的开幕式剧目，我们整个剧组担负着很大的责任，同时顶着巨大的压力。

于是我决定坚持演出，我给母亲打了一个电话，询问父亲的情况，把我这边的情况也向母亲说明。母亲说你好好演出，家里的事不用担心，虽然母亲尽量安慰我，减少我的担心，但我能真真切切感受到母亲焦急的心情。

“戏比天大”，其实并不是家里出了急事不回也要演戏，也不是演出中意外受伤不去急救还要坚持演戏，而是剧组每一个人都为了这部戏共同努力，克服各种困难，尽心尽力从头到尾全情投入地演出，展示出最好的剧目，不计较任何得失的一种团队精神，这正是我们国戏传承的“一棵菜”精神。这才是真正的“戏比天大”。

如果说在《青天》的创排过程中遇到的问题和困难，那两位导演真的是一肚子的话，我今天在这里只简单说两点，首先是时间紧任务重，《青天》作为研究生跨系部联合创作剧目项目的开幕式剧目，压力自然不小，这头一炮响与不响，可是对后续的几出剧目有着重要的影响。其次是演职人员的变动，因正值毕业季，很多初期参与剧目创作的同学都因为种种原因无法再继续参与，这就给整体的创作又增加了困难。好在有导演和其他主创们的同心合力，利用一切可以排练合成的机会，几乎是马不停蹄地进行紧张有序的排练。

首先要感谢研究生跨系部联合创作剧目项目的成功举办，这给我们在校研究生们提供了一个极大的实践创作平台，我身为中国戏曲学院表演系研究生的一员，就更为欢欣鼓舞。通过这个平台，我和其他专业的同学形成联合创作团队，最大程度地发挥我自己的专业所长。同时导师们也一直在背后作为支持力量，在创排的过程中给予了大量的指导。最后选择加入《青天》这个戏，也是受吴二川、姬晴的邀请，加之我对整个主创团队的了解，相信这些优秀的国戏研究生必定会联手打造一出精彩的剧目。

作为该剧的戏曲形体设计同时也是演员之一，在全剧的戏曲形体设计上我曾与导演和编剧进行充分沟通。此剧是一部实验戏曲，剧中很多元素都是来源于戏曲当中，但是又与传统戏曲有区别，这就需要充分地理解剧本与导演的艺术构思，既不能照搬传统戏曲程式化的形体动作，又要合理地编排符合剧情，符合剧中人物的具有戏曲元素的形体动作。所以我更多的是借鉴古代传说中祭祀、巫、傩戏的一些元素，整理重新编排组合，剧中有多段群体的形体表演都是由此元素来贯穿。

《青天》的首演虽然结束了，但是我们这种团结一致“一棵菜”的精神会伴随剧组每个人回到自己紧张又忙碌的学习工作当中。面对即将到来的毕业，要离开培育我多年的母校，心中的不舍一语难表，只有努力把国戏精神带到自己今后的工作和生活中，继续践行一个国戏人应有的精神面貌。

感谢赵永明接受我们的采访。从他的话中可以感受到，当在紧急的两难状况下，他选择“戏比天大”既是对观众负责，也是为了剧组所有成员的心血不付诸流水，真正体现了国戏人“一棵菜”的精神。他的故事又一次点亮了国戏精神，然而也有着无数的国戏人像他一般，坚守在岗位上，尽全力散发着光和热，书写着自己的国戏故事。

木偶制作

2018 年 3 月，国戏研究生创作剧目《青天》剧组，实地走访了位于山西省孝义市的木偶戏剧团，并有幸向木偶戏的传承人——武兴先生，学习了关于木偶戏的一些基础知识，邀请武兴先生作为特邀指导教师对《青天》中关于“木偶戏”的部分进行了相应的指导。

木偶戏就是用木偶来表演故事的戏剧，在古代又被称作傀儡戏。中国木偶戏历史悠久，普遍的观点是“源于汉，兴于唐”。三国时已有木偶人可进行杂技表演，隋代则开始用木偶人表演故事。表演时，演员在幕后一边操纵木偶，一边演唱，并配以音乐。根据木偶形体和操纵技术的不同，有布袋木偶、提线木偶、杖头木偶、铁线木偶等。

中华人民共和国成立以后，木偶戏的表演更加丰富多彩。除了演出传统的戏曲节目外，还表演话剧、歌舞剧、连续剧，甚至出演广告等。与此同时，木偶戏也面临着与其他艺术形式的激烈竞争。传统的木偶戏蕴藏着各地、各民族人民的思想、道德和审美意识，应加以扶持和保护。2006 年 5 月 20 日，木偶戏经国务院批准列入第一批国家级非物质文化遗产名录。

实验戏曲《青天》综合了多元化的现代舞台表达方式，此次我们尝试将木偶戏与京剧相结合。在剧中第三场《权欲》一折的处理中，将使用木偶戏的方式来呈现。杨大人这一人物的造型设定，是一个具有两米五高的超大“木偶”，由三名演员操作来进行戏剧性的表演，并使其活灵活现。木偶的表现方式既能体现他的唱、念、做、打以及喜、怒、哀、乐的感情，又能表现一些人戏难以体现的动作，具有独特的表现风格。

木偶戏是一种特殊的戏曲表现形式，蕴含了我们深邃的文化内涵，因此在《青天》的导演构思中，希望通过对木偶戏的创作实践，探索和研究木偶戏的戏曲形态功能以及由人表演戏曲的不同，寻找新的创作实践路径，呈现富有时代特征的现代戏曲作品。

非物质文化遗产是人类的“活态灵魂”，是民族传统文化的珍贵记忆，是民族文化的生命密码，承载着独特而丰富的想象力、文化意识和民族精神，对于人类生存与发展具有独特的意义和价值，因此国家也出台了《保护非物质文化遗产公约》等相关政策对其进行保护。木偶戏是一项非物质文化遗产，我们应当响应国家号召，积极吸收和借鉴，积极投身于文化传承。先人们将这些饱含智慧的遗产传承下来，我们有责任去保护好它。

拜访木偶戏传承人武兴先生

《青天》剧组的这次实践学习是传统京剧艺术与木偶戏的结合，是实验京剧的一次勇敢尝试，也是新时期对于我们的必然要求。身为国戏学子，应当积极承担文化传承的责任感与使命感，为戏曲艺术的发展不懈努力。

第十一部分　演出概况

一、实验戏曲《青天》演出一览

（一）2018 年 4 月 11 日晚，中国戏曲学院研究生跨系部联合创作剧目展演开幕大戏，实验戏曲《青天》首次于中国戏曲学院大剧院内部试演成功。中国戏曲学院大剧场举行了剧目展演开幕式暨大戏实验戏曲《青天》的首场演出。中国戏曲学院院长巴图，党委副书记徐超，副院长赵伟明，副院长冉常建，党委宣传部、教务处、学生处、艺术实践处以及各教学系的领导、老师们出席了开幕式。科研与研究生工作处副处长刘婧老师代表李威处长感谢学院对本次项目的支持，介绍了项目的整体情况，鼓励学生保持着对传统的敬畏，积极尝试、敢于探索，不怕失误与失败，不断总结经验，逐渐接近成熟与成功。同时祝福研究生们在有温度的学院成长环境中，在有高度的创作平台上，在全院的支持与鼓励下，在导师的悉心指导中，不断地出人出戏、成长成才。同时真诚地期待所有师生对研究生创作剧目提出宝贵的意见和建议。中国戏曲学院副院长冉常建教授对我院研究生寄予厚望："研究生跨系部联合创作剧目是我院研究生打开想象，放飞梦想的一个舞台，也希望研究生们在这个舞台上能够深深扎根中国传统戏曲艺术，紧紧地捕捉时代精神的脉搏，实现中国戏曲的创造性转化和创新性发展，在创作中不断提升我院研究生的团队精神、创新精神、协作精神，使我们培养出更多的能够使戏曲艺术走向未来的拔尖创新人才。"

（二）2018 年 10 月 1—7 日，以"中国梦 · 中华魂 · 戏曲情"为主题的 2018 中国戏曲文化周在充满自然气息的北京园博园里鸣锣开唱。此次文化周，研究生主创团队带着《青天》木偶杨大人亮相，也让大人体验了一把做"明星"的感觉。同时，研究生创立戏说文化携手山西孝义文化馆，将 10 个非遗小木偶带上戏曲文化周。

《青天》首演合照

（三）2018 年 10 月 22—28 日，乌镇戏剧节中，《青天》在乌镇灵水居、昭明书院、包子铺广场三处分别演出，场场爆满，受到观众游客的热烈好评。对于这出新颖的实验戏曲，大家反响都很热烈。有观众在演出后特意找到主创反馈，认为这出剧“唱词优美，讲述了人间至理，到了他们这个年纪反而会有更深的体会，是一部很有意义的作品”。乌镇戏剧节发起人之一，著名导演孟京辉也对这部戏表示称赞。

（四）2018 年 12 月 4 日，“文化部 2018 年内地与港澳文化重点交流项目暨中华艺文节”开幕大戏，实验戏曲《青天》在香港屯门大会堂隆重上演。为此次赴港演出，剧组全体成员紧锣密鼓地进行了为期一个半月的二期排练，在二期准备阶段对剧本进行了重新解构，融入了大量传统京剧中经典包拯剧目的故事情节；音乐创作中也引用了传统“黑头”的唱段，例如《铡美案》《双包案》《探阴山》《铡包勉》等；不仅于此，整个表演形式中大量丰富了戏曲程序化的表演特色，使整出剧目在现代化表演形式中更加富有戏曲的传统美学。

二、实验戏曲《青天》剧评集锦

1. 观《青天》有感

文 / 2017 级国交系研究生韩悦

在梦境中，白日里的假面被彻底暴露。包拯面对权和利的诱惑、爱情的破灭和亲情的割舍，不断做出抉择，表现其秉公执法、刚正不阿的铁面形象。

梦中之人，为所欲为；尘世之人，浑浑噩噩。这引发了观众对于充满欲望的当今社会如何去做一个顶天立地的人的思考。用将传统文化与当今现实联系起来的方式，挖掘经典社会故事来展现人性的贪婪，启发人们思考人性的本质。正义永远是社会价值所在，无论社会如何变迁，朝代如何更迭，正义仍存在于人的内心，只是在某些复杂的阶段无法体现罢了！将正义的价值观念通过戏曲表演的形式呈现给观众，有利于戏曲在当今社会的传播。剧目以包拯这一传统形象为内核，给观众一个“低门槛”的切入口，容易深入人心，加以现世的钱欲、权欲、情欲展开故事情节，这是本剧在剧本创作上的一大特色。

舞美的恰到运用则是此剧的另一大特色。整体来说，故事和灯光有着完美的结合，转场之间的灯光穿插给剧情衔接留有一丝的遐想。既增强了视觉的效果，又为塑造人物形象、展现舞台幻觉、突出戏剧矛盾冲突以及烘托情感奠定了基础。在第五幕中，包拯为了除暴安良，大义灭亲，杀了自己的侄儿，因此侄儿（被砍头）在舞台上寻找“头”，当时舞台上运用给包拯的定点光和其他演员身上的荧光和荧光线的相结合形式来表现侄儿身心备受煎熬和包拯心乱如麻的复杂心情，在此对比之下，更能体现人物内心和整个舞台的气氛，给我留下了深刻的印象。

将木偶元素融入于戏曲表演中，是此剧的一大创新。特别是木偶戏也是中国传统艺术之一，与戏曲表演艺术的完美融合，这是对传统文化的尊重与传承。另外，多种元素融入戏曲的表演方式也会增加观剧的可观赏性，更加丰富戏曲表演艺术手段，有利于培养年轻的戏曲观众，促进戏曲的传播。

至于美中不足之处，戏曲故事的情节开展略有拖泥带水，主演在表现人物方式上的转变略有牵强，在体会故事情节人物在故事中环境的变化时有所欠缺，在拿捏好人物内心活动上不够准确。例如：包拯杀侄儿本心是惭愧的、忏悔的，转场到了嫂嫂在大堂之上时，他的内心与外部是有矛盾的，因此在人物的刻画上不能延续刚上场时的心情来表现人物形象。我认为，在情节设置上，应该有所变化，让演员能更好地进入下一幕来转变人物心态，为人物的内心矛盾做好铺垫，以使得整体剧情更加流畅。

随着社会和经济的发展以及高科技的不断创新，我们戏曲在审美方式上有了很大的改观，戏曲正发生着潜移默化的变化。在创作剧目时，我们应该以优秀传统文化为内核，经典故事为主线，力求外部表现形式，以形式丰富性带动观众的入戏。我们应不断地摸索，用实践巩固已有的戏曲优秀内核，丰富和发展多形式、多样化的戏曲表演艺术。

此次实验戏曲《青天》是研究生跨系部联合创作剧目项目，是学院给研究生在专业学习和艺术实践上搭建的桥梁，也是不同专业的研究生共同协作、相互融合的社会化桥梁。它给我们树立了一个典范，值得我们全体研究生去学习。

2. 有关“欲望”的人文精神探讨——《青天》观后感

文 / 2017 级舞美系研究生王姝懿

有幸观看了研究生创新项目的原创剧目——戏曲实验剧《青天》，该剧以戏曲经典人物包拯为剧中主要人物，以梦境为背景，结合四段故事，探讨了对人性深处包括金钱、权力、爱情、亲情等欲望的追逐。这是有关人性生命的永恒话题，亘古不变。爱恨情仇，无欲则刚，人生的烦恼无非欲望使然，蝼鼠因为对金钱的欲望，不择手段，产生了恐惧。卖官鬻爵的二人因为权力的欲望，失去了性命，产生了痛苦。包拯与梦瑶的爱情之欲，因为无法相守而带来了锥心之痛和阴阳之隔。而包勉的草菅人命、为所欲为让包拯失去了亲情与王法的两全其美，在一手将自己抚养成人的嫂夫人哀求下，最终忠孝不能两全。一切悲剧的根源，剧中归结为欲望导致。全剧也正是在包拯见证了各种欲望带来的悲剧之后，痛定思痛，达到了无欲无求的人生追求和思考。

开篇以“副末开场”的形式，身着白衣的舞队，展示了甩发等戏曲表演技巧，他们簇拥着一黑一白两个人物，展开了富有现代风格的歌舞表演，在我看来这一黑一白的两个人物正象征着宇宙阴阳及事物的两极。全剧探索了新的伴奏方式，结合了戏曲花脸的唱腔和身段，富有新意，不失为一种现代与古典结合的尝试。

戏曲实验剧，是个较为新颖但又并不陌生的形式。对于形式的探索，可以较为大胆地融入其中，不拘泥于某一剧种的束缚，故有“实验”之称。但既然是戏曲实验剧，就必须明确戏曲艺术的规律，不能忽视戏曲艺术的本体。戏曲是以诗、乐、舞三位一体，集叙述性、抒情性于一身的综合性艺术，且以“歌舞演故事”为艺术特征。它兼具教育性和娱乐性，以寓教于乐为艺术追求。从娱乐性来讲，它要具备动人的情节和赏心悦目的形式技巧，也只有具备了完整的故事性和情节性，突出了戏剧的冲突和故事发展线索，拥有了叹为观止的形式美感，才能塑造出感人至深、动人肺腑的人物，并以有血有肉、充满性格特点的人物为承载，吸引观众的观赏乐趣，进而领略剧作者的人生思想和艺术旨趣。任何说教性的剧目，都是不具备生命力和持久性的。纵观古今戏曲，概莫能外。

人是社会关系的总和，欲望的有无，从来不是简单的，这是由人性复杂的本质所决定。汤显祖的“临川四梦”昭然若世的不就是对“存天理、灭人欲”的反击和否定吗？七情六欲构成了人之所以为人的温度和色彩。即使是代表了封建社会民众理想化身的包拯，也曾面对铡刀下的驸马思绪万千。从一名观众的角度来看，如果能把黑白二角色，转换为欲望有无的对立，一方是追求欲望的化身、一方是无欲无求的代表，他们把争执的矛盾，体现在包拯的身上，通过包拯的行动，一步步揭示出欲望的交织，以及抉择背后的无奈，在一次次对欲望的抑制中，体现出为大爱舍小爱的博爱精神，从复杂的人性中，提炼出高尚而永恒的人文精神，或许会更加深刻、更有张力。

3.《青天》观后感

文 / 2017 级音乐系研究生姜蕴珂

《青天》是一部新型戏曲剧目，在音乐方面运用了纯人声阿卡贝拉做背景音乐、演员表演过程中使用了“木偶演员”、唱腔极少、用大段的台词来表现人物情绪变化，创新手法过多。笔者将主要分析该剧在音乐唱腔方面的创新。

演出开始，首先观众们听到的是一段纯人声合唱，这段旋律便是此剧的主旋律。人声合唱的出现首先给观众的感觉是这不是一部戏曲剧目，更像是一部音乐剧，两位蚀梦者吊着威亚降落空中，无名氏们的出现伴随着京剧锣鼓响声出现在舞台上，又把观众们拉回京剧现场。之后这部剧目所有的背景音乐、伴奏音乐完全放弃京剧伴奏四大件，没有运用任何交响乐队，全部都是阿卡贝拉（纯人声合唱），配合着京剧传统打击乐，来诠释整部戏的音乐气氛。整个背景音乐运用了主题贯穿的创作手法，整体音乐感觉偏西方，这是创作者们大胆的新想法，所有主旋律也是靠合唱支撑，给观众们一种耳目一新的感觉。但是，笔者每当听到人声合唱就会跳戏，注意力不再集中于舞台表演，更多的是感受到合唱的存在，音乐上的大胆创新有点脱离戏曲本身的韵味，音乐和剧本上，传统和创新的融合需要更加贴切。目前戏曲中多声部伴奏是一种发展趋势，有纯西洋乐队、传统四大件加西洋乐队还有数字乐队。合唱伴奏也出现过，但并没有能够完全取代乐器的音效。笔者认为合唱的多声部效果是不能与乐器的多声部效果画等号的，乐器的表现力相对人声要更加有感染力、衬托力。

在唱腔方面，全剧的唱段只有两处。当然，伴奏依然是阿卡贝拉和京剧打击乐。可能是由于背景音乐是合唱导致主演的唱段少之又少。由于唱段较少，观众们在音乐上的注意力更多的仍然在背景音乐上。而主角包拯，只能靠着强大的舞台表现力来展现人物内心的情感变化。其余演员都是以京白和韵白来表达人物的情感、推动剧情。整部戏给笔者的感觉更像是一部话剧，不像是戏曲。在其他方面的创新也很多，比如在第三场上场的杨大人，这个人物角色完全由一个人偶代替，人偶的出现也是此剧的一大亮点。此外剧中还出现了很多的威亚效果，威亚的运用可以说是比较成功的，因为整个剧情大意是一个梦境，威亚的多次出现，可以给人造成一种虚幻的感受。这一切的创新手法皆是新型戏剧发展形式。但是由于此剧创新点过多，会使观众目不暇接，过多地转移观众们的注意力，使此剧不再像戏曲。

最后演员们的表演都可谓精彩之极，尤其是“蝼鼠”“县令”等人物形象，演员们都诠释得很到位，他们的表演可以让观众感受到这是一部戏曲剧目。这部戏整体来说亮点、创新点很多，像是在音乐、人物表现形式、舞美等方面都有创新，导演想法很多。但不足也是这过多的创新，使整部剧看上去并不像戏曲作品。作为一部创新戏，可以说导演有很多想法，但须进一步调整改动，才能使创新和传统更好地结合。

4. 观剧《青天》有感

文 / 2017 级舞美系研究生郭静

不夸张地说，这戏把我看哭了，头一回看戏当场看哭了。戏的中心表达很深刻且明确，作曲很好听，演员表演非常到位。其中还融合了戏曲木偶的表演，这是国家非物质文化遗产，真的不同凡响，运用特别惊喜而且精妙。舞美太棒了，当然最重要的是灯光做得真牛！下面是一些个人觉得很不错的场景，结合我的专业，仅从灯光角度分析这些画面。本剧舞美设计简洁大气凝练，良好地融入故事情节，展现人物的张力，因而相应在灯光的运用上，也就更加强调虚实的关系，虽在局部表演区的景、物、人物身上略显夸张，但却突出了艺术的真实，营造并烘托出整体艺术情境与氛围的真实，使整个舞台达到了虚实相生、意象融合的艺术效果。

通过舞台灯光的运用实现了对主角包拯更为淋漓尽致地揭露和展示。舞台灯光由原有的黯淡忽而变亮，内心充满希望的情绪欢快而出，可以想象此时的主人公心中是怀有怎样的向往。以在梦里一切白日里的假面都无所遁形，一切欲望都得到释放这样抓人的情节，促使人们反思人性的本质。

人的感官，普遍存在一种“向光性”，在灯光或光线强烈的地方，普遍会引起人们的注意。在舞台演出实践过程中，为了强调某一个点，以引起观众注意或实现对观众视线的引导，在灯光的运用中，往往特别重视追光的功能。舞台追光一般具有亮度高、运用透镜成像、可呈现清晰光斑、通过调焦可改变光斑虚实的特点，同时它还可以方便地改变色彩，自由运转灯体。因此，在目前的舞台演出中，追光多被频繁运用，以告诉观众戏在哪里，人在哪里，注意力和视线应该放在哪里。

剧中融入了木偶戏这样的创新形式，同时与中国传统戏曲艺术进行融合，表现出了我们对传统文化的尊重与传承。

对主人公梦境的展示，只是通过简单的灯光切换，便实现了现实中他的种种思绪与梦境中相见场景的对接，正所谓“有所思有所梦”。穿梭梦中，食梦为生的蚀梦者，以传说中刚正不阿的包拯为赌注，将他引入梦中，窥探其不为人知的内心。

在剧中，每一位人物都是当代社会深陷欲望旋涡无法自拔的典型人像映射，通过展现不同人在这里的选择，促使人们重新思考人性的本质。

学校的这种活动展现了这一平台对我们培养的重要意义，各位师哥师姐还有同级的同学们在导师的细致指导，不同专业同学间的互相探讨与默契配合下，切实将理论知识融入实操实践中，极大限度地增加了自身艺术理论厚度、艺术思维视野宽度和广度。

正如冉院长所说的，这是一个对我院研究生寄予厚望的“研究生跨系部联合创作剧目”，是我院研究生打开想象，放飞梦想的一个舞台，我们在这个舞台上深深将舞台艺术植根于中国传统戏曲艺术，紧紧地捕捉时代精神的脉搏，实现中国戏曲的创造性转化和创新性发展，在创作中不断提升我们的团队精神、创新精神、协作精神。我们应该好好珍惜这最宝贵的实践机会!

5. 观《青天》有感——京剧打击乐与合唱的配合十分巧妙

文/2017级京剧系研究生殷庆增

京剧打击乐的发展是伴随着京剧艺术的发展而发展的，从现在大约一百多种点子来看，其中大部分锣鼓点子是昆曲和秦腔演变而来的。打击乐器则是由鼓板、大锣、铙钹、小锣这四种主要乐器组成。虽然有时也用上镲锅、堂鼓这些乐器，但这只是在某种特殊的情况才使用，而用得最多、最广的，仍是上述四种乐器。

京剧打击乐在戏曲中是用来为戏伴奏的，必须对戏里一定的情节内容、一定的戏剧情绪的表现起到帮助和衬托的作用。因此，戏里的锣鼓，就不能任意乱打，而必须按照一定的规矩、法则将其组织起来，使其能产生各种不同的音响、节奏效果以表现不同的戏剧情节。所以，戏曲里的锣鼓就有各种不同的锣鼓点子，这些锣鼓点子又有不同的用法，各有不同的转接方法。

京剧打击乐的重要特点是它的节奏感非常强。在京剧艺术中，“唱、念、做、打”都离不开节奏。京剧的唱腔要有板有眼，京剧的“做”和“打”在舞台的处理上是不同的舞蹈动作。必须有节奏感，不然演员在台上就舞不起来，特别是武打动作，节奏感更强烈。京剧的念白不同于日常生活中的对话，讲究韵律，也要有不同的节奏。可以说，京剧打击乐是京剧演员在京剧艺术中得以表现人物性格的独有手段。“鼓能传神，锣亦敲意”是对京剧打击乐独特功能的精妙概括。

人声作为合唱艺术的表现工具，有着其独特的优越性，能够最直接地表达音乐作品中的思想情感，激发听众的情感共鸣。

1. 音域宽广。合唱的音域是所有参与者音域的总和，从男低声部的最低音到女高声部的最高音可达到三个半至四个八度。

2. 音色丰富。在合唱中可包含男女高、中、低声部中所有的戏剧、抒情种类，还有每个人的不同音色，以及各种音色的不同组合情况。

3. 力度变化大。从最弱的（ppp）到最强的（fff），都是合唱所能够胜任的力度变化范围，任何个人都是不能与之媲美的。

4. 音响层次多。由于合唱是多声部音乐，不同的和弦、不同的和弦转位、不同的声部组合、不同的力度级别、不同的音色变化，等等，都会产生不同的音响效果和层次。

5. 表现力强。合唱可以表现各个种类的作品，不论主调音乐还是复调音乐、不论任何历史时期、不论任何情绪、不论任何风格的作品，都可以通过合唱来表达。

合唱是包含着同声的、混声的齐声、轮声、领唱、重唱以及和声的、支声的、复调的、有伴奏或无伴奏的一种集体歌唱艺术。常见的合唱有同声合唱（男声、女声、童声）、混声合唱（男声与女声、童声与男女声），演唱形式有齐唱、轮唱、二部、三部、四部等合唱、无伴奏合唱。合唱有声域更宽、气息更长、力度更大、音色更多的特点。好的合唱应该是均衡而协调。合唱的均衡取决于声音的音量、音色的平衡。合唱的协调取决于声音的谐和、音准。混声合唱一般为男女声部混合，如女高音，女低音，男高音，男低音。女高音：明朗、轻柔、柔和。女低音：充沛、坚实而圆润。男高音：柔和、明朗、清晰、坚实。男低音：坚实、有力、充沛而宽厚。

《青天》一剧巧妙地将京剧打击乐与合唱结合起来，形式新颖独特，两者互相配合交融在一起，各自发挥优长，撑起了整个剧目的音乐形象。

6. 观《青天》小札

文 / 2017 级京剧系研究生王昊东

《青天》一剧作为研究生跨系部创作剧目之开幕首演，想必意义深刻。纵观全剧始终，抵触人心者，即幽游于青天白日里的五欲六尘，逸荡阴晚冥间之孤魂伶魄。简言之，二者所不同的，也仅是场景的不同，而且一切表现手法亦不离此内涵的表达。

青天凸淡蓝色氤氲，有隧初之感；夜间冥翳杳绝，飒萧阴沉，阴阳两隔。据笔者窥测此处所欲表现者，即阴阳相通，对观者眼中阴阳两界之先验感觉有所保留。除此，演员之表演，搭配服装、音乐的合理设计，确实是一部观感较佳的剧作。

即为创新剧，重点是剧之最大创新点，也是笔者想说的，在第三场《权欲》一折中，运用木偶的表现形式，其扭曲的身形、样貌确实迥异于传统戏曲审美，总体而言，确较好契合于是折主题表达。杨大人之木偶高达七尺有余，须由三人操作，更得熟练体现其唱念做打之技法，表情亦随剧情进展而更换，使杨大人之形象更具张力。与此类表现方式相似者，可举传统戏如《审潘洪》，冥界鬼卒，或有意易容之寇准、八王，面具装扮，以为塑造冥界场景而行使，是剧使用较多的木偶元素，在人物体现上，虽外化内心表达，却不免缩小演员于剧中所占之表演效力，处理不好，易造成观者出戏，看来如何使木偶元素与演员表演完好融洽，也是日后须谨慎考虑的一面。其实，这个问题的本质还是演员与木偶之表演形态的不同。溯源其本质，切问于表演形态的不同才是如何弥合创新的接榫点，为此亦可避免大讲创新时代的一味杂融。其实这更关乎对戏曲本质的把握，但既是关乎时代新戏，在目前看来，更多阙疑却转换到了对人性的思考。在徒求二者的同质化之外，可加问一句，此为价值性之高蹈，抑或是审美性之贬值？

7.《青天》观后感

文 / 2017 级京剧系研究生程谦

首先，《青天》一剧从听觉和视觉两个方面为观众展现了两个显而易见的创作亮点。一方面是其乐队伴奏在保留了传统的京剧武场乐队的基础上，加入了当代流行元素，演出全程都是由纯人声乐团代替传统的文场乐队来为演员的演唱而伴奏，这是我首次在一整出戏中看到这种形式的演唱，对我而言无疑是一种新颖且强烈的听觉冲击，我认为这是一种非常大胆的创新，这种结合后的伴奏形式是否能够得到广泛的借鉴使用，还是说只能局限于这一出戏中使用，还需要我们继续探索和尝试。另一方面就是剧中加入了木偶戏的创作，这一创新可谓一举两得，既加强了此剧的视觉效果，使观众眼前一亮，同时又传播弘扬了“木偶戏”这一相对小众的非物质文化遗产。尤其在演出结束后，木偶戏老师返场表演《徐策跑城》的片段非常精彩，虽然木偶的面部表情无法变化，但通过老师的操纵，也使我能够感受到人物的情绪，老师所操纵的木偶不但帽翅功技艺精湛，而且情绪表达很到位，将徐策的人物形象表演得活灵活现。在《青天》的演出中，是将木偶放大了来表现剧中杨大人的形象，由于木偶太大，必须由几个人共同操纵才行，这就要求木偶的操纵者们必须有足够的默契，而且必须每个人都对木偶所表现的人物倾注感情，才能更好地塑造出一个有情绪的、丰满的人物形象。我理解此剧中采用“大号”的木偶可能是想使杨大人的形象更有震慑力，但就我个人而言，我觉得返场时的“小号”木偶的表演更加灵动，更加能够吸引我。

其次，我非常欣赏剧中几处威亚的设计，尤其是梦瑶死的时候，花轿打开的瞬间，我整个人都被深深地震撼。另外，在此我有一个小建议不知是否合理，梦瑶这一角色既然已经采用了传统扮相，却没有戴全套头面，只戴了“泡子”和“鬓花”，这且不言，但我觉得至少再加一个“线尾子”就更好一些，不然会让人觉得为什么一个古代的妙龄女子有鬓角却没有头发？我想过是不是因为吊威亚时存在妨碍的问题，但是希望剧组能够想办法解决，以追求更好的审美体验。

除此之外，在看完此剧后我内心最大的感受就是，这出戏单用“戏曲”二字来概括已经不够准确了，因为我觉得此剧吸纳了许多种艺术门类的元素，京剧、话剧、木偶戏、声乐、舞蹈……它吸收了太多的艺术种类的营养，抛开了传统戏曲的程式，总的来看，传统戏曲的主干在此剧中其实并没有被太多地使用，只能说它采用了相对多一些的“戏曲的元素”，在本剧中我所看到的戏曲元素大概有以下几点：1. 上面提到的武场乐队；2. 剧中演员演唱的少量的京剧唱腔；3. 黑衣蚀梦者的念白是使用传统戏曲形式来表现；4. 演员们的身段大部分是戏曲身段；5. 部分配演的服装是传统戏曲所用的服饰；6. 部分配演的念白是带着“戏味儿”的有些像韵白但又不是韵白的念白，这是我极为不理解的一点，我想如果演员想以传统形式表现的话，那就单纯地使用传统的韵白或京白或“风搅雪”，如果想以现代化方式表现，那么就借鉴话剧或其他的表演形式，为什么要采用这样一种不伦不类的形式来表现呢？我个人是不太欣赏这一点的。综上所述，我认为这是个剧目不适合称为戏曲，而可以说是一出含有戏曲元素以及其他艺术种类元素的综合性剧目。

总之，在艺术发展的进程中必然需要我们紧跟时代潮流去大胆地实践创新，但戏曲艺术的创新要求我们必须要有扎实的基础，不单单是演员需要具备牢固的戏曲基础，整个创作团队都应当有一定的基础。想创戏必须得先懂戏，必须要有丰厚的基础积淀，如此才有可能创作出一个成功的戏曲作品。因此我们应当继续努力储备更多的基础力量，才能做到更好的创新。

创新不易，我们仍需不断探索……

8.《青天》剧评

文 / 2017 级戏文系研究生张明晖

实验戏曲《青天》是我校研究生跨系部联合的首演之作，故事中宣扬的主题依旧是我们所熟悉的，但无论是舞台效果还是音乐形式都与传统戏曲有所不同，更多地融入了现代元素，带给大家耳目一新的享受。

《青天》讲述的是包拯坠入梦境之中，在蚀梦者编织的一个又一个的梦里，包拯所流露出的最真实的情感，让我们看到不一样的包大人，他不再是铁面无私，冷酷无情，他是一个同样具有七情六欲的人。蚀梦者说，尘世人浑浑噩噩，梦中人为所欲为。每个人都有欲望，每个人都有想得而得不到的东西。他对包拯说，只要说出来他都可以满足。面对这些诱惑包拯又是怎么反应的呢？蝼鼠钻了梦境的空子得了一笔不义之财，他深知这是在梦里，没有人可以管得了他，同样他也劝包拯何不留在梦里做个逍遥人，包拯不为钱财所动将蝼鼠正法。贪婪的杨大人不仅卖官鬻爵，还随意杀人，以食人血肉为最快活之事，包拯依旧将其惩处。而后包拯遇到了自己的所爱梦瑶，只不过两人有缘无分，梦瑶为了爱情自杀，包拯虽痛心不已但是点醒自己这只不过是一场梦。后来他遇到了包勉的鬼魂，一个被自己杀害的好兄弟，面对包勉的哭诉，包拯满心的愧疚可是他没办法，天子犯法还与庶民同罪，何况是自己的侄儿呢？一夜四梦，钱欲、权欲、爱情、亲情，每一个都是最黑暗最痛苦的，可是包拯依旧是正直的包拯。如果说前两个梦是体现了包拯的正义之感，那么后两个梦就是包拯的真情所现，他也是一个普通人，怎可能没有情感，但是他不能让自己沉沦在里面，因为他的使命，他的责任。

在《青天》这部戏中最大的亮点就是运用了木偶戏的元素，一个两米多高的木偶，由三人操作，虽然看起来稍显笨重，但是它这一举一动，带有戏曲范儿的台步甩袖，在观众看来还是毫无违和感的，而且它扮演了剧中的杨大人，面目有些狰狞的确符合他这种贪婪的恶魔形象。此外还有剧中用到的威亚，蚀梦者坐在秋千上从空中落下，体现了他们高于一切掌管一切。人人都会做梦，他们就是以梦为生，同样他们编织梦境让人们沉沦其中不愿意醒来。带给我震撼力的还是梦瑶的自杀，她随花轿一同升上半空，忽而大喊“来世相见”，只见花轿打开梦瑶腰间吊着威亚躺在空中，身上的衣裙自然垂落，让人在惊叹之余也感受到一股唯美凄凉的叹息，有情人终不成眷属，生死相隔这应是最触痛人心的。而通过这种造型的展示，更加体现了这种无力感，一个天上一个地下，相隔甚远。

总之，观看完这出剧感受还是颇深的，毕竟是一出实验戏曲，内容或者形式上都有所创新，戏曲的味道被冲淡了一些，但是依旧是有它的发光点，有很多在今后的创作中值得借鉴的地方。时代发展的过程中，总是要跟着时代向前走的，这样可能获得的观众会更多一些，希望我们的戏曲艺术可以不断地传承下去。

9. 评实验戏曲《青天》

文 / 2017 级戏文系研究生崔大磊

《青天》是一部带有浓厚探索色彩的剧目，虽然不敢断定此剧的未来发展趋势，但是至少可以成为戏曲不断创新发展的一个方向。

艺术要随着时代的发展而发展，中国戏曲自然也是如此。宋杂剧、金院本、宋元南戏、元杂剧、明清杂剧和传奇、昆曲和高腔，一直发展到丰富的地方戏和被称为国粹的京剧，可以说中国戏曲从没停止过前进的脚步。而《青天》作为一部国戏研究生共同创作的实验戏曲，在以下三点给我们带来了一定的惊喜。

第一是故事的叙事手法。王国维定义戏曲为以歌舞演故事，然而歌舞只是表现手法，而叙事手法就有一个相当大的发挥空间。《青天》不拘泥于传统意义上从头到尾讲故事的架构，采取了自然发展的时空顺序，并且采取夹叙夹议的方式将故事碎片化，然后再用独特的思想运转顺序自由表达，如此一来，令观众深入剧情但不混乱。

第二是人物的设定。包公这一形象是戏曲舞台上的常见角色，历来被众多剧目反复表现，可以说他的形象已经深入人心。《青天》一剧并没有“炒冷饭”，不仅摆脱了其黑色的花脸形象，更是充实了包公的爱情、亲情方面的内容，充分展现出一个立体的包公，把一个令人高山仰止的“神”变成了一个有血有肉的人，在一定程度上打破了人们对其脸谱化的认知。

第三是音乐和舞蹈编排。传统戏曲有很深的程式化音乐和舞蹈，这是戏曲的特色，是表演的重要方式。《青天》一剧尝试着将这些程式化为新的表现方式，音乐上加入了无伴奏合唱，舞蹈方面加入了民族舞和现代舞的成分，同时又没有完全放弃戏曲精髓，可以说令人耳目一新。

10. 关于包拯梦境的重新解构与解放想象力——观《青天》后评

文 / 2017 级导演系研究生武晗笑

实验戏曲《青天》在跨系部的学生作品中完成度较高，有着自己独特的闪光点，木偶戏和阿卡贝拉的加入，让这部戏有了混搭的探索意识，实验之名确如其凿。

从编剧的角度来看，从包拯的视角探索人性，可以说是一个非常有意思的切入点。众所周知，包拯有青天之名，判尽天下不公之事，但是当把刚正不阿的包拯拉入欲望之海，所有欲望都可以满足之时，观众想知道包拯会作出什么样的选择，金钱、美人，抑或权力和亲情。编剧非常睿智地把握了人类的主要欲望并且放在了包拯的身上，那么包拯是如何反应的呢？如果包拯选择顺从欲望，那么他便不再是包拯，铁面无私的包拯在面对偷梦发财、买卖官位、挚爱逝去、侄子犯法时，欲望企图在梦中左右他，其实这是梦中的“本我、自我、超我”的角逐，“本我”的蝼鼠诱惑包拯一起发大财，包拯为官正直清廉，时值大宋，世人皆经商，包拯不愿同流合污自是清贫，所以梦中出现财之欲乃本我的抗衡，事实上包拯的“自我、超我”当下立断，做出了反应即不与钱财同流，做一名有节气的读书人的判断，之后的买卖官位同理。随后的欲望即“本我”进一步力图占据上风，迎娶佳人片段，因爱而不得，所以痛彻心扉，达到至痛，才可能突破“自我、超我”达到“本我”，最为沉重的一击即为姨母之子——侄子包勉的犯事，面对姨母的苦苦哀求，侄子的苦苦呐喊，包拯百般犹豫，在“本我”中苦苦挣扎，因“青天”之名的沉重，最终未能突破“自我、超我”，而选择斩立决，达到了物私两忘，成就“青天”之名。编剧的想法是大胆的，有深度的，但是每个事件在合理性上仍需完善，用90分钟讲清楚四件重要的转折与心理斗争仍显局促，例如包青天如何与蝼鼠周旋，除去包拯本身名声的震慑力，如何用大宋律法或者人性梦境弱点击溃蝼鼠的“本我”，让他回归“超我”，在人物塑造上去面具化而具有一定的人物个性，这点仍待商榷。

在木偶戏的运用上，买卖官位一场运用得恰如其分。在梦境中人物可大可小，在人类的梦境中巨化生活中的人物也合情合理，当木偶师操纵巨大木偶来到舞台上时，观众的猎奇心理达到满足，但是在后续的戏份中木偶之事仍有很大的操作空间，却早早离场，稍显遗憾，想象蝼鼠如果用矮小的木偶表现，或者没有头的巨大木偶侄子利用身高对梦中的包拯造成压迫，可能会更有趣味性。当然这样的操作也必然会带来排练以及道具的负担，学生作品需要考虑的地方仍有很多，离市场流通中的诸多作品尚有一段距离。

当然，像加入阿卡贝拉与戏曲片段相融合，未尝不是一种大胆的尝试，在目前出演的版本中人声部分与戏曲唱段主次上仍有可以调整的空间，甚至可以尝试在下一版本中加入更多的阿卡贝拉唱段，尝试音乐剧的形式。

总之，这是一次实验性质的大胆尝试，所有技术的运用都应为塑造角色而服务，有亮点，有新意，充满对于包拯梦境的想象力。

11.《青天》观剧剧评

文 / 2017 级新媒体系研究生白悦琪

研究生跨系部联合创作剧目展演开幕式暨实验戏曲《青天》于 2018 年 4 月 11 号在学校的大剧场开幕。开场就点明主题：欲望之海，极乐之地，亘古无垠，直情径行，你该如何选择？在这部剧中，每一位人物都是当代社会深陷欲望之都，无法自拔的典型人物映射，促使大家重新思考人性的本质。

剧中通过青天大人包希仁的梦境让我看到了大千世界形形色色的人物缩影，蚀梦者可以在黑暗来临的梦境中满足世人所有的欲望，人们可以忘却自我，活成自己欲望中的样子，但是包希仁体味了与梦瑶的爱情，蝼鼠的钱财与杨大人的权力诱惑，包勉的亲情。包希仁却并没有在欲望之都忘却自我，反而是不忘初心。他唯一的私欲就是还世界一份公平。

作为一名学习戏曲动画的研究生，我从这部剧中看到了新编剧中许许多多的创新，这与我们平日做动画时对角色的再创造有异曲同工之处。例如，对原本繁杂的剧本改编，是平时我们做动画需要借鉴的；服化道的简化设计也是动画中需要考虑到的，如何简化又不失去韵味。一名动画导演从剧本改编到场景角色设计，再到动作设计，音乐，后期的一整套把控与这部剧的整体创作流程有许多的相似之处，对剧目的创新改编再创作给了我许多的灵感，在如今大众文化的潮流中，如何保留戏曲的韵味，又用新的形式来表达一部剧目，在未来的日子，我也会努力地加入联合创作创新型剧目的队伍中来。

12.《青天》观后感

文 / 2017 级舞美系研究生张欣

《青天》以梦境为背景，这里是欲望之海，极乐之地，所有的欲望都能满足，所有的幻想都能实现，可极乐地即龙潭虎穴。在这里，人人的欲望都能无止尽地被满足，生活畅通无阻，他人的生命任你掌控，一切都变得轻易，这种轻易把人的贪恋、欲望无限放大，让每个人堕落如蝼鼠、杨大人、包勉等类。这梦境是现实的缩影。

世人皆贪梦中痴，难料还有独醒人，这个人就是包拯。剧中第二场对爱财的蝼鼠的嫌恶，对第三场权势熏心的杨大人、王公子、县令的愤慨，第四场与梦瑶情意绵绵，第五场大义灭亲处决侄儿包勉，包拯在这些钱欲、权欲、爱欲、亲缘一系列纠葛中，仍然刚正不阿，心怀天下，他的欲望即是天下的太平清明，这正义的选择鼓舞人心，包拯还是传统形象中的包青天。包拯因梦瑶嫁于他人，不能和自己双宿双飞而肝肠寸断、心碎万千，但最终未受蚀梦者诱惑去满足自己的欲望，这一设置使包拯的人物形象更为丰满，他铁面无私、刚正不阿却也充满人情味，这样的正义更珍贵更触动人心。处决包勉时回忆儿时的欢乐，纠结于人伦亲情，但最终为了正义为了天道，还是处置了侄儿，这一设置也有同样的作用。

剧中演员的造型值得一提。包拯的扮相非常特别，与传统戏中的包拯形象相差甚远，妆面服装都不甚相同。额间的白色月牙形状温和洒脱，好似湖中的倒影，这倒影就如同这梦境。其服装也脱离传统形象中的形制，有一些近现代的影子，这样的形象有助于营造梦境中的感觉，与蚀梦者和群众的造型有相似之处，简洁有力，也和梦中的梦瑶、杨大人、县令等人的形象就有所区别，但总觉得区别太大，如果除去额间的月牙，整个人物就一点也不“包拯”了。杨大人这一巨型木偶形象也令人惊喜，丑陋、巨大暗示着为权者过度的权力和丑恶，也可看出幕后工作者的新颖的思考和用心，感谢他们带来的诚意满满的作品——《青天》。

13.《青天》剧评

文 / 2017 级舞美系研究生李杨

实验剧目《青天》主要讲述了中国历史上有名的清正廉洁的官员包

拯，被蚀梦者拖入梦中，想尽办法让其堕落的故事。一共分了四个故事，第一个故事包拯进入梦境，但是不晓得自己是谁，遇见了在梦境穿梭挣取不义之财的蝼鼠，蝼鼠的原型应该是著名昆曲剧目《十五贯》中的娄阿鼠，娄阿鼠本身也是因为偷盗十五贯钱杀死尤葫芦这样一个见钱眼开的人。《青天》中的蝼鼠在剧中努力地使包拯堕落，但是在包拯想起自己是谁的时候落荒而逃。第二个故事是包拯阻止了杨大人借由强权欺压来买官的王公子的事情。第三个故事是包拯与富家小姐梦瑶相恋，却被嫌贫爱富的梦瑶父亲拆散，导致梦瑶自杀身亡的故事。在最后一个故事中，包拯斩杀了自己的恶霸侄儿包勉后醒悟，梦境中可以掌握的生杀大权，无数的金银财宝都是虚妄。

剧中演员的表演可圈可点，这并非是一出传统的戏曲，作为一出实验戏曲，演员在传统的表演上做了创新，这个非常棒，但是剧情上稍显微弱。在人物造型上，蚀梦者的部下上衣都是中式对襟裁剪合体的长袍，下半身是轻薄宽松的裤子，颜色统一白色，戏曲妆容，营造出梦境中虚无的感觉。两位蚀梦者一黑一白，加以红色辅助，戴着高高的阴阳师式的帽子，帽子两边坠着长长的红色带子，形容诡异，与梦境这个题材十分契合。主要角色包拯在白色中式长袍外罩着黑纱，突出了他是强迫被拉入梦境并且刚正不阿的形象。每个单元故事中来引诱包拯的其他角色在造型上既是传统的戏曲人物装扮，又与现实中的人物有所差距。比如说剧中梦瑶的造型，把传统的花旦大头去掉，坦白说造型上并不美，非常强烈地突出了角色的脸，特别大。但是在梦境中，这个强调出来的脸反而十分诡异，倒是与现实做出了区分。还有最令我印象深刻的就是武兴老师操作的第二个单元的戏曲木偶杨大人，有两人高，需要三个人一起配合操作。杨大人这个人代表的是强权，绝对的权力，放大这个人物，能给观众一种威严，受到压迫的感觉。后来得知这个是中国的非物质文化遗产，真的是太棒了。武老师又在结束时为我们展示了一个拿在手上五十厘米左右的小的木偶，仅需一人操作，活灵活现，与真人演出相差无二。希望日后有机会能向武兴老师学习。很好奇木偶是如何制作，演员又是如何操作的。

这次《青天》的剧目做的大胆的创新非常值得学习，在舞台上搭建的景致很有现代装置的感觉，并且将之前一直隐藏在台子下面的乐池放在舞台景上面，这种反常规的做法将梦境这个意境表现出了极致。同时也方便了演员从台前上台，在台前表演，非常厉害。这部戏无论是在演员的造型上还是舞美的景致搭建上，都忠实地遵循了梦境这个题材，各方面反常规的大胆的创新非常成功。一黑一白的蚀梦者坐着秋千从舞台上方登台，又在结束时坐在秋千上离开，行踪诡秘，足够说明人物的身份。梦瑶死亡时穿着红嫁衣吊在空中旋转，梦境中的死亡本来与现实就是不一样。放大梦瑶的死亡能令观众对人物同情，但是又能让观众意识到这是在梦境中，而不是现实。

14.《青天》观后感

文 / 2017 级表演系研究生武远远

在观看《青天》之前深深地被节目单的剧照所吸引，看剧照就能感受到这部剧舞台大胆创新，一定对传统的京剧有很大的突破，非常地吸引人。果然不出所料，当在大剧场观看现场时，震撼感就更强烈了。

整部剧大体有三大块创新点。首先，舞台的设计非常大气，舞台上也大胆地使用了威亚来渲染气氛。感觉非常新颖。其次，演员的表演有些也打破了传统的京剧舞台表演，比如，蚀梦者的演员有很多的舞蹈动作，主演的表演也多用了话剧的感觉，最大胆的创新就是导演把木偶戏也大胆地用在了戏曲舞台上，但是我觉得木偶做得有点大，可以考虑再小一点。最后，现场的人声合奏使用得非常的大胆，只用了打击乐，所有的弦乐都是由人声伴奏，给人耳目一新的感觉。

下面我想说一下我对这个故事的感受：这部剧的编剧也与传统京剧有一些不同的切入点，比如，传统京剧一般宣扬的是忠孝节义的故事，很少有从头至尾都在剖析一个人的内心情感与欲望。这部剧的故事其实看起来更像是一个话剧的本子，但是用京剧的表达方式来演，就会觉得很新颖。但是，虽然我觉得它对传统京剧有非常大的突破，以上已经阐述了它的新颖，这里不再赘述。说一点觉得不舒服的地方，首先是念白，看剧的时候我总是会跳进跳出，不能始终进入观戏状态，我觉得主要是它的念白时而京白时而话白，会让我突然很恍惚不知道当时看的是京剧还是话剧。其次是主演的唱腔，可能是由于人声伴奏的原因，让整部剧的唱腔感觉有点歌的感觉，说是京剧，可是又有一种似是而非的感觉，也让我跳进跳出的。最后就是客观问题了，可能由于排练时间很紧张，所以演员的动作不那么熟练，所以可能肢体表达就有些欠缺。比如：有错动作的、有不齐的，等等，这些都会导致这部剧有些瑕疵。我相信如果有足够的时间排练和适当地让表现方式统一一点，可能会体现得更好。

15.《青天》剧评

文 / 2017 级舞美系研究生杨洺畅

《青天》的导演是我在本科的时候就听闻过的吴二川师哥与姬晴师姐。演员和幕后主创有一部分是我的师哥师姐，也有我研究生班的同学，所以从宣传时期就对整个戏充满了期待！

包拯，在我们的传统印象中一直是以廉洁公正、立朝刚毅、不附权贵、铁面无私，且英明决断，敢于替百姓申不平的形象深入人心，很难与欲望、极乐等词相联系，而在这部戏中，编剧与导演巧妙地将包拯作为典型形象，与蚀梦者、剧中人物三方面之间发生的一系列的化学反应，向人们展现不同的人是如何作出选择的！更促使人们重新思考人性的本质！

在观戏过程中，给我印象比较深刻的有三点：第一，舞台设计与以往的有所不同，整体舞台在整部戏中并没有变化，而是靠吊杆和威亚进行换景，威亚在传统镜框式舞台中使用还是比较新颖的，同时对于使用以及演出安全有一定的挑战。与此同时，将乐队与伴唱放置在舞台后方高台上，加入了阿卡贝拉的现场人声演唱形式，将音乐融入现场演出中，呈现出了震撼人心的听觉体验。第二，灯光设计也是这部戏的一大亮点，俗话说视听盛宴怎能少了视觉享受，舞台的前后区域区分，以及与舞台设计相融合，将观众带入梦境中，又走回现实中。给我印象最深的是演出开始时两个蚀梦者吊在舞台上方，给予定点光，舞台中间许多无名氏在围绕着包拯，将观众一下带入了整个故事情节中。第三是木偶戏的加入。在《2018 年新年戏曲晚会》中，也加入了木偶戏，而且本人 4 月初曾到山西平遥进行参观与学习，对于山西的民间文化非常的感兴趣。木偶表演加入演出中，足以看出我们的演出形式多种多样，更加的丰富多彩，将中国传统的戏曲艺术与现代的演出形式相结合，将传统文化赋予了新的生机与活力。

研究生跨系部联合创作对我校学生来说并不陌生，这个平台不仅能够将我们所学专业与实际相结合，给予我们更多的实践机会去展示自己，培养和提升团队协作精神和创新精神，同时我们也要牢牢抓住时代精神的脉搏，实现中国戏曲文化的创新与发展！

16. 实验戏曲《青天》观后感

文 / 2017 级戏文系研究生孟诺楠

《青天》这部戏以梦为载体，以贪欲为食，讲述了包拯进入梦境，在这个亦真亦假的梦境当中，他迷茫、徘徊，最终找到了真我，摒弃了贪欲的诱惑。包拯的形象和梦中形形色色的人物形成了一个鲜明的对比，通过这样的对比，促使观众在当下包罗万象的世界中反思人性的本质。

非常值得一提的是，《青天》这部实验京剧融入了许多新鲜元素。《青天》的音乐创作建立在戏曲曲牌的基础上，唱腔及主要旋律依托戏曲曲牌的底子，但是其中又有阿卡贝拉人声的融入，打破戏曲音乐的原始编制。这样的创新组合，碰撞出了震撼人心的听觉体验。其次，《青天》还融入了木偶戏的元素。在戏中第三场《权欲》一折中，“杨大人”人物形象是以一个高 2.5 米的巨型木偶呈现的，人物一亮相，就给了观众强大的视觉冲击，木偶由三个人操控，以便其能够有生动的表演。木偶的表现方式既能体现他的唱、念、做、打以及喜、怒、哀、乐的感情，又有一些人戏难以体现的动作，比如在演出中出现了“杨大人”拎起“县官”衣领的一幕。

总的来说，这部戏有许多可圈可点的地方，但是也有一些不足。比如说剧本的结构还是稍显松散，在场与场之间没有必然联系，甚至也不是递进关系。这便与戏曲所强调的“一人一事”有些矛盾。还有一点，包拯作为主人公所起到的强调作用不明显。就目前的剧情来看，主人公就算不是包拯，是狄仁杰、是海瑞，甚至是其他人，也都能说得通。在传统戏曲中与包拯相关的剧目有很多，尝试做戏中戏或者反其道选择一个反面人物作为主人公也是一种思路。

作为一出实验戏曲，本身就志在探索，希望《青天》经过打磨后能够在舞台上大放异彩。

17. 浅谈观实验戏曲《青天》感受

文 / 2017 级导演系研究生化利好

“鸡毛毽，踢得高，开封出来个黑老包；黑老包，胆子大，天不怕来地不怕；除恶霸，杀贪官，红红的日头朗朗的天……”一曲《包公颂》一曲《青天》情，包拯是老百姓心中的青天大老爷！然而穿越欲望之海，到达极乐之地的梦中，我们的青天包大人在面对钱欲、权欲、爱欲、亲缘时，又会作出怎样的选择呢？

《青天》以在梦里一切白日里的假面都无所遁形，一切欲望都得到释放这样抓人的情节，促使人们反思人性的本质；以融入阿卡贝拉人声的形式，呈现出了震撼人心的听觉体验；以大气凝练的舞美服装风格，完美地融入戏剧故事情节，与刻画人物的表演达到了相得益彰的程度。同时，以融入木偶戏的元素给本戏注入了新的形式，给人以极大的视觉盛宴。演员的唱念做打既有中国传统戏曲的程式化表演，又有与现代生活元素的契合点，通过灯光、舞美、服装、化妆、演员等遵循舞台上“一棵菜”的精神，整台戏的呈现有着一定的艺术价值和思想价值。

在结尾处，包拯最终还是印证了老百姓对他千古不变的评价：都道是包拯铁面惊神鬼，冷面人胸中也有火一堆，老百姓一粥一饭多恩惠，寸草心怎报慈母三春晖，为百姓甘受清贫心不悔，为百姓敢对权势不蹙眉，这乌纱本是百姓给，百姓的官不为百姓却又为谁、不为百姓却又为谁……让我再次感知实验戏曲《青天》的魅力，真可谓戏已尽而味无穷……

18. 观《青天》有感

文 / 2017 级舞美系研究生周泽伟

《青天》实验京剧展示了失忆的包拯在梦境中被各种假面所扮演的欲望所笼罩，一切的欲望都在梦中得到释放，最终打破欲望反思人性的故事。

这部剧的舞美设计以巨大的钢架结构为主体，钢架结构的外侧贴附着生锈的钢板，钢架结构的一层是以监狱为元素而抽象融合的，整体给人一种冰冷残酷的视觉观感，也很好地切合了欲望的主题，二层的平台是阿卡贝拉人声乐队和乐队的平台，在兼顾舞台效果的同时，又重视舞台设计的实用性，又能衬托人物的特性，展现人物的张力；整体的服装设计以白色为主，更能体现出灵魂和欲望的感觉，整体的服装简洁大气，也很好地贴合了舞美的设计，两者相得益彰，很好地融入了故事情节之中，在剧目的一开始还使用了威亚做的秋千吊在吊杆上，两个秋千上坐着两位演员，代表了在中国传统文化中人们所了解的阴司的角色，随着剧情的发展，威亚会上下移动，在中间的一场中，还有一顶轿子被悬挂在半空中，看上去很有震撼力，在保持传统的同时又能加入新的创意。

整部剧的声乐部分是京剧传统器乐与阿卡贝拉相交融，展示了中国传统声腔的悠扬婉转的美，与现代人声的空灵伴奏完美地融合在了一起，呈现出了震撼人心的听觉体验。

整部戏的肢体动作也是以中国京剧传统的形体动作为基础的发展与变形，既保留了中国传统京剧的动作美，也能显现出现代舞蹈的美，在演出中还融入了中国木偶的元素，一个身高两米多的巨型木偶在武老师的手中舞动得惟妙惟肖，更能体现出此剧对中国传统文化的继承与发展。

19. 实验戏曲《青天》剧评

文 / 2017 级戏文系研究生李宇翼

中国戏曲学院研究生跨系部联合创作剧目实验戏曲《青天》经过两场连演，在一片掌声中落下帷幕。实验戏曲历来多受非议，有的学者认为其本质是话剧加唱，在这样的压力下编剧李涵宇对包拯这个家喻户晓的人物进行了重新解读，在戏里实现了戏中戏的转换，新的艺术手段的加入也更让这部戏有了实验的意味，这样的尝试虽然颇有些大胆，但从呈现效果上来说仍然是不错的。

包拯这个人物在传统戏中经常被搬演，最著名的《铡美案》《打龙袍》《赤桑镇》《探阴山》，等等，不胜枚举，这些剧目至今依然活跃在戏曲的舞台上。可见无论是剧作家还是观众，都对包拯铁面无私的正义形象有非常深厚的感情。在《青天》中，两个蚀梦者试图推翻包拯高大全的形象，让他能在梦里为所欲为。第二场用金钱诱惑他，他不为所动；第三场用权力诱惑他，他冷眼旁观；第四场用爱情诱惑他，他忍痛割爱；第五场用亲情打动他，他刚正不阿。第四场的故事虽然是虚构的，历史上也并没有梦瑶这个人，但在这一场我们能感受到包拯内心的情感变化，他也表现出对爱情的纯真向往，创作者试图用爱情给高高在上的包青天这个近乎神的人物形象增加一些平凡的色彩。第五场中借用了《赤桑镇》里的部分故事情节，表现出在法理和亲情面前，包拯仍旧不偏不倚。两个蚀梦者的私欲在最末也得不到满足，包拯还是那个包拯，他廉洁公正、立朝刚毅、不附权贵、铁面无私，且英明决断，无可撼动。

撇开情节的部分，此剧也大胆运用了阿卡贝拉伴唱模式，还借助木偶、威亚等元素，使得整台演出呈现颇有点先锋派的意味。当然，此剧也尚有可改进的空间，比如在前三场的虚构故事里，常看包拯的传统戏的观众会看得一头雾水，到《赤桑镇》的情节才能入戏；钱、权、色、情这四场的场次安排上还有值得斟酌的地方，但总的来说，《青天》中一改包拯在传统戏里的板正形象，有了新的表现方式，也为今后在新编戏曲的创作方向上打开了一点新的思路。

第二章

梦里窥视贪人欲　醒时奈何身似「鸭」

——小剧场京剧《陈显窥梦》剧目集

研 / 究 / 生 / 跨 / 系 / 部 / 联 / 合 / 创 / 作 / 剧 / 目
小劇場京劇
陈显窥梦
时间：4月26日18:30
地点：中国戏曲学院小剧场
中國戲曲學院出品

《陈显窥梦》海报

第一部分　团队简介

小剧场京剧《陈显窥梦》团队成员来源于中国戏曲学院在校研究生和本科生，均为各专业的优秀学生代表，在他们的共同努力下，这出戏渐趋成熟，团队合作也越来越默契。

小剧场京剧《陈显窥梦》剧组

制 作 人：杜　媛
导　　演：赵　祥
副 导 演：杜　媛
编　　剧：李曦明
作曲 / 配器：王余雷
编曲 / 音乐制作：王　琪
舞美 / 道具设计：刘　柳
灯光设计：杜春晓　万证道
造型设计：李飘宜
服装设计：于媛媛
化妆设计：黄湘琴
平面设计：卓世伟
宣传策划：贾　如　张馨予　孙晓雯
文案撰稿：谈　悦
舞台监督：苏　浩

运营策划：周宗越　何欣皓
录音缩混：金泽旭
主　　演：李　威　杨雪松
　　　　　代旭妍　王华宇
京　　胡：康长升　袁明钰
京 二 胡：王嘉萱
板　　鼓：孙哲恬汐　孙　旭
月　　琴：马钰虹
序曲笛子：刘韦朴
三弦 / 海笛：刘　晴
中　　阮：张子鑫
大　　阮：李昊之
大　　锣：徐嘉威
小　　锣：苑广智
铙　　钹：刘　桐

第二部分 剧目简介

小剧场京剧《陈显窥梦》

改编自聊斋故事的小剧场京剧《陈显窥梦》是2017年中国戏曲学院研究生创新剧目之一，以三种求名求利的典型人物为主要角色，讲述了一个因偷鸭而起，发人深省的小故事，陈显蒙仙人点化，习得窥梦之法，窥探到富豪张睦一夜好梦，发现这位人人称赞的“张圣人”，背地里利用他人贪欲，将贪婪之人变鸭并从中获利。谁知欲念膨胀，反噬其身，张睦可谓自作自受，撞破秘密的陈显也无法置身事外。

第三部分 编剧阐述及剧本

小剧场京剧《陈显窥梦》编剧阐述

李曦明

一、剧本创作出发点及立意

（一）小剧场京剧《陈显窥梦》创作契机

近年来以欲望为主题的先锋戏剧、实验戏曲、小剧场戏剧层出不穷，本人在现场观看了一系列类似作品后，发觉不论是话剧还是戏曲创作者，都倾向于将欲望和抽象形式结合。诚然，欲望本身是抽象的，但是在抽象主题上加诸抽象表现形式的度很难把握，稍有不慎便会让观众的观感不佳，惶惶惑惑分辨不出创作者想要表达的具体内容。因此一直思考如何在创作时将该主题具体现实化，恰逢本科时学习改编《聊斋志异·骂鸭》一文，便基于原故事创作出了《陈显窥梦》最初的剧本。

（二）小剧场京剧《陈显窥梦》主题

《聊斋志异·骂鸭》讲述了一个因欲望而起的小故事。有一人偷了邻居的鸭子，浑身长出鸭毛，梦中听闻须由失主将其痛骂一顿才能褪去鸭毛。邻居老人生性仁善，心胸宽阔，从不计较得失。一人须被骂，一人从不骂人，由此二人来往周旋，一番波折后偷鸭人才道出实情，得以解脱。基于这个充满生活气息的小故事，我将故事中两位主人公的矛盾面放大，使冲突升级，创作了《陈显窥梦》。《陈显窥梦》虽然由《骂鸭》的中心点出发，却更复杂多元化。故事讲述了云游侠士陈显偶遇“圣人”张睦，自觉蹊跷，入张睦梦中探得真情，欲将其伪善的“圣人”面目撕下，却在此过程中逐渐沦陷的故事。该剧由“偷鸭”这个市井邻里中真实常见的事件出发，在剧中人物行动线的交叉中，展现人人都有所求的主题，在揭露个人欲望的同时，也抨击了站在道德制高点批判他人的人群。

二、人物分析

剧中四位主要人物为张睦、陈显、王二、简盼盼，除了热心肠的邻家少女简盼盼外，都是有所求之人。

（一）张睦和王二

张睦，年少时偶然习得将人变鸭的法术，便常年在自家院中豢养着数只肥鸭，打着行侠仗义的名号将偷鸭的人变成鸭子。

王二，走街串巷寻油水的乡野痞子，三番两次偷张睦的鸭子。

张睦和王二本是同类人，张睦求名求利，王二求饱腹。如果按欲望等级划分，王二是循着生理本能行事，张睦以恶劣手段牟利的同时仍要求好声名，所图颇多。

（二）陈显

陈显本是云游侠士，借着入梦窥梦的本事助人为乐。游至扬州城见那张睦无有生计却也不计较得失甚是奇怪，探明真相后欲拆穿“张大圣人”的伪善面目，却在威胁张睦的过程中袒露了求名的心结，因此反被张睦利用，长出了一身鸭毛。

三、结构阐述

《陈显窥梦》全剧共分为《偷鸭》《窥梦》《变鸭》《骂鸭》四场。

第一场《偷鸭》，由王二偷鸭而起，通过简盼盼将王二抓去张睦门前，告知张睦王二是偷鸭贼，张睦在简盼盼面前却不在意得失，欣然原谅王二的偷鸭行径，待到简盼盼离开后，对王二冷言相向的简单情节初步描画张睦人前人后不一致的伪善行径。

第二场《窥梦》，陈显上场表明身份，并抛出对“张圣人”的怀疑，并开展寻求真相的行动——入梦窥梦。

第三场《变鸭》，这一场包含了张睦梦中与现实两个场景。梦中张睦作法将王二变鸭的过程被陈显打破，张睦从梦中惊醒，发现秘密被陈显窥见，焦急难耐，正假作淡定地与陈显周旋之时，简盼盼上门送鸭，张睦忐忑之下费尽心思送走简盼盼后，害怕陈显将自己的秘密昭告天下，用法术与金钱诱惑陈显，陈显均不为所动，无奈之下张睦以圣人名号相赠，陈显陷入拥有圣人美名的美梦之中，最终中了张睦的圈套。张睦也因作恶太多受到师傅惩戒，长出了一身鸭毛。

第四场《骂鸭》，简盼盼发现人变鸭的真相，前来张睦家对峙，发现张睦也一身鸭毛，为了自保张睦不得已说出破解法术的方法，即让骂上一顿，且真心悔过，便可褪去鸭毛。简盼盼痛痛快快将王二、陈显、张睦三人挨个骂了一场后，果真是即刻见效。事后陈显收王二为徒，继续云游四方，张睦沿街乞讨为生。

四、创作过程

《陈显窥梦》创作之初因为缺乏舞台经验，因此在人物和情节结构设置上仍然太过抽象，不利于舞台表现。建组后经过讨论，将这出戏定位为小剧场京剧后，结合传统京剧的特点加以修改。首先是增加了简盼盼这一女性角色，改变原本的纯男性角色设定，不仅在视觉上更好看，也一改初始版本的严肃，使得这出戏的整体风格更青春活泼，更符合小剧场京剧的体量。其次是删减了很大一部分“梦中”的情节，这一删减是为了使故事内容更贴近生活，增大真实的部分，减少虚拟的内容，以避免走入抽象表现手法的误区，同时也使得故事内容和京剧的表现形式更贴合。

在不断修改的过程中，最大的难题是如何在维持主题和主人翁基本设定不变的情况下，使情节和结构更加完整。“人人皆有贪念”的主题、伪善的张睦、中途被欲望迷了心智的侠士陈显，是我在创作之初就想写的内容，因为不管是最初版本的《陈显窥梦》，还是上演后的《陈显窥梦》，这三点都是没有改变过的。然而保持这三点在剧本的修改过程中却并不是一件容易的事，是改变陈显复杂的人物设定，给故事做减法，让其更贴近传统京剧小戏，还是保持陈显的人物设定不变，这样会使故事的旁枝错节增多，进一步可能会影响到小剧场戏剧的观感。关于陈显的人物设定反复推敲修改了多次，也寻求了老师和同学的帮助，最终成为《陈显窥梦》演出本中所呈现的状态。

解决了人物设定问题后，导演将《陈显窥梦》的风格定为讽刺喜剧，修改后的文本内容和讽刺喜剧的定位还有很大的距离，因此参考了柳琴戏《刁三娘骂鸭》。简单的人物和情节设置、具有地方特色的语言、表演方式的组合使得《刁三娘骂鸭》成为一出人物特色、歌舞性、趣味性兼有的，完整的地方戏曲小戏。这出戏同样也是根据《聊斋志异·骂鸭》改编，却在情节设置上与《陈显窥梦》完全背道相驰，《刁三娘骂鸭》在原文的基础上再加以简化，片段式呈现内容，将演出的重点放在两位演员的表演上。因为京剧和地方戏表现方式的差异，不能完全参考《刁三娘骂鸭》中优势的处理方法。但是这出小戏的喜剧性有利于把握讽刺喜剧的整体风格，在修改剧本的过程中给了我很多启发与警醒，我也因此想到严肃的主题用插科打诨的方式呈现也许更容易被观众接受，舞台呈现上也会更好看，这是在最初创作剧本时忽视了的问题。

五、结语

《陈显窥梦》是我第一个呈上舞台的京剧作品，创作的过程中遇到了很多创作纯文本时难以想象的问题，虽然转变思想观念并不容易，但是在摸索学习的过程中我也因此积累了诸多宝贵的经验。

小剧场京剧《陈显窥梦》剧本

编剧　李曦明

京剧台本整理　苏宁

时　间　古代

地　点　扬州城

人　物　陈显（盗梦人）——老生

张睦（“张圣人”）——文丑

王二（乡野痞子）——武丑

简盼盼——花旦

第一场　偷　鸭

【鸭子唱，恶为善起善掩恶，真作假时假亦真。求名求利无穷尽，只叹贪婪一点心。

【王二上。

王　二　【数板】自幼，自幼儿，不如意，爹妈早亡无人教育。懒读书，不学习；游手好闲我乐意。手儿滑，偷东西；谁家失盗你可别叹气。今日里，钱见底；眼看就要饿肚皮，饿肚皮！

王　二　我！王二，自幼父母早亡，没给我留下金山银海，是我自幼手脚不净，在街市之上顺些个东西补贴家用。没法子，人穷志短啊！唉，前几日路过张圣人他们家门口我拿了您几只鸭子，没说的真的是膘肥体壮，我不免再去……

【简盼盼上，王二偷鸭被简盼盼抓住。

简盼盼　好你个王二，张圣人隔三岔五丢鸭子，原来是你偷的！

王　二　不不不，就这么一次让小姑奶奶您撞着了。之前可不是我。哎哎哎，是他！

邻居甲　啐！

王　二　你也干过！

邻居乙　去！

简盼盼　少废话，走，见张圣人去。

张　睦　（念）人生短短数十载，且放宽心避纷争。名利过眼如云烟，富贵于我等闲看。

（白）鄙人张睦，扬州人氏，是我平日里乐善好施，众百姓都叫我……（此时简盼盼喊门）

【简盼盼及一众邻居揪着王二上。

简盼盼　张大圣人！

张　睦　是谁啊？

简盼盼　张大圣人！众街坊有请啊！

【张睦开门。

张　睦　（装清高样）盼盼姑娘，何事清晨光临寒舍呀？

简盼盼　张圣人，这小子连续几日偷了您家的鸭子，要不是今儿个我起得早，恰巧撞见，您家这鸭子，不知道还能剩几只呢！（说着又踢了王二一脚）

王　二　（忙求张睦）哎哟！张圣人，您向来公道。您来评评理，我怎么能偷圣人家的鸭子啊！

【小花旦啐王二。

简盼盼　你好不知耻，都让我逮着了，你还不承认。

张　睦　唉，无妨无妨，邻里之间何必如此。要怪就怪鄙人这鸭子，怕是养得太过肥美，就连天上的神仙都眼馋喏。

王　二　（挣扎）看看，看看，不愧是张大圣人，人家都不怪我！你多的是哪门子事啊！

简盼盼　张圣人！

张　睦　鄙人既然不在意，旁人又从何在意起来呢？

【王二在原地整理衣领，表情得意。邻居们下。

简盼盼　可张圣人，您就纵着这恶人？

张　睦　人之初性本善，这世上本没有恶人，只是少些许感化罢了。

简盼盼　可这……

张　睦　盼盼姑娘，无需多言，张某的为人，你是晓得的。还要多谢姑娘替鄙人抓着这小儿，鄙人虽是不在意丢鸭子所失的银钱，可这院内的鸭子都是陪伴鄙人多年的小友，只希望它们能寻个好去处哇。

简盼盼　张圣人，您真是个大善人，放心吧，有我在，您这鸭子呀，是一只也少不了。

【简盼盼对王二扮凶脸，后扭捏下。

王　二　谢啦张圣人，您可真是菩萨心肠，观音娘娘都与您比不得哇！

张　睦　王二呀王二，你这可是第二次偷鸭了。若再有这第三次……

王　二　张圣人，张圣人，不敢，不敢，我再也不敢了。

【王二往舞台下走去，走到舞台边缘，取下腰间的口袋，往空中一洒，纷纷扬扬的鸭毛落下。王二下。

张　睦　（看着王二的行为摇头）哈哈（冷笑）。

第二场　窥　梦

陈　显　（引子）偶遇名师，年少任侠，习就道法。善窥梦，终日里将恶人来查。人少任行侠，游梦探心走天涯。

（念）游走江湖纵风流，人前人后把梦偷；命里有时终须有，命里无时莫强求。

（白）在下陈显，汴梁人氏，少年时偶遇仙人点化，习得窥梦之术，此法可入他人梦境，窥探其心。是我凭着此法游走江湖行侠仗义，好不快活。前者路过此地，我看扬州城内民风淳厚，是个敦睦之乡，便住了下来。（蓦地）只有一处，我那邻居张睦他！唉！（望望邻居的方向）——

（唱）人人夸他心肠好，
道德品行样样高。
仗义疏财从不少，
扬州城里领风骚！
细思此事有蹊跷，
疑虑颇多费推敲。

（白）这些日来，我观他，名不副实，装清高，假斯文。唉！整日子曰诗云，圣人门下；我想养鸭之人不过尔尔，他为何挥金似土，真真蹊跷也？

（唱）他必定心有鬼施邪弄巧，
不寻常者怪非理就是妖，
我且来入他美梦探分晓，
管叫他原形毕现无处逃。

【更鼓声提示三更二更了。

（白）听谯楼已打三更二更，天色不早，待我施展法术，入梦一回，我就是这个主意啊！

【陈显翻身入梦。

第三场　变　鸭

【梦中。

张　睦　（念）白日求得声名好，金银钱财梦中捞。

【张睦上，走到鸭圈中，抱着鸭子念念有词。

王　二　白日偷鸭不如意，黑夜二次来偷鸭。

【王二上场，和张睦打照面。张睦逮着王二偷鸭。

张　睦　（得意地）王二啊王二，我可是饶过你两次了！这再一，再二，这不能再三了吧？

王　二　张圣人，我错了错了。下次再也不敢了。

张　睦　呵呵，下次？晚了！就是我有心想放过于你，只怕你自己也饶不了你自己。你先变了这肥鸭，把你卖去那相熟的富贵人家，密授其法将你变回成人，你就在那老老实实当一辈子田奴罢。【咒语】弥勒咪，弥勒嘛，变鸭来！

【王二痛叫，变鸭，未成之时陈显上，结果破了张睦法术，王二又变回人形。

【打更声响起。“咚——咚！咚！咚！咚！”张睦躺在床上，猛地坐起。

张　睦　适才梦中，那王二眼见变鸭已成，不知何人破我法术，惊我好梦？好梦虽断，焉知事已成就。王二啊，小子。张某平生最恨贪心不足之辈，你也是应有此报啊。哈哈哈哈。你怎知是我幼年得异人传授，得一法术，只要人心存贪欲，行为不检，只需这么一下，嘿嘿，就能大变活鸭！以此惩恶扬善，行侠仗义。养鸭五载，乡邻中偷个一只两只的大有人在，我是不在意，若偷这三只吗，那就坏了！今晚必定浑身痛痒，半炷香的工夫也就变成鸭子了。我只需明日一早前往他的家中抱回鸭子，有人撞见只说我怜你家贫，前来送些好处，只怕那些蠢材还得赞我一声张圣人呢！哈哈。

陈　显　张睦！好贼！

（唱）你好比癞蟾蜍贪婪一样，

镜中花水里月无有下场。

恣意行人变鸭丧了天良，

天有报终来临无处可藏！

张　睦　你是谁？休得胡言污蔑于我，这扬州城中谁不知我急公好义，古道热肠啊？！

陈　显　哼！（唱）你那里休得要巧言遮挡，

瞒他人瞒不过天理昭彰。

虽然是扬州城百姓夸奖，

人丑陋心恶毒亚赛虎狼。

张　睦　原来是陈兄，此言差矣哟！想我幼年之时，在恩师门下求法，他老人家时常言讲，张睦啊！出我门下必须要惩恶扬善，喏喏喏，我是一点儿也不敢违背啊！

陈　显　住口！【西皮快板】听一言不由我怒气上撞，

只气得侠义人怒满胸膛。

临江麋死不悟师门德丧，

贼张睦蛇蝎心自夸贤良。

陈　显　呸！【西皮快板】欲难填害百姓把民来伤，

学道法为获利恶债难偿。

假圣人伪君子廉耻俱忘，

今日里撕假面嘴脸曝光。

张　睦　唉！（唱）我心光明随便讲。

（白）有道是众口铄金，三人成虎，他们都夸我呀……

（唱）张大圣人我是好儿郎！

陈　显（笑）好一个张大圣人，这活人变鸭，也是大圣人所为之事吗？

张　睦　陈兄所言张某听不明白。

陈　显　不明白不妨事，你且听道啊。我陈显蒙仙人点化，习得窥梦之法。这梦中所思所想，皆是所欲所求，所喜所惧。因而凭着入梦的本领，惩治了不少贪官污吏，恶霸豪强，江湖上也有些虚名。方才我撞见你将王二变鸭，还说要将他卖去做田奴。是与不是？

张　睦　鄙人心善，向来不喜纷争，陈兄为何上我门来胡言乱语，污我名声？

陈　显　好！我来问你，十日之前你院中有鸭一十三只，王二盗走三只，你这院中为何仍有一十三只？

张　睦　哎呀呀呀，陈兄好眼力呀，实不相瞒，鄙人一心向佛，这十三乃佛家功德圆满之意，我这院中常年是十三只鸭，少则补之，鄙人也是图个心安罢了。

陈　显　哼！我再来问你，你终日只知助人行善，在外不曾做些什么营生，你这助人的银钱从何而来，这鸭所喂之物又从何而来？

张　睦　啊呀，陈兄过誉了，这喂鸭之物嘛……

陈　显　讲！

张　睦　这……

陈　显　讲！

张　睦　这好人有好报你听过吗？！

陈　显　呸，真真无赖之徒，走，随我见官。

简盼盼　张圣人！

【简盼盼拎着鸭子上。

（整理仪容）张圣人，张圣人您在家吗？哟，陈大官人也在呢。

张　睦　盼盼姑娘，清晨至此所为何事呀？

简盼盼　张圣人，这王二三天两头偷您的宝贝鸭子，咱们都是邻居，得多帮衬帮衬，我呀，代表邻里乡亲的，给您送鸭子来啦。

张　睦　啊呀！

陈　显　可笑，实在是可笑哇！

简盼盼　陈大官人嫉妒啦，那也没辙，这鸭子呀，是给咱大圣人的。

陈　显　圣人？！圣人也有真假，大奸似忠，大伪似真哪。

张　睦　陈道友，你我二人还是别处说话吧。

简盼盼　你这个人有什么疯病吧？净说些什么让人听不懂的话。什么真的，假的，奸的，忠的。不知所谓？

陈　显　你到王二家中一探便知。

张　睦　陈道友啊！陈兄！你这是干什么呀你？——（将陈显拉到身后）额……盼盼姑娘，我先谢过你的鸭子。快些回去吧，（作赶状）免得落下闲话。

简盼盼　那，那，那——

【简盼盼被推出门。张睦关门。

简盼盼　那我去了——

张　睦　（擦了一把汗）险哪……

陈　显　怎么，你怕我将你的勾当道与她听吗？

张　睦　啊呀呀，陈道友，我卖鸭这些年积攒了不少的银钱，全部赠予你。我这营生的秘密，你知，我知，可好哇？

陈　显　我要这银钱何用？方才我不曾将你做的好事说破，实在是给你一个改过之机会，快些将这不义之财还与人家，将那田奴悉数救回，以偿你罪。

张　睦　这个自然，这个自然。好说。好说。（欲溜走）

陈　显　张睦！哪里逃！你这营生的奥妙简盼盼往王二家一探便知，我纵然替你遮掩，你这圣人名号哇！呵呵呵！也是保不住了！

张　睦　啊！这圣人名号也是无有什么紧要的，你放了我吧。

陈　显　放你出此门——

张　睦　多谢恩人！

陈　显　去见官！

张　睦　啊！陈道友哪！你我二人算得是半个神仙，皆厌恶那贪心之人，你就该助我一臂之力，你不该坏我法力啊！也罢！我就把这鸭人相变之法告诉于你，你我行侠仗义，除恶行善可好啊！

陈　显　呸！你借行善之名求利，我以行侠仗义为本，岂能与我相提并论！今日一定拉你见官，吃些个苦头，不怕尔不招。

张　睦　哎呀呀！钱也不要，道法也不要，罢！让我赠你几顶高帽！道友啊，我知错了呀。

【南锣】有张睦，知道错。

洗心革面心悔过。

张　睦【南锣】陈道友，神仙骨。

法力高，有仙福。

陈　显　那是自然。

张　睦【南锣】道法妙，我不如，

行侠仗义，把人助。

不像我，贪欲昧心把人变鸭做田奴。

陈　显　哼哼。

张　睦【数板】陈义士，陈道友，你的威名传五湖。

扬州上下齐称道，道法玄通盖世无！

（白）他们将你来夸赞……

陈　显　赞什么？

张　睦　【南锣】陈大圣人美名著！

陈　显　噢？陈大圣人？

张　睦　不错！陈大圣人！

陈　显　当真？

张　睦　千真万确！

陈　显　果然？

张　睦　诺诺！一点儿也不差啊！

陈　显　啊？

张　睦　啊！

陈　显　陈大圣人！哈哈哈——好啊！

（唱）听张睦他那里将我夸赞，
不由人身受用喜在心间。
自幼儿学道法神州游遍，
为的是惩恶扬善美名传。
今日里惩戒他贪心回转，
他赠我圣人号理所当然。
从今后再接力继续行善，
积功德感上天早日登仙。

张　睦　陈大圣人——

陈　显　嘎！

【陈显陶醉，面露贪婪。

张　睦　哈哈！入我彀中矣！【咒语】弥勒咪，弥勒嘛，变鸭来！这下好了，我让你，有嘴说不出人话！

【陈显开始变鸭。

张　睦　哈哈！这下好了，我让你，有嘴说不出人话！嘶，好痒，嘶，嘶，嘶（越发急促），为何如此的痒，（搓身上）鸭毛？怎么会……我明明把陈显变成了鸭，怎么我身上也长出了鸭毛！师父，救救我，师父——

【张睦师父幕内音　逆徒，你贪心不足，借道法牟利，如今已变鸭九十九只，你就做那圆圆满满第一百只，也尝尝这做鸭的滋味罢！

张　睦　师父，救救我吧！

第四场　骂　鸭

【简盼盼惊慌上。

简盼盼　张圣人开门哪！

【张睦从帐子里露出头。

张　睦　盼盼姑娘，何事啊？

【不愿开门。找了件衣裳挡住鸭毛。（此处加一段紧张的音乐）

【惊慌失措的张睦急得团团转，四下寻找屋内可以藏身之处。

简盼盼　张圣人，我可进来了——

【简盼盼抱着变鸭的王二推门进屋。

简盼盼　张圣人，不好啦，王二变鸭啦！

张　睦　变鸭？！（不由身上一抖）

【张睦打量自己身上长出的鸭毛。

张　睦　不要胡说，青天白日焉有人变鸭的道理！岂不闻子不语怪乱神。

简盼盼　张圣人你——

张　睦　……我……

王　二　嘎！（用嘴去叼张睦的鸭尾巴）

简盼盼　这，王二变鸭了……张圣人……（指了指）您怎么也有个鸭尾巴——

陈　显　张睦！好贼！

【一身鸭毛的陈显冲出。张睦拱身，钻到床（桌）下，露出半截鸭屁股。

陈　显　（唱）一霎时只觉得痛痒难忍！

（白）你与我滚了出来！

【陈显奔桌子而去，被简盼盼拦住。

简盼盼 陈大官人，你怎么也一身鸭毛？这，这究竟是怎么一回事呀？

陈　显 就是这个张圣人，诱人偷鸭，实则将人变鸭，无人之处再施些法术，将鸭变人，典去富贵人家做田奴！

简盼盼 真有此事？

陈　显 你若不信，问那王二便知。

简盼盼 鸭子如何说人话。

王　二 嘎？

陈　显 （揪出张睦）张睦啊！你要与我说！你要与我讲！

张　睦 ……我，哎……

陈　显 这厮的把戏被我窥梦识破，他便一不做二不休，将我也变作这笼中之鸭——

张　睦 你倒择得干净！你倒是和大家说说，你是怎么被我变了鸭子的！

陈　显 我，我，我，我——

张　睦 你什么你！是我来说吧，我这变鸭之法，只对世间贪婪之人有效，要不是你心底存了做圣人的妄想，我这一顶顶的帽儿，怕还戴不到你头上去呢！

陈　显 你！

张　睦 你什么，是你自己贪！

陈　显 （争吵）你贪！

张　睦 你贪！

简盼盼 别吵了！我算是听明白了！

【众人望向简盼盼。

简盼盼 说起贪，你们仨一个也跑不了！

【张睦一脸讨好地凑上去。

张　睦 盼盼姑娘，鄙人有罪！打也打得！骂也骂得！不要气坏了啊！

简盼盼 我自然该好好地骂骂你！

张　睦 对！骂！可劲骂！

简盼盼　我——

张　睦　（一脸渴望地趴在简盼盼脚下）您倒是骂呀?

简盼盼　唉哟，我一个姑娘家家，我骂不出口呀!

张　睦　（泄劲）哎呀！小姑娘啊！（不甘）你若再不骂，我可真的要变鸭了——

【张睦自觉说漏了嘴，捂住嘴巴。

陈　显　且住——张睦这鸭变人的法术难道就是……

张　睦　（垂头丧气）是了！须得有人痛痛快快，劈头盖脸，臭骂一顿。若真心悔悟，方可褪去一身鸭毛。

陈　显　此话当真?

张　睦　千真万确！盼盼姑娘您行行好，乡亲们，行行好，骂骂我吧！我快痒死了!

王　二　嘎——嘎嘎!

【众人望向盼盼。

简盼盼　这是哪里说起……

（唱）简盼盼闻此言左右为难，这才是，青天白日，朗朗乾坤，活人变鸭，鸭变活人，着实蹊跷；还要我女儿家，学那泼妇，大骂街前，他三人才得平安；这件事着实难办。

张　睦　——您骂骂我，骂骂我吧——

陈　显　盼盼姑娘！行个方便吧!

王二鸭　嘎!

简盼盼　——唉

（白）我管是不管？唉!

我也曾随娘亲听经佛前，

有道是心向善与人方便。

他三人变成鸭甚是可怜，

救他们断贪欲【反二黄散板】功德一件。

（白）罢！一个一个站好了!

【王二，张睦，陈显并排来到简盼盼身前。（指着）这做贼的（王二点头）、贪财的（张睦高兴）、求名的（陈显羞愧）——

（白）陈显！

陈　显　在！

简盼盼　你这贪名自恋的愚人哪！

【二黄原板】骂一声，陈大倌，听我言，贪名自恋，你好不羞惭……

你好比楚叶公好龙自显，
又好比贼王莽礼顺恭谦。
好龙者难把那真龙来见，
博美名假谦恭尸骨不全。

陈　显　呀！人变了，果真变了。

陈　显　好啊！这一骂果然不痛不痒，鸭毛褪却，姑娘请上待我施一全礼，救命的恩人！从今以后我定当洗心革面，不贪虚名侠义当先。

王　二　嘎嘎嘎！

简盼盼　【唱】骂完了陈大倌回头来看。

那一旁王二他叫得可怜。
王二啊，
叹你枉为男子汉，
游手好闲贼心肝，
骂你不如护家犬，
骂你无耻兽一般，
骂你作恶该此报，
骂你出门挨黑砖，
骂你千人唾弃，万人恨怨，不得好死。
遇犬犬咬，遇河水淹。

【王二变回人样。

王　二　变回来了，变回来了，多谢盼盼姑娘，多谢盼盼姑娘！

张　睦　盼盼姑娘！还有我，还有我哇！张睦这里给您作揖了，打躬了，再不然我就跪下了。

简盼盼　我骂你这欺神骗鬼，假善作恶，贪财好利的贼！

张　睦　骂得好啊！

简盼盼　【唱】简盼盼惩贪婪一言来讲，
骂一声贼张睦细听端详。
披人皮充良善圣人名享，
却原来狗心肠人渣一样。
都道你品德高志洁兰芳，
谁知道使邪术牟利猖狂。
人变鸭心残忍豺狼模样，
爱钱财如性命骑鹤维扬。
今日里尝恶果作茧自诳，
可见是天有报分毫不爽。
骂张睦只骂得火冒三丈，
【唱】从今后乞讨度日赎罪孽你莫心伤！

张　睦　谢谢盼盼姑娘！还要拜托姑娘将我全部家财送予众乡邻哪！

【张睦下，换富贵衣。

简盼盼　陈显，陈大官人！

陈　显　啊！盼盼姑娘还有何事啊？

简盼盼　张睦罪有应得，你也得受罚！

陈　显　额！是是是！姑娘说来！

简盼盼　我罚你什么呢？（抬眼看到王二）有了，你要收王二为徒，教他改邪归正，同你一起积善修德！

陈　显　是是是！王二啊！从今后你我泛舟五湖，浪迹江湖可好？

王　二　好好好！拜见师父！

【舞台深处，陈显带王二行走江湖，简盼盼在台前赶鸭，张睦下至观众席。

张　睦　行行好！

【剧终。

【幕落。

第四部分 导演阐述

小剧场京剧《陈显窥梦》导演阐述

赵 祥

托尔斯泰说过："人是具有两面性的，一个兽性的我，一个人性的我。"《陈显窥梦》就是根据《聊斋志异·骂鸭》中人变鸭、鸭变人的故事元素编创而成，夸张而又诙谐地揭示了人性中的两面性。

一、揭示人性的主题思想

《陈显窥梦》以四个人物的设置，分别揭示了人性中的善与恶，歌颂了人性中善良而可贵的品德，讽刺和鞭挞了人性中贪财、贪名、贪利的弱点。并体现了恶有恶报，善有善报，不是不报，时候未到的思想观念，以此警醒世人止恶扬善。

二、讽刺喜剧的体裁风格

编剧运用浪漫主义手法和现实主义手法相交融的创作方法来编创。人变鸭的荒诞情节，窥梦捉赃的夸张处理，喜剧性的人物设置，对贪欲丑陋的无情揭示，等等，唯有讽刺喜剧的风格才能得以淋漓尽致地展示和体现，才能符合浪漫主义和现实主义创作手法相融合的风格，并能更进一步增强艺术的观赏性和感染力，使观众在娱乐中反思，从而得到精神的洗涤。

《陈显窥梦》剧照

三、古朴、典雅、诙谐、清新、诗意美的演剧样式

京剧这一国粹剧种，端庄、大气、规范、严谨，更适合演帝王将相、历史演变等厚重体裁的剧目，这样一个厚重的剧种演讽刺喜剧体裁的剧目，在样式的把握上有一定的挑战性。所以，在保证京剧剧种端庄、大气、规范、严谨这些特点的基础上，力争显现诙谐的情趣，渲染诗意美的意境。如剧中人的表演风格，王二偷鸭的小走边，陈显夜行的走边以及规范化的表演，均是京剧剧种古朴本体的表演元素和程式技巧，充分体现了京剧剧种的本色。只是为了人物性格的需要，在人物刻画中将形体略作调整。

在诗意的追求和诙谐的表现方面，也有一些想法。如开场时众鸭在伴唱声中上场的设置，一束光透过纱质的布景，映射出笨拙的肥鸭在争夺、斗殴的滑稽剪影画面，以此来营造既诙谐又诗意的意境；再如剧目的结尾，陈显、张睦、王二三人求骂的舞台调度及表演的夸张，起到极强的讽刺喜剧效果，而结尾陈显带着王二云游江湖、张睦持碗讨饭、盼盼继续过着平凡的生活三个定点光的定格造型设置，也充分体现出清新诗意的意境来。

四、人物分析

简盼盼——为人正直善良，性格开朗，热心快肠，疾恶如仇。在花旦行当的基础上，再稍添些辣的味道。对邻里张睦的帮助，显示出她热心的一面；对三人贪欲的行为愤恨之极，显示出她疾恶如仇的一面；解救三人，显示出她心地善良的一面。她是善良人性完美的化身。

陈显——文武老生，喜打抱不平，爱行侠仗义，钱财视粪土，但喜出名。当代社会，有的难过金钱关，有的难过美人关，有的是难过名利关。究其根本，主要还是贪欲作怪，没有树立正确的价值观。所做的一切不是真心为做善事，而是为了给自己扬名。陈显就属此类人士的代表。

张睦——文丑行当。此人属笑里藏刀、大奸大恶之徒，又想当婊子又想立牌坊。每天用之、乎、者、也掩盖着内心的贪欲和丑恶，是最招人痛恨、最可怕之人。自古以来，上至官员，下至平民，不乏这种伪善之徒。他们当面是人，背后是鬼，很多善良之人被这种伪善的外表蒙骗而惨死其手，尚不自知。

王二——武丑行当。好吃懒做，偷奸耍滑、鸡鸣狗盗之辈。这类人没有目标，没有理想，过一天混个肚圆，这类人在当代也非常多。

五、对音乐的要求

1. 在尊重京剧本体的旋律特色，保证浓郁的京剧韵味的前提下，具有一定的新意。

2. 符合讽刺喜剧的风格要求。

3. 要有全剧的主旋律和每个角色的主旋律。

4. 根据角色的情感需要，渲染和烘托剧情及人物情感。

六、对舞台美术的要求

1. 由于本剧是京剧剧种演出，剧本的素材来源于《聊斋志异》，建议古色古香的色彩。

2. 舞台要空灵、流动，具有梦幻的诗意意境。

3. 大写意与小写实相结合，起到强化主题的作用。

4. 造型要符合讽刺喜剧风格。

第五部分　音乐创作谈及唱腔音乐曲谱

小剧场京剧《陈显窥梦》音乐创作谈

王余雷

《陈显窥梦》此剧通过《聊斋志异·骂鸭》改编，为小剧场讽刺喜剧。同一段的主题歌词通过两种特点鲜明的曲风，描写戏剧立意冲突的发展及人物的鲜活个性。

音乐构思

一、此剧音乐的时空定位于中国古代，在力求人性的真、善、美为核心的同时，披露出人性的反面，具有讽刺性、滑稽性戏剧音乐色彩，全剧融入扬州地方民间小调，《扬州小调》《数鸭蛋》音乐素材为全剧的主题音乐元素。在遵循京剧音乐及板腔特点的同时，使曲调优美、委婉、流畅。

二、在音乐旋律上，使用京剧文武场乐队的同时，更要发挥好其他乐器的色彩。

1. 文人音乐的“古琴”，首先把观众带入中国古代的时空。

2. 用“笛”“笙”来描写梦境中的虚幻、空灵。

3. 通过旋律的明、暗及乐器变化的色彩对比，反映出人性的本质。

三、在唱腔创作中与传统唱腔不同的是更注重以戏剧情境、人物内心活动来定位戏剧节奏，进行合理的板式部局。唱腔更旋律化、节奏更加紧凑，行腔中的调式交替比传统唱腔运用得更为创新，在戏剧情境中反映人性内心世界真与伪的对比，为戏剧情境的发展增添动力和生命力。

三场、四场音乐特色阐述

《陈显窥梦》三场音乐中所用“南锣”是京剧常用曲牌。南锣音乐表现比较滑稽，适用于数板、小花脸的念白、舞蹈动作等。这个戏里的南锣就是表现出小花脸数板，叙述诙谐的这样一个情绪，正好跟陈显的正经形成对比，发挥出小花脸的特色。我们这个戏里的音乐设计就是在原来传统的曲牌基础上进行了改编，根据戏的剧情、主题音乐、人物性格，将传统音乐进行了改编。这段南锣最后的布局安排，由数板，到演员单唱，再进乐队，这样就富有层次感。

四场陈显核心唱段 二黄唱段的特点，与前面西皮的对比，西皮明亮，光明磊落，后面二黄用于剧情上陈显的自省，低沉一些，能反映人物的心理变化和内心阐述。二黄在京剧唱腔中，更有分量一些，更利于抒发情感，唱出韵味。通过人物内心的变化，二黄慢板，转二黄中三眼，后再转原板，中间穿插一些跺板来表现人物情绪，最后二六，节奏变快，陈显感谢简盼盼，人物悔悟走回正道。

四场核心唱段的创作思路 四场之所以是“多多”打击乐开头，跟前面陈显出场“大大”这种正面人物形象的感觉不一样，就是为了给陈显在四场中的悔悟做好铺垫。打击乐过后，慢板唱段可以完全压住场面，把观众从前面西皮音乐的动中拉回思考的静中。如果接的是四六句慢板会太拖，于是转了“中三眼”继续叙说。最后大段的唱腔就是在动听的创作前提下速度逐渐加快，避免观众听觉疲劳。

通过新编京剧《陈显窥梦》这部戏的音乐创作，使我感受到一部戏剧作品，不仅是技术与艺术的提炼，更可贵的是它的趣味与观赏性。这一阶段的剧本论证，主题音乐风格定位，唱腔与演员的磨合，以及全戏的联排，使我们的创作团队中的每个人都得到了不同程度的历练，便于在今后的创作实践中，能够起着积极的指导作用。在接下来的戏剧打磨中，剧本、音乐、唱腔还需要不断地修改、提高，力求把作品刻画得更为细致，更有感染力。

陈显窥梦

《序曲》

【空灵地 梦境】（自由地）

作曲：王余雷

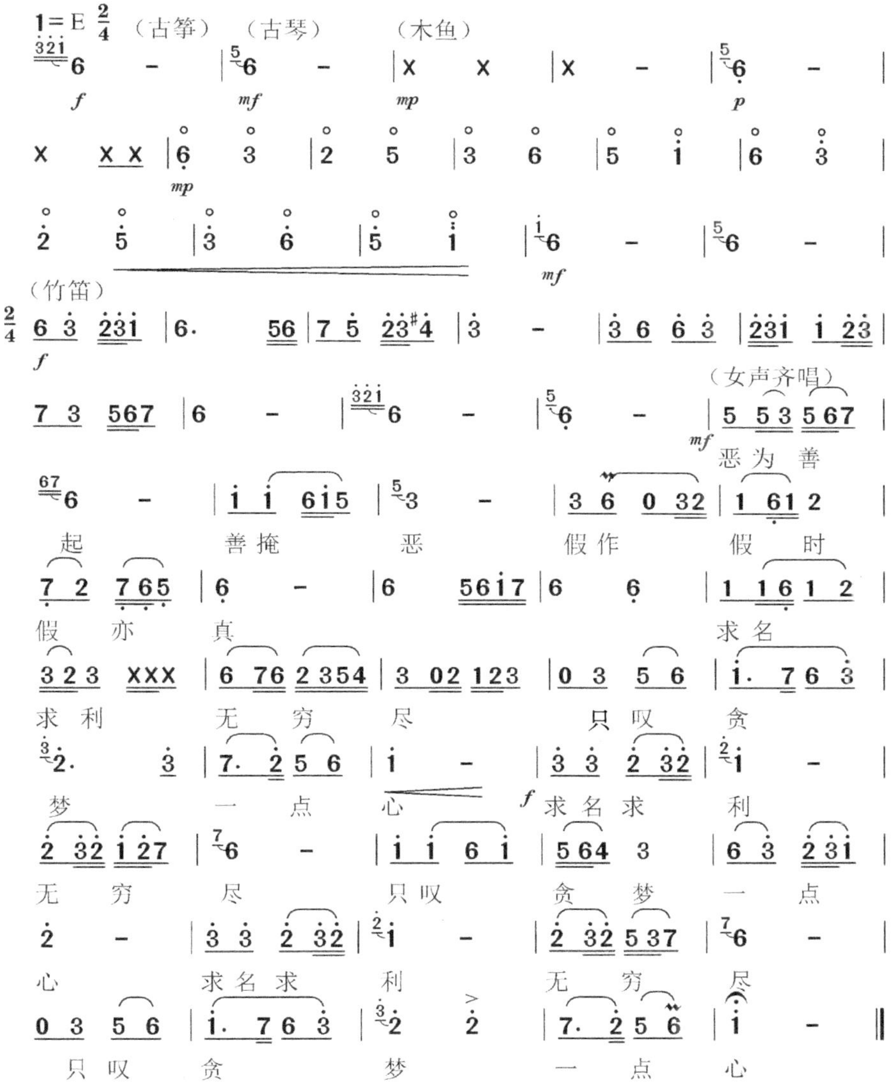

1＝E $\frac{2}{4}$ （古筝） （古琴） （木鱼）

（竹笛）

（女声齐唱）

恶为善起 善掩恶 假作假时 假亦真

求名求利无穷尽 只叹贪梦一点心

求名求利无穷尽 只叹贪梦一点心

求名求利无穷尽 只叹贪梦一点心

《陈显窥梦》部分曲谱

骂鸭音乐

1=E $\frac{2}{4}$ 【喜剧性地】 作曲：王余雷

（木鱼） （三弦、唢呐、小钹等）

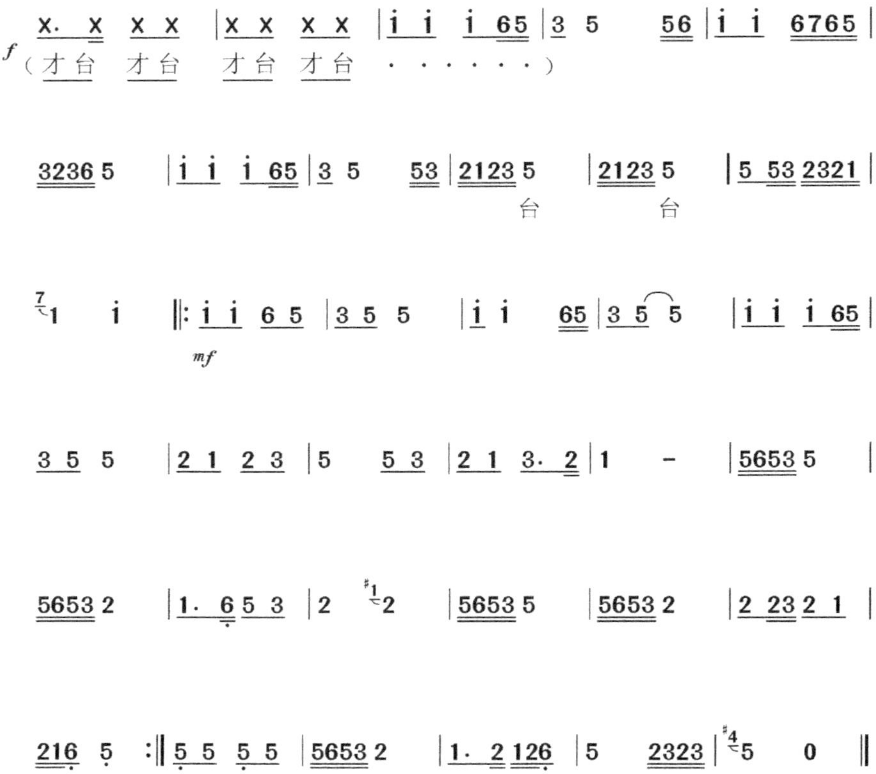

X. X X X | X X X X | i i i 65 | 3 5 56 | i i 6765 |

（才台 才台 才台 才台 · · · · · · · ）

3236 5 | i i i 65 | 3 5 53 | 2123 5 | 2123 5 | 5 53 2321 |

台 台

1 i |: i i 6 5 | 3 5 5 | i i 65 | 3 5 5 | i i i 65 |

3 5 5 | 2 1 2 3 | 5 5 3 | 2 1 3. 2 | 1 – | 5653 5 |

5653 2 | 1. 6 5 3 | 2 2 | 5653 5 | 5653 2 | 2 23 2 1 |

216 5 :| 5 5 5 5 | 5653 2 | 1. 2 126 | 5 2323 | 5 0 ||

《陈显窥梦》部分曲谱

第六部分　舞美创作谈及舞美图

小剧场京剧《陈显窥梦》舞美创作谈

刘　柳

近年来，随着国家大力发展文化事业，提倡文化自信，使得首都文化氛围愈加浓厚，戏剧戏曲艺术作为其中一个重要门类，也在当下的大时代中展现出了自己新的生命力。环顾演出市场，我们能够看到戏曲艺术工作者创作热情高涨，新颖作品层出不穷，同时也有越来越多的年轻人将戏曲演出搬进了小剧场。小剧场戏曲的优势非常明显，题材广泛，多带有实验性质，成本低，创作空间大，演出灵活，具有普及性，其观演关系的变化也吸引了越来越多不同年龄层的观众走进剧场，期待能够看到一场风格不同以往的戏曲演出。但是一部小剧场戏曲的诞生也不是凭我们一己之力就能完成的，还要有各方面的保障，我院研究生跨系部联合创作剧目活动便迎合了学生们的需求，提供学校的演出平台、宣传平台以及资金上的大力支持。小剧场京剧《陈显窥梦》就此诞生，我更是有幸在其中担任了舞台设计一职。

在传统戏曲表演中，其装饰性主要在于道具及装扮上面。我们看到的舞台上，大都只有一桌二椅，于是以一桌二椅为基础的一套表演程式一直广为流传。如我们常见的有大座、双大座、大座跨椅、斜场大座、八字桌、三堂桌、骑马桌等。经验丰富的戏迷通常一看到桌椅摆放形式就能猜出是在演哪出戏。但是自进入 21 世纪以来，经过舞台艺术家们长期不断地对戏曲理论和传承发展问题的研讨和实践，我国戏曲舞台美术设计理论已展现出另一番风貌，一方面保持我国传统的写意精神，以有限表示无限，从个体到普遍；另一方面也开始学习西方的戏剧思维，将象征符号运用于剧本创作及舞台设计中，使舞台千变万化，形式多样。从近年来的优秀戏曲剧目中，我们也不难发现戏曲舞台美术无疑以其自身魅力为戏曲表演增添了更多的色彩。舞台美术作为视觉艺术的存在，是观众对于剧目的第一印象，是感染观众的第一张王牌，它对表演内涵以及情节的导向作用是引发观众思考的重要媒介。同样在戏曲表演中，舞台美术最大的作用便是通过空间处理隐晦地对戏剧主题、本质或真理进行升华及揭示。怎么让布景氛围切合戏曲主题是设计师在设计过程中需要首先考虑到的问题，此外，设计师都会面临设计与表演如何有效结合的问题。正如我国著名戏剧理论家焦菊隐所说："话剧的舞台美术是要参加表演的……演员的真实感，一部分要从布景的感受上产生。"

这一次我参与的小剧场京剧《陈显窥梦》是一部讽刺意味极强的喜剧，原为蒲松龄《聊斋志异》作品中《骂鸭》一则。而这次的改编让故事变得更加轻松活泼，增设神仙这一角色以指明其虚构性，并且主题也进行了深入。主要人物一共四人，偷鸭的王二、"圣人"张睦、邻居简盼盼，以及窥梦人陈显，戏中人物围绕"偷鸭"展开了一系列的纷争纠葛再到人性的揭露。遂在本剧的舞美设计方案中，注重传统戏曲舞美与现代小剧场舞美的结合性，以交代故事环境辅助演员情绪表达为主。设计工作从2017年10月建组后开始，通过与导演的交流，其间设计了多套方案，最终将各方案的特色及彩点留住，互为补充，在经过导演制片人及演员的认可下，于2018年3月最终定稿。剧作故事地点为村落间，舞台以象征性的方式突出了环境特征，同时为演员留出足够的表演空间。前后三层以拉开空间，主要材料为纱，因为故事上演的是一场偷鸡摸狗之事，戏中张睦的法术又使这偷盗行为的真相罩上了一层纱。偷盗，自然不想被人看见；邪术，同样不能将之公之于众。另外"窥梦"也是本戏的重要环节，正是在这梦中，才将人物虚伪的本来面目暴露无遗，文本中多次出现角色入眠的描写，而梦境之朦胧感又很自然地让人联想到纱质。舞台提取了古书中的元素以指明其虚构性，向观众传达人物角色都是来源于文本的信息，让观众在投入的同时能意识到陌生感。为了配合其上述虚拟现实交错演绎的故事脉络，主体为从天幕的古书行格抽离出来的仿绢屏风。其一屏风自古有遮蔽的功能，迎合了戏中王二偷鸭时鬼鬼祟祟的表演特点。其二屏风可以分割空间，有隔而不断的独特效果，符合舞台表演需要，恰当地营造出与观众的距离感，屏风上的图案在与灯光的结合下产生影影绰绰的视觉画面，很好地营造出了虚幻的梦境效果。其三屏风的运用可以参入表演中，与演员的动作结合产生新颖的视觉感受。屏风的朦胧感也可暗指各人物彼此之间都有一层纱来隔阂他人，每个人在行走时仿佛都携带着一个屏风，外人透过它看到的只是一层模糊的影像。人物形象正与邪、善与恶充满不确定性，公众眼中的光明磊落是否可信？那层薄纱的背后到底是什么，也是该剧想由此引发观众思考的一个问题。舞台设计的初衷，便是能够依靠观众想象来完成表演，从社会角度作出正确的批判，使观众找回和联想自我对生活的感悟。又因其诙谐幽默的表演，在造型上面也做了一些相应的尝试，一改以往屏风方方正正处理的刻板印象，用近乎儿童剧的设计理念将主体进行形态上的夸张和变形。在演出过程中，屏风与演员唱念做打的表演形式协调统一，完成了景为人用、景随情变的设计宗旨。

场次分析

第一场开场时，时间设定是傍晚，灯光微亮，隐约地映出模糊的云纹，展现了一幅浮云翳日的景象。两个区分室内外空间的纱质门立在舞台上，模仿鸭子形态的演员们需要从门后用“嘴”啄开门并跑到台前，灯光将演员的外形投射到屏风上，将演员的憨态可掬再次放大，获得了良好的现场观赏效果。王二从屏风后上场，也符合其人物设定。

《陈显窥梦》舞台设计图

【第一场】偷鸭

第二场室外村落景。景片拼合成房屋外形，帮助观众理解陈显及其邻居张睦的房屋居住方位。陈显上场，表明自己有窥梦之术，抒发对邻居张睦盛名在外，实则表里不一的愤慨。

【第三场】变鸭 【第四场】骂鸭

第三场和第四场是戏剧情节的高潮部分，此时舞台上景片反向对调，并向舞台中央集中，以配合剧情造成压迫感。张睦在梦中正将偷鸭的王二变鸭，不料却被陈显抓个正着，张睦的阴谋没有得逞。陈显与张睦展开激烈又不失滑稽的对峙，互相揭开对方虚伪的面纱。对话内容直指人心，很容易与观众产生共鸣，在讽喻中向观众传达主旨，好名好利最终结果就是反噬其身。

最终演出十分顺利，看到观众们从头笑到尾并乐此不疲地鼓掌，也给了我们很大的信心，不少年轻观众表示这是他们第一次观看京剧表演。当然，通过这次实践也积累了很多宝贵的经验，实地安置屏风时会发现原本考虑不到的问题，景片的大小以及地毯的问题，原本计划地面处理为地毯以保留京剧特色，并且以此来保证演员做跳跃翻滚等戏曲动作的安全，但是这就造成了屏风的移动困难性，于是为了保证剧情节奏，在实际彩排时我们选择了减少景片调度以保证演出节奏的有序进行。

小剧场戏曲为戏曲艺术创作者提供了更多展示和实践的机会。通过此种训练，既有利于戏曲的大众推广，又有利于戏曲体系不断地完善和革新，充分体现出戏曲艺术的与时俱进，也体现出戏曲人才孜孜不倦的学习态度。舞美作为承载剧本信息的视觉载体，在戏曲“现代化”的推广过程中有不可小觑的宣传作用，虽然现阶段的戏曲舞台设计比过去有了可观的进步，但是在推陈出新的同时一定要注意“度”的把握，在贴合剧作要求的基础上最大化地追求东方美学的意蕴。与此同时，小剧场戏曲舞美更要凸显其创作的灵活性，在理论中探索，在实践中复盘。在通过这一轮的考验之后，相信未来的舞美会在戏曲表演中更加大放异彩，形成一套我国独有的现代化戏曲舞美设计体系。

第七部分　灯光创作谈及灯光图

小剧场京剧《陈显窥梦》灯光创作谈

万证道

在拿到《陈显窥梦》剧本之后的赏析以及与各位主创的头脑风暴过程中，剧本里的点滴精髓不断地被大家发掘，同时也为后期的灯光设计构思上提供了更多的出发点和支撑点。本剧的讽刺性和超前意识是非常突出的，这无论是从表层还是从剖析内容都可以感受到，它不是在简单地借传统戏曲来牵强表达，而是将思想渗透到唱词之中，这点同时也非常打动人，让我有了很多生动的画面构思，画笔虽未提起，但江河已在脑海之中呈现。

首先，从剧本的四场戏来看偷鸭、窥梦、变鸭到骂鸭，整个结构非常的简明，讲述了陈显蒙仙人点化，习得窥梦之法，窥探到富豪张睦一夜好梦，发现这位人人称赞的“张圣人”，背地里利用他人贪欲，将贪婪之人变鸭并从中获利。谁知欲念膨胀，反噬其身，张睦可谓自作自受，撞破秘密的陈显也无法置身事外。在深入了解剧本内容之后，灯光的设计便要从戏曲表演者的表演结合舞台灯光，我们要做的是引领观赏者在本剧编剧拿捏的虚幻以及现实的空间里随着剧情发展感受各种起伏的情绪，为陈显、张圣人，等等具有鲜明人物特点的演员提供一个全方位展示自身才艺的空间。对这样一部有性格的现代戏曲来说，灯光设计空间是非常广阔的，并且灯光在视觉上对于舞美的穿透力以及对于提升情节冲击力的能力是很强的。

从舞美以及如何从情绪烘托角度来分析灯光需求，本戏的舞美设计的路线是非常典雅而又有突破性的，透纱的景片以及金属的吊挂景物在舞台之中的搭配是把《陈显窥梦》讽刺意味外化的一个非常出色的展现。灯光在给予演员基本照明的基础上，另外一个非常重要的着手点便也在此——塑造舞美。本戏舞美对于逆光位以及天幕光的需求是非常之大的，从点缀镂空的吊挂景片到勾勒纱制屏风无一不需要从逆光的精细安排上着手。灯光场景及场景变化的塑造不只是单纯依托于对单体塑造、衔接的质感和空间的把控，更重要的是为进一步渲染情绪而做出的镜头语言的运用。戏剧导演和电影导演在把控每一个情节和画面的时候，都有想要让观众看到的一个点，如本剧中“张圣人”在将王二变鸭之后，导演着重对于演员面部以及肢体动作的表达要求，一个线，如从放出张圣人鸭从来不少这一线索到逐步引导观众揣测究竟何由。这些导演想要突出的点在电影中，可以借助镜头语言去塑造，从大全到近景，从近景到特写再到必须之时的极特写以及各种转场手法都是非常有效去进一步提升演员表演所塑造的情绪的。而戏曲中，在剧场无法通过真正意义的拉伸镜头来控制观者的注意力，而戏剧灯光与其他艺术形式中灯光运用的相似之处正也在此，从灯光的光区控制以及空间的塑造来引导观众的视觉，以这样的方式来引导观者的视线便是灯光在本剧中非常重要的一个出发点，画面不再是零碎的灯具的功能铺陈而是灯光作为一只可控镜头，用景别、虚实来帮助导演说话，来烘托演员说的话。这些都是在后期呈现中非常好的塑造切入点以及过渡控制的重要时机。这也是和综艺演出中的灯光设计手法不同之处，戏曲舞台表演过程中的灯光设计一定要体现在戏曲剧情内，应该准确把握戏曲剧本精神，从而对画面进行准确的设计，准确体现某一情节本质意义，这样才能和剧本整体风格统一起来。

具体到一些情节上来描述灯光的色彩以及空间把控，在开场鸭子上场时与屏风之后的演员表演这一段中，从天幕光的渐起到后区顶光使演员身影在纱幕上的呈现，层次感是作为灯光去将观众带入情节的一个重要手段。简盼盼在匆匆进屋撞见陈显与张圣人对峙时，灯光从冷色的塑造二人对峙的小光区突变成写实的画面，这是一个从色彩和塑造上来衬托的人物性格的两面性，张圣人的贪婪到戴上伪善面具的变化也是在此处借助灯光去渲染的。不断地通过这种虚实切换的手法把观众从意识到小小的波澜带到被大的情绪转折所震撼，这是此次灯光去服务剧情秉承的一个理念。到了本剧最后，张圣人戏剧性地变鸭，被简盼盼看到的一幕更是精髓之处，给予了张圣人一个高侧定点，一半身体处于暗处，一半面部又可以看到错愕的表情，一是凸显这个人物的两面性，二是通过这种对比来引导观众注意到此时张圣人的细微的表演，让观者体会到这种小的逗人的乐趣。结尾同台4空间的画面更是画龙点睛之笔，不同人物借助不同光位表达所处不同境况，灯光不散乱但各空间又不缺失，给予观者一个可以思考的画面，是给观者更深一层理解主题，产生不同感触的极佳的机会。从对光区控制到使用光区控制观众视觉，以这种方式来烘托情绪是本次灯光设计过程中秉承的一个重要的原则，不单纯为了画面好看而好看，灯光画面同样要有编剧文字的深度，以回味来成就作品，而不是用表面的灯光强弱与色彩来成就肤浅的视觉刺激。

在上述几方面阐述中，不论是从何角度入手，都是谈到一个灯光的服务意识和融入意识，戏剧作品是要有风格的，风格的呈现最重要的把控者是导演，纵使服装、舞美、灯光等部门主创都有极强个人风格，也不能以个体为主而抛掉引导走向的导演的意志，灯光设计在创作画面时配合各部门要做的是1+1=3的工作，而不是1+1=0的工作，这也是另一个重要的引导性的创作意志，我们有时会在创作中陷入对不同角度的美的审视的纠结，这项创作意志便可帮助我们在感性中作出理性的判断。

本戏灯光创作的另一个重要入手点便是戏曲音乐，戏曲音乐对于演员表演是非常重要的，这也是为何我们要在创作灯光时准确剖析音乐，这能为灯光的过渡找到最合适的触发点。在张圣人与陈显对峙时从西皮快板到西皮散板的变化就是很好的小例子，我们在此处便可寻找到变化点，这对于让戏曲灯光融入表演之中来说是非常重要的。同时在演员的一次次排练时，灯光团队也是一直跟随观看记录，为的就是熟悉演员和导演在打磨这部戏时，他们打磨的表演是从什么角度出发的，为的又是什么，灯光设计只有了解的透彻与其他部门融入一个情绪中，才能做出更好的创作。

再者从剧场的现有条件与我们需求条件的差异做出应对性的调整也是本次灯光设计的非常重要的一个程序。我们所展演的剧场是中国戏曲学院小剧场，它的吊笼位置和地排位置是缺失的，这样对一些情节上要的特殊灯位便无法直接实现，所以这次对于侧光位的架设主要从地面入手，借助剧场现有条件去做出合适而不影响呈现的调整。

Floor
Floor
Floor
Floor
CL
舞美效果图
图例
Symbol Name Count Wattage
ColorBlast Powercore 15 50
Aleda K20 B-EYE 25 660
Alpha Profile 1500 8 2000
PAR 64 6 1000
《陈显窥梦》 灯位图1.1
Show Credits
Director: 赵祥
Lighting Designer: 杜春晓、万证道
Set Designer: 刘柳
Venue: 中国戏曲学院小剧场
Copyright © 2012
Show Credits
立体视图

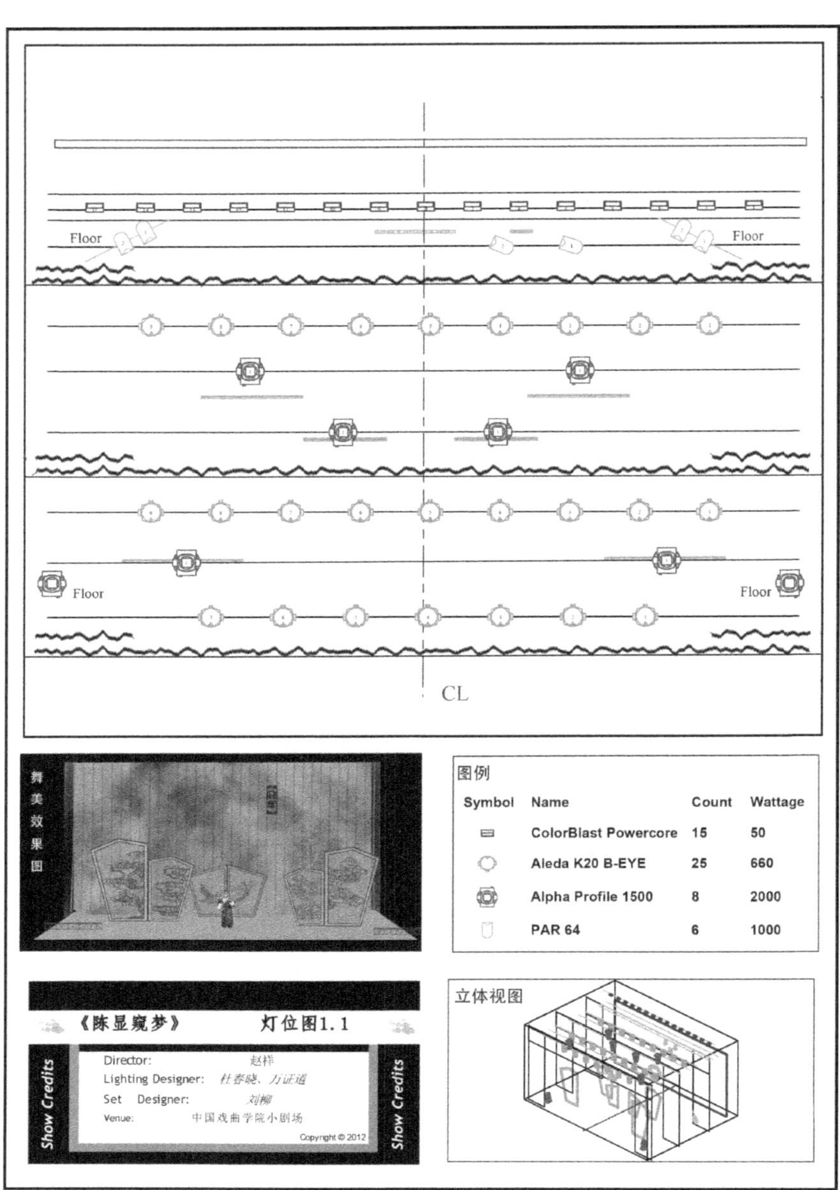

《陈显窥梦》灯位图

《陈显窥梦》作为一部新的面向大家的小剧场现代戏曲作品，是向观众们在诉说，在浮躁的社会风气中，还有一群年轻人在低头做最原始的一项创作——戏剧创作。这个工作实属不容易，从剧本的表层到深层，从舞美的整体到细节，从灯光的画面与节奏，这都是一群年轻的戏剧工作者在继承传统，发扬传统过程中做的工作。我们通过戏剧不仅是要去展示自己的素养，我们想要实现的是牵动更多人的对于一些社会问题的认识，使更多的人产生共鸣，弘扬正确的价值观念，这都是点点滴滴细微的戏剧工作的最终目的。我们想作为一线戏剧工作者来让自己的思想与更多世人的思想产生碰撞，产生火花，这样才能更好地体会我们戏曲文化的精髓，而不是停留在纸面和嘴边的继承。戏曲从人民的生活中走出来，经过世世代代艺术家的努力，去塑造它、完善它，把它捧上了舞台，去让人们欣赏，如今我们要做的是，借助小剧场等空间再次让戏曲走进我们的生活，因为戏曲的来源告诉我们它不是假大空的艺术形态，我们需要贴近生活才能贴近戏曲文化的本质。戏曲工作有台前，有幕后，我们不应把自己看作支离的个体，我们是一个整体，所以本次灯光设计在点滴的创作中，都是在极力实现自己融入整体，去更好地构成一个戏曲作品，更好地表达《陈显窥梦》的主旨，让好的作品有一个精彩的视觉呈现。

第八部分　服装创作谈及服装图

小剧场京剧《陈显窥梦》服装创作谈

于媛媛

光阴似箭，去年金秋当我接到学校这个剧目服装设计时，我感到又惊喜又意外，这个剧目设计作为我在大学整个学习阶段最后一个剧目创作，告知曹林老师后他非常支持，并给了我肯定的答复，让我好好用心准备。因为从本科开始就在中国戏曲学院舞台美术系学习中国戏曲服装设计，四年的专业学习对戏曲服装都有所涉及与学习，最后发现自己还是热衷于戏曲文化的学习。所以此次我创作的主体是传统戏曲服装元素中的图案和色彩，创作主题是想通过浓厚的戏曲元素创作来表达自己对戏曲文化、戏曲学院、戏曲学习的热爱。因为我学习过程中最美好的时光都在中国戏曲文化体系中，传统戏曲文化的精神更是随时随刻牢记在心，在求学生涯中对戏曲文化有一种别样的热爱之情。当然在创作过程中遇到了很多困难和问题，在与指导老师的沟通和交流中渐渐学习，修改整理，最终完成了此作品。

在导师的鼓励下，我开始积极准备剧目设计图的创作，阅读剧本分析人物角色，查找相关文献。经过几次与剧组见面商讨，终于定稿并联系工厂，然后根据剧目人物角色演出的特点开始选面料。选料也是整个设计中很重要的事，当时正值寒假，由于时间比较特殊，一些店铺已经关门准备回家过年，但在工厂和朋友的帮助下终于找到了比较合适的料子，料子选好后终于可以开始开料制作衣服了。整个制作过程我会根据演员的尺寸去工厂监制。虽然跟过很多剧组还有大型晚会活动，但还是会手忙脚乱，老师经常会问我有没有遇到什么困难，需要他帮助我些什么，我也会将剧组进展中我遇到的一些问题讲出来跟导师讨论。尤其是剧目创作前期，他多次对我进行正面引导，帮我分析剧目设计的种种事项。老师对我的这种激励式教育对培养我养成积极工作态度影响很大，并且曹老师还在团队建设和管理上给我们剧组多次提出宝贵的建议。

整个剧目设计创作相当顺利，但也有很多值得学习思考的地方，总有想不到的地方，做了才会发现有不妥当的地方，才会有更好的修改方法，才能把设计做得更完美些。

这部喜剧借古喻今，具有一定虚幻色彩。人物形象的设计思路是以传统戏曲服饰为基础，选择特定文化符号，并加入新的技术。具体来说，中国传统文化的继承，本着继承传统和吸收借鉴的原则，中国传统戏曲文化在挖掘自身所具有的民族特色精髓元素的同时，也不停地吸纳各种可以利用的新鲜血液完善自身体系。从《陈显窥梦》说，在剧目创作上我们运用了传统戏曲服装的款式元素，再以大色块颜色的变化、刺绣纹样的点缀为辅，试图营造出梦中的虚幻氛围，突破在于将传统戏曲服装元素语汇成功运用于对中国传统文化精神的表达，使戏曲的艺术追求在其文化层面上实现了升华，精神上得以回归。我是想在戏中将戏曲元素形式的韵律之美与传统文化内涵的意蕴之境融合为一体，这样产生更高的艺术品性，希望是戏曲实验创作上回归其文化根源的一次有意义实践。

《陈显窥梦》的传统性与时代性的结合也正是对当今多元化社会的一种反映。服装设计用传统戏曲服饰面料、图案和色彩搭配展现意蕴深长的戏曲服装文化艺术，其精致的图案讲究使人流连忘返，更令人折服的是想用服饰款式的变化使其脱俗地体现现代创作，既是对传统戏曲文化精华的继承，又有与时俱进、紧跟时代的创新。其在题材与主题的选择上继承了中国戏曲艺术作品的精神内核，传达一种乐观、积极的高尚思想，一种形而上的美学品质，将其定位于中华民族悠久的文化瑰宝中，弘扬了民族文化，保留了民族传统。

不得不说在演出中有戏曲的“行当”特性突破，行当特征是中国戏曲表演最重要的色彩，要将人物角色行当特点与服装设计结合起来也是重中之重。虽然《陈显窥梦》是一部戏曲演出，但剧本本身又秉承了聊斋梦的基调。在最初读剧本阶段，我是想将服装的主题风格设计为一种充满玄幻的色彩，仙境的风格。在服装元素的运用上，并不想过于注重戏曲元素，而是如何从戏曲艺术中抽离出来，甚至是转化出某些视觉、心理暗示性元素，并与整个剧本、演出相契合，这成为了服装设计的最初阶段的难点。

在创作中需要考虑面料、制作、资金等多方面问题，并且对于一个实验性剧目创作来说，舞美、服装各方面投资的费用也是有限的。最终我们同导演、制作人商议选择了现在的方案。现在的方案侧重于戏曲服装元素，款式色彩简洁大方，突出人物特点，点明主题。

《陈显窥梦》之邻居服装设计原稿

总之，戏曲《陈显窥梦》的创作、演出过程，对于我设计的学习和运用收获很多，是一次认真的、有益的创作实践活动。它不仅是一个单纯的同学之间的合作演出活动，也不是一个纯粹意义上的商业演出。它更像是一个综合体，更希望接近的是戏曲的本质，希望把一个与电影、电视、小说不同形式的题材展现给大家。而在这次的服装设计过程中，同样也希望给大家呈现的是一种不一样的创新视觉体验。在此过程中，不管是我还是整个设计团队都受益匪浅。比如和导演、演员对人物角色分析商讨，提高了自己的沟通能力，其中还学到了很多戏曲方面的专业知识，还有对服装设计最初的创作到呈现在舞台上最终效果，从服装小样制作到实际演员演出服装，从手绘图到制作，我们在戏里都得到了一个全面的提升。在此感谢导师的耐心指导，让我温习了一些已经快要淡忘的专业知识，还学到了一些实际创作的经验。对于我们戏曲学院学习戏曲的孩子，能直接参与到戏曲创作中来，不管中间环节多么的辛苦、劳累，最终都会感到有价值。同时希望《陈显窥梦》不仅仅是在2018年中国戏曲学院剧场演出，希望它能再经琢磨与改进，搬上更大舞台。让更多的人看到，感受到我们对戏曲的诚意，我们热爱戏曲的感情，我们想要表达出的这样一个不同的戏曲设计创作。虽然马上快毕业了，但认识到自己的求学之路还很长，以后更应该在工作中学习，做好每一件事。

第九部分 平面设计阐述

小剧场京剧《陈显窥梦》平面设计阐述

卓世伟

抱着制作精品和挑战自我的念头，我来到《陈显窥梦》团队进行平面设计。待了几天我就发现这是个非常优秀的团队，没有丝毫的马虎与怠慢。在与制作人、导演进行深入交流、研究和探讨之后，我们确定了平面设计的基本形象。这部剧是个讽刺喜剧，创作过程中需要把虚伪和喜剧色彩融在一起，同时除了鸭子形象没有明确的实物可以借以寄托。一味地表达虚伪可以变现梦境的感觉，却会使得喜剧色彩荡然无存，而喜剧色彩过度也会导致主题不够深刻。平衡这两个点，这才是创作中遇到的最大困难，也是难以顺利把握到的。所以我在创作中不断地理解并修改作品。以下将我本次承担的平面设计部分简要进行阐述，与大家分享交流。

首先是剧名的字体设计。在创作中，我根据剧本内容，对“陈显窥梦”四个字体进行创作和修缮，“陈”字最下面的两点改为鸭掌，代表了陈显在戏剧的最后有变成鸭子的可能，却没有完全变成鸭子；“显”字则融入了鸭子形象；“窥”字带上了眼睛，画面欢喜灵动了起来；“梦”字带上羽毛预示着大梦初醒后身上长起了鸭毛。字体经过多次修改，最终达到较满意的效果。

海报 概念海报与演出海报。概念海报以讽刺风格为主，以内容相辅，重点突出演出的名字，以图在众多竞争作品中脱颖而出，字体的设计理念不再赘述。“梦里不知身是鸭，一晌嘎嘎”是对台本转折的一句暗示。从色彩上、文字上、颜色上以及字体上，都能看见鸭的影子却没有完整的鸭子出现，这也是暗示了剧中张睦和陈显都逐渐变鸭，但却没完全变鸭，其实也对应着两人的良心未泯，没有彻底变鸭。

演出海报力求简单，热烈奔放，而扑朔迷离的故事启发我采用多颜色多线条勾画整个背景，强调“梦”字，字的两边衬度不同，代表相互缠结的现实与梦境，鸭子形象也是如真似幻，整体上寻求色彩冲突。海报中只着重突出“梦”字，使得观众聚焦在一个“梦”字上，从而对故事的发展产生好奇，吸引观众来观看。

《陈显窥梦》海报

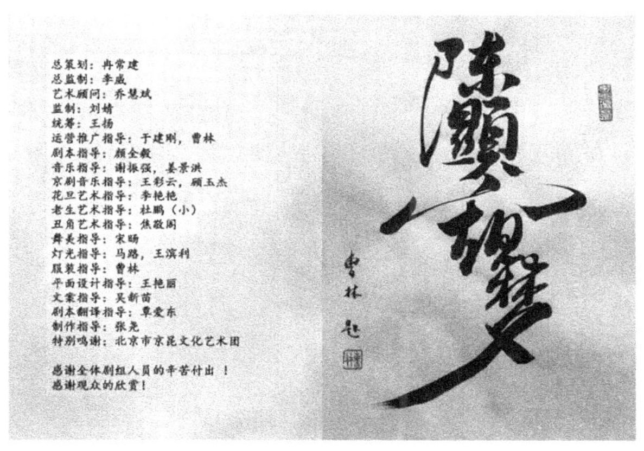

《陈显窥梦》邀请函

节目单 节目单以突出主要内容为准则。封面用曹林教授题写的剧名，醒目大气，这在无形中提高了节目单的审美性，降低了设计封面的工作量。内刊分三部分内容：演职人员名单，剧情简介，主要演员剧照。底面附全体指导老师名单，向所有帮助过指导过剧组创作的老师致以敬意。在排版上并没有特别新颖之处，色彩以和谐为准。节目单最大的亮点就在于曹林教授的题字，为节目单的整体设计增色不少。

邀请函 我共设计了两款邀请函，一款是纸质版，一款是电子版。纸质版邀请函封面我没有采用惯常使用的红色系，而选择了黑灰色，并不是为了不走寻常路标新立异，原因有两个：一是邀请函封面要用演出海报，色彩要一致，二是黑色更显尊贵优雅。电子版邀请函就是以活泼为主设计基调，给被邀请者一种热烈欢迎之感。

灯旗 从总体上来看，《陈显窥梦》是一部喜剧，因此在设计上偏向幽默风格。从内容上看，陈显和张睦都是道士，并能施展法术，因此选取了道士的法器——铃铛作为素材，在铃铛的周围又引入波纹和扭曲的风景，寓意他们能自由进出现实与梦境；在“陈显窥梦”四个字上适当布置烟雾，代表道士作法的过程以及扑朔迷离的故事。颜色选择以黑白灰为主，分别代表夜晚、白天和虚伪的现实；加入少量冷色系的蓝色，格调偏冷，体现黑夜中人性的阴冷（即张睦的虚伪）。字体设计上，要表现故事内容，如陈显贪慕名声，不慎变鸭，因此“陈显”两字已经表现出部分鸭子的特征；在“窥”字周围加入白色的大圆圈，代表陈显偷偷窥视梦境之中的张睦；梦醒之时，两人对峙过程都落入贪名贪利的旋涡之中，身上都开始长出羽毛，因此“梦”字的最后几笔融入了鸭子的羽毛。

刚开始的时候，可能存在对形象把握不准的问题，因为要设计的形象从无到有，所以起初工作可能累一点。但是当看到我们一起设计出来的作品时，心里的喜悦超过了所有的苦和累。创作形象基本符合讽刺剧风格，画面丰富动人，主题文字引人注意。然而，我们看到优点的同时，也注意到还存在一些缺点，但是以后会尽最大可能，攻坚克难。如：设计眼界不高，只能局限于当前的事物。不能处理好细节处，美观度不够，颜色对比还不够强烈。学无止境，随着创排的不断深入，形象也会出现一些变化。对生活的不同体验会影响你对创作主题的思考和理解，然而创作的真正核心却在于创作的实践。只有带着不死不休的壮志投入创作，你才会不断地思考并根据你的感悟和技术调整你的艺术作品。作品永远都没有达到令人满意的境地，只要一息尚存，便不能安享前作之荣耀，须得践行永恒之思索，直到图腾的完成、新任务的降世。除了创作之外，大部分时间我游弋于卡了半天还关不了机的电脑前，我既惊鸿一瞥地见证了剧中梦境的真实与现实的虚假，又尝到了小创作中发挥自身价值时涌动的甜蜜和等待电脑系统恢复正常时空气里肆虐的嘲讽。我将坚持不懈地努力学习各种设计相关知识，并应用于实践，大胆创意！总之，创作小场剧，捻断数根须。以此致敬所有的剧组工作人员！

第十部分　主创团队阐述

小剧场京剧《陈显窥梦》制作阐述

杜　媛

一、作品实施概况

小剧场京剧《陈显窥梦》是2017年中国戏曲学院研究生跨系部联合创作剧目之一，主创团队建组于2017年9月，成员来自中国戏曲学院各系部在校生。建组后三个月内确定最终演出剧本、舞台设计稿、服装设计稿，2017年11月开始落地排练。排练期为六个月，后在中国戏曲学院小剧场完成首演。首演以后于2018年8月12—14日参与了“2018金刺猬全国大学生戏剧节”优秀剧目展演及大学生戏剧节“青春戏剧公社”。2018年9月10号《陈显窥梦》获邀在湖广会馆进行“京剧行当艺术经典剧目展演”之“纪念戏曲教育家萧长华诞辰一百四十周年”纪念演出。2018年10月19—23日剧组获邀参加乌镇戏剧节嘉年华演出《陈显窥梦》折子戏。目前剧组仍在多次展演的基础上不停完善，等待下一轮展演机会。

二、制作过程

（一）申报工作

9月建组完成后，剧组开始进行各个部门的设计初稿工作，导演赵祥，作曲兼配器王余雷，制作人杜媛，编剧李曦明，舞台设计刘柳，服装设计于媛媛，平面设计卓世伟，灯光设计杜春晓，化妆设计黄湘琴，均交付剧组设计草稿与初期设计构思，宣传策划贾如列出一个周期的宣传计划，主演李威、杨雪松、代旭妍完成人物小传。经剧组不懈努力终于在2017年

10月通过校内考核，获得项目立项。

（二）前期工作

作品的前期工作持续了三个月。首先剧组开了剧本研讨会，在大家充分讨论的基础上，编剧对原稿进行了修改，故事定型后交付京剧演出本设计者苏宁进行念白和唱腔京剧化。接着舞美设计图定稿，服装设计图定稿，主题海报定稿，音乐完成所有主题曲部分，我们推出了第一期宣传推送。剧组聘任京剧系李艳艳老师作为本剧的艺术指导，同时聘任京剧系焦敬阁老师与杜鹏（小）老师为本剧行当表演指导。

（三）中期工作

作品中期工作的重点在落地排练。五位演员为京剧系代旭妍，李威，杨雪松，导演系王华宇和国交系杜媛。乐队成员为孙哲恬汐、康长升、王嘉萱、马钰虹、刘晴、刘韦朴、张子鑫、李昊之、徐嘉威、苑广智、刘桐。导演赵祥在两个月的时间里将本剧大框架确定，舞台设计，服装设计跟排练，导演根据舞台调度对舞美、服装进行局部修改。制作人杜媛兼任副导演在中期排练期间帮助本剧完善，根据排练实况确定全部唱腔音乐与副歌音乐，带领演员乐队排练，学习唱腔。音乐制作兼配器王琪将主题曲与闭幕音乐制作完成。灯光设计杜春晓、万证道在排练后期进入，进行灯光设计定稿和初步编 cue。宣传策划贾如与文案撰稿谈悦合作推出多篇宣传推送。摄影兼运营周宗越拍摄排练及定妆照照片，平面设计卓世伟完成演出宣传海报、灯旗、节目单、邀请函的设计工作。

（四）作品首演工作

导演赵祥负责演出最后的所有演出人员与舞美、灯光的合台工作，制作人杜媛完成剧场审批、服化道、灯光等借用，舞台监督苏浩负责进场以后的装台、彩排、正式演出的监督与确保顺利进行工作。舞台设计刘柳带领舞美系五位师弟师妹完成了所有舞台的装台与拆台工作，灯光由万证道与陶勃延负责，于媛媛和苏浩完成演员的穿戴与换场抢装，化妆由黄湘琴和校外化妆师共同负责，音乐录音部分由音响师金泽旭完成。全体宣传与运营工作人员负责演出的接待与引领。最终于 2018 年 4 月 26 日顺利完成首演。

三、作品意义

参与小剧场京剧《陈显窥梦》的在校研究生有了将理论付诸实践的平台和机会，每一位团队成员都在专业知识与业务水平上得到了极大的提升。学生们的实践活动获得研究生处与各位导师的大力支持和帮助，在无形之中加快了我们的成长，这部由师生共同创作完成的小剧场京剧《陈显窥梦》是我们研究生期间最宝贵的学习经历，为毕业后的职场实操做好了前期准备。同时剧组借这部新编京剧作品，对京剧艺术的传播也尽了绵薄之力。

小剧场京剧《陈显窥梦》演员阐述

李威　饰　陈显

剧中我扮演陈显，这个人物亦正亦邪，有点江湖侠盗之感，塑造人物时，不能演成传统老生那种端正沉稳，要有机灵和潇洒的感觉。这出戏中我的唱腔任务比较重，不仅要认真背熟记准，还要将平时传统戏唱腔所学灵活运用到新腔的演绎中。身段设计应在尊重传统程式表演方法上，将一些原来程式里没有的动作，与导演商量创编出来。创造一个全新的人物形象是一个挑战也是一个机会，通过参与创排和后续的演出，我们越来越近距离与观众接触，对于自己塑造的陈显这个人物形象，我也越来越有信心，希望将来能有机会让更多的观众看到这出戏。上一阶段的演出已经告一段落，接下来我会继续琢磨陈显这个人物，不断丰富这一艺术形象。

杨雪松　饰　张睦

我在这部剧中扮演张睦，他是一个隐藏的大恶人。小花脸的表演一定要突出人物伪善的面目，在具体表演时，可以前面伪君子，表现出阴险狡诈的一面。中间说只对想盗他鸭子的人下黑手，这里编演可以正面一些，之后又露出凶恶，因为想要给自己内心一个作恶的正当理由。最后做出真小人的状态，得手了，可以去做坏事，内心邪恶就被无限释放，没有顾及了。身段动作的创编会依据丑行的传统表演程式。这个人物既要让人发笑，又要让观众非常讨厌他。目前为止观众对我这个人物的印象还是蛮可爱的，虽然我演的是个坏人，但是因为小花脸的这种行当特点吧，在观众那里比较讨喜。肯定还要继续打磨人物，争取下次演出表现得更好。

代旭妍　饰　简盼盼

我演的角色简盼盼是一个善良、可爱并充满正义感的女孩，她单纯又聪明，是青春正能量的代表，她拥有风一般的灵动和火一般的热情，她批判这个世界的丑陋，说出了大多数人的心声。在演绎这个角色的时候，我参考了《红楼二尤》《拾玉镯》等经典花旦行当代表剧目的表演特点，将其中人物的形象特点进行再创造用来演绎简盼盼这一新的人物。通过与其他演员的合作，我们最终完成了这出戏的多场演出活动，收获了观众的掌声和建议，真的很开心能与大家一起进行创作。下一次我们一定会更好。

王华宇　饰　王二

我在这出戏里饰演王二这个角色。王二是一个本质不坏，但是由于没有受过教育，就走上歧途，过着偷鸡摸狗生活的可怜人。他偷张睦的鸭子，却不曾想反被变成鸭子卖掉，幸亏得遇陈显和简盼盼救下他。在表演特点上，以武丑功底为主。和张睦的对手戏我们花了很多心思去编排，磨合，既要制造效果，又要制造笑果。这个戏很有意义，反映了当代某种现实，讽刺了社会上的某一类人，而且诙谐幽默。参加这个戏对自己是一个挑战，不仅要跨专业，跨行当，而且必须合理安排时间排练。总之，希望下次演出自己能有更好的表现，和其他同学一起努力加油。

第十一部分　演出概况

一、小剧场京剧《陈显窥梦》演出一览

（一）小剧场京剧《陈显窥梦》首演于 2018 年 4 月 26 日，在中国戏曲学院小剧场成功完成。剧组成员全部为国戏在校学生，在研究生科研与工作处老师们的带领下，经过一年创排，最终将这部讽刺喜剧搬上舞台，既是对新编京剧创作的探索，也是学院戏曲创作人才培养成果的展示。剧目的成功上演证明了中国戏曲学院产学研相结合学生培养机制的成功。

《陈显窥梦》首演合照

“金刺猬全国大学生戏剧节”
戏曲演出奖

（二）学校首演以后，2018年8月12—14日剧组参与了“金刺猬全国大学生戏剧节”优秀剧目展演及大学生戏剧节“青春戏剧公社”，获“优秀剧目奖”“戏曲演出奖”“优秀剧组奖”。演出场次2。该演出有三个直播平台对演出进行直播，分别是网易、哔哩哔哩、爱奇艺直播平台。

（三）2018年9月10号“京剧行当艺术经典剧目展演”之“纪念戏曲教育家萧长华诞辰一百四十周年”纪念演出，《陈显窥梦》代表新时代京剧作品致敬丑角艺术，在湖广会馆为观众朋友们献上精彩演出。

“金刺猬全国大学生戏剧节”合影

（四）2018年10月19—23日参加乌镇戏剧节嘉年华演出，在乌镇安渡坊码头、盛庭码头、灵水居、昭明书院、水上戏台共演出10场。期间多家媒体对演出进行了报道、直播。如中国网，CGTV中国国际电视台，上海“取走”媒体，乌镇戏剧节官方宣传平台等。校内外展演的经历对于剧组来说非常重要，尤其是校外大型戏剧节展演，能够更大范围将研究生创作作品推向社会，面向更多观众，不仅是北京地区，在乌镇我们面对的是全国的观众，中国网在facebook（脸书）上的直播更是把我们推到了世界观众的面前。这些都使剧组参与创作演出的同学在一次次演出中得到了锻炼和提升，创作能力和实践能力得到很大提高。同时，我们的演出也为京剧艺术的传播推广做了工作，有许多观看演出的观众都是多场次观看，对年轻人传承与创新结合的作品给予肯定，还有一些京剧小白在观看我们的演出以后对京剧产生了浓厚的兴趣。由此来看，《陈显窥梦》的校外演出达到了比较好的效果和社会反响，是一部贴近时代，贴近观众的作品。

“纪念戏曲教育家萧长华诞辰一百四十周年”纪念演出合影

乌镇戏剧节嘉年华演出剧照

二、小剧场京剧《陈显窥梦》剧评集锦

（一）《陈显窥梦》小谈

国交系主任于建刚

研究生联合创作剧目《陈显窥梦》，脱胎于《聊斋志异·骂鸭》，假托一个荒诞的故事，却反映了一个人心的问题。贪欲使人变异，不是变得疯狂，就是变成异类，不只害人，还在害己。治疗方法虽然怪诞，但却指出一个道理，那就是只有认识到错误，真心接受批评，真正改正错误，才能走回人之正途。反观当下，这样的寓意依然能引发人的反思，依然有着针对性。表现形式，接近传统，虽有创新，也不逾矩，自成方圆。戏虽稚嫩，但值得打磨。望在此基础上，再加休整，以戏说手法，直面现实，直指人心，引发观众笑后的思考！

（二）观《陈显窥梦》

国戏戏文系教授邹德旺

中国戏曲学院研究生跨系部联合创作剧目《陈显窥梦》展现了小剧场京剧的魅力所在，短小精悍、一目了然，通俗易懂，诙谐幽默。剧中不仅运用了多种戏曲程式的表演元素，又突显出了戏曲舞台的艺术特色。加油！同学们！

（三）《陈显窥梦》有感

中国人民大学访问学者、河南大学中国哲学史研究生导师耿成鹏教授

2018 年 4 月 26 日，吾应中国戏曲学院科研与研究生工作处之邀，观赏了赵祥导演、杜媛制作之《陈显窥梦》，该剧不仅颇具艺术价值，且具有现实的社会意义，饰陈显之李威、饰简盼盼之代旭妍、饰张睦之杨雪松、饰王二之王华宇，唱念做打皆甚可观，服装、舞美、道具和剧本虽有改进提升之空间，然皆达颇高水准，给人以享受，启人之睿智，发人之深思，予人以遐想，可谓当今戏曲界上乘之作也。

易曰："乐天知命而无忧"，礼曰："礼乐不可须臾离于身"，吾曰："乐，幸福之第一义也"。乐之形式多种多样，戏剧，乐之中尤重要也。1200 多年前，中国戏曲肇始于才子皇帝李隆基之梨园；228 年前，乾隆八十寿诞，"三庆""四喜"等四大徽班进京，拉开了京剧形成之序幕；170 年前，京

剧正式诞生；120年前，慈禧成为京剧的“铁杆粉丝”；88年前，梅兰芳赴美演出，京剧随之走出国门；18年前，京剧进入联合国教科文组织的“人类非物质文化遗产目录”，称京剧为“国粹”，誉其为“童话里的水晶鞋”，皆非虚也。现代人多欲过理想生活，何谓理想生活，超世入世融洽无间，快慢节奏恰到好处之生活也；欲过当今之理想生活，请看戏剧；男子福气欲超过乾隆，女生福气欲超过慈禧，请看京剧，请看中国戏曲学院精心打造之《陈显窥梦》。

（四）《陈显窥梦》浅谈

国戏京剧系教师李艳艳

2018年4月26日晚，跨系部学生联合创作的小剧场京剧《陈显窥梦》在学院小剧场进行了首演。这是一出立意鲜明、生动有趣的剧目。全剧表演紧凑、轻松诙谐，故事耐人寻味。能令观者在得到艺术享受的同时，对于人性的贪婪问题有所思考。尤其是当人设为“正义担当”的主人公陈显，也在不知不觉中陷入贪婪旋涡时，使人警醒，进而自省。我认为这也是这个故事最有亮点的地方。演出过程中，全体演职人员饱满的创作热情和一丝不苟的工作态度，充分体现出了我们戏曲学院学子的良好精神风貌。虽然这次的排练过程非常紧张，同学们的创作还稍显稚嫩，也有许多不足，但我认为这出戏有很大的提升空间。经过这次首演，大家也能更加全面地检视存在的问题，以供在接下来的排演阶段，更为精准地打磨、改进。为同学们喝彩！也期待你们未来更加精彩的表现！

（五）骂醒名利客，留得一片真

北京语言大学王帅臣博士

中国戏曲学院跨系部项目《陈显窥梦》小戏和大家见面了。有幸成为第一波观众，写下几行文字，权作纪念。小戏确实很小，人物也不多，一个小时左右的故事却让人感觉意犹未尽。剧情源自《聊斋志异·骂鸭》，原文本不足二百字，舞台上却被扩充成三类人因追逐名利而变鸭被骂的精彩故事。改编后的故事明暗对比鲜明，张弛有度。王二在明，“张圣人”在暗，陈显则兼有明暗，明暗对比之中，王二偷鸭实在可气；“张圣人”利用人的贪念，把人变鸭趁机敛财，实为可恨；陈显本是行侠仗义却医喜戴高帽，慕名变鸭，则可气又可恨，环套相扣，诙谐幽默。村姑简盼盼第一次“欲骂”偷鸭王二而未成，最后一场却聚焦把陈显、“张圣人”、王二都骂了个遍，让人感到畅快淋漓，可叹可笑。简盼盼生性良善，淳朴可爱，无奈之下把三人骂回人形，三人各得其所，皆大“欢喜”。小戏在嬉笑怒骂中，窥见人生各色名利之客，留得世间一片万古真情。小戏初成，难免有些微瑕。人物唱词偶尔被伴奏吞没，在台下听不太清。个别唱词也有过于文雅之嫌。但是瑕不掩瑜，小戏不小，展示了学子们的情怀朝气。透过舞台，我想，这背后演员们的付出、剧组的努力，无疑是最值得致敬的。戏虽如米小，展示大舞台。汗水浇灌处，定如牡丹开。祝愿《陈显窥梦》剧组更进一层。

（六）《陈显窥梦》有感

北京师范大学许洪冲硕士研究生

去年听说杜媛与一伙同学要创排《陈显窥梦》，我感觉这个剧很有料，于是立即报名观看演出。新编戏在唱念做打方面很难超越骨子老戏，但可以靠出彩的剧情吸引观众。窥梦、变鸭，既离奇又有趣，且很考验主创的想象力。张睦造梦使人变鸭，陈显窥梦惩恶，简盼盼由护鸭到骂鸭，三条线交织在一起，可读可看。我感觉张睦这个人物塑造起来很有难度，一开始令人感觉是个善人，后来露出真面目，却又要伪装起来。善与伪善之间，不易拿捏；一位有格调有气质的小丑，怎样带有几分邪气却又不过分，既难为编剧、导演，又考验演员的修养。这都是此剧引人注目的地方。我的一点儿小建议是，在窥梦、变鸭与骂鸭三者之间，最好集中力量突出一点，突出一个演员，使其放大、发光。一个戏的成功需要不断地打磨，希望各位主创不要轻易放弃这么有趣的故事，将更加完善的《陈显窥梦》奉献给更多的观众。

（七）浅谈《陈显窥梦》

中国艺术研究院研究生院戏剧戏曲系硕士研究生周子健

努力向当代艺术靠拢，是戏曲艺术一直以来的努力方向，在这个过程中，属于当代舞台的舞美、剧本等要素开始反客为主。我们不断追求“大舞台”的视觉效果，却忽视属于戏曲最原始的审美风格。在各种条件的限制下，戏曲舞台形成了极具乡土气息和群众色彩的“小戏”，而“小”也成为中国戏曲美学最原始的外在表现，这种小戏也形成了传统戏曲重视演员表演和技巧展现的审美特征，与西方注重剧本和舞美的传统相去甚远。《陈显窥梦》是一部具有讽刺意味的小剧场戏曲，这部作品十分短小，是一部“非典型”的三一律作品，它通过诙谐、幽默的舞台风格讲述了一个具有教育意义的故事。笼统来看,《陈显窥梦》坚持了戏曲审美的主导作用，将传统的戏曲程式、戏曲舞美、戏曲节奏、戏曲音乐作为舞台展现的主要手段，同时，主创人员在传统的基础上大胆创新，以小剧场戏曲为突破口，以尊重戏曲规律为原则，很好地将戏曲审美与当代艺术风格相结合，做出了有益的尝试。无论是演员的动作技巧，还是原汁原味的唱腔，抑或是舞台节奏的把握都显示出主创人员的匠心独运。殊为遗憾的是，小剧场戏剧与大舞台有着不同的审美风格,《陈显窥梦》在舞台上运用了诸多属于大舞台的表现手段，如开场的背景音乐、演员的舞台调度，等等，小剧场与观众的距离更近，这种距离不仅仅是剧场的物理距离，更多的是直抵人心的心理距离，我们期待《陈显窥梦》可以在不断地实践打磨中，在“小”的基础上，再做文章，让这部作品活起来、火起来。

（八）《陈显窥梦》有感

中国科学院硕士研究生张琛

和杜媛相识于北大，彼时正是《陈显窥梦》的创作初期，彼时我还从来没有见识过戏曲制作，彼时我甚至连制作人是做什么的都不太清楚，只是看到一个雷厉风行的女生在排练间隙忙忙碌碌，在有一句没一句的闲聊中，我和杜媛，一个航天专业一个戏曲专业，原本平行线般的两个人因为戏曲，成为好朋友，同时我也见证她第一部戏从无到有慢慢成形。26号国戏小剧场,《陈显窥梦》首演，舞美、灯光、服装、化妆，以及最重要的剧本，一切都井然有序、突破创新、大胆而不失传统，8个月的努力，你们成功了。我看戏剧一向不会先看简介，尤其是新曲目，当我已经知道了整个故事之后可能就像看电视剧被剧透一样，就会缺少了惊喜，或者多了些先入为主的想法，在我看完《陈显窥梦》之后，从舞台布置到配乐，再到演员的唱词和念白，都让我完全投入在这个故事中，在嬉笑怒骂之后又体会到了什么。作为一个戏曲的门外汉，可能在专业性和细节的捕捉上都跟专业人员没法比，但是杜嫒和众主创人员让我感受到了她们对戏曲的热情、对推广戏曲所做的努力、对戏的严谨认真，我觉得她们已经是一个合格的戏曲人，希望她们能继续打磨这部戏，能给观众带来更好的表演。

第三章

甘辞红尘千万年 换得白衣陌上翩

——小剧场昆剧《画狐》剧目集

上海戏剧学院
SHANGHAI THEATRE ACADEMY
画狐
实验戏曲
中国戏曲学院研究生跨系部联合创作剧目
上海银行
Bank of Shanghai
第二十届中国上海国际艺术节首席合作伙伴
2018.
10.21-27

《画狐》海报

第一部分　团队简介

《画狐》剧组组建于2017年10月，以中国戏曲学院在校研究生为创作主体，依托中国戏曲学院强大的导师团，开展跨系部联合创作，历时半年，于2018年5月3日、4日完成剧目首演。团队成员舞台经验丰富，完成多台文化和旅游部、北京市以及中国戏曲学院的舞台艺术创作工作，参与多部作品入围省部级项目。

小剧场昆剧《画狐》剧组

编　　剧：俞思含
导　　演：薛　强
制 作 人：魏熠豪　李涵宇
统　　筹：邓黎乔生
副 导 演：胡艳彬
舞台监督：饶　骞
唱腔设计：唐　润　黄　芯
音乐/配器：侯博康　巩伏雨
舞美设计：霍　晟　魏熠豪
服装设计：张　男
化妆造型：曹　灿
灯光设计：杜春晓　王梦琪
形体设计：杨悦婷
平面设计：王泽今
锣鼓设计：方小雷
音　　响：祁　源
音乐混缩：金泽旭
音乐笛子/昆笛：刘韦朴　付雨濛
演　　员：吕　静　高晓东
　　　　　张元奇　唐玉婷

第二部分　剧目简介

小剧场昆剧《画狐》

子虚郡画痴书生煮鹤生盼画鬼狐，听闻王道士曾经亲遇，寻至道观。恰逢狐女胡不归乔装凡女，来到道观，欲捉三十年前负其姑母的王道士。二人相会，渐生情意。与之同时，相府千金白无瑕仰慕煮鹤生，假扮狐女，亦至道观。人狐错位、真假之间，牵引出两段跨越多年的传奇之事……

第三部分　编剧阐述及剧本

小剧场昆剧《画狐》编剧阐述

俞思含

一个是寻鬼觅狐，为成画卷的痴憨书生。

一个是假扮凡人，红尘复仇的深山狐妖。

一个是装作狐女，为近郎君的大家闺秀。

一个是曾遇鬼狐，性情大变的江湖道士。

小剧场昆剧《画狐》讲述了狐女胡不归欲来人间捉几十年前的负心人王道士，为姑母复仇。却在阴差阳错间，与画痴书生煮鹤生相恋的故事。

剧目主题是对于众生之“情”的探讨。剧本通过写两位书生都曾面临过同样的处境，即发现爱慕之人乃是狐女，但二者做出了截然不同的选择。既表现了：人之无情，犹胜鬼狐；又表现了：人之真情，可越三界。此外，剧中还增添了人狐错位的构思。即狐女艳羡人间繁华，假扮为人。大家闺秀艳羡鬼狐自在，假扮为狐。此笔为道：凡人也好，鬼狐也罢，各有闪光之处。而传奇的不朽，永远不是在于故事与角色的猎奇。真正打动人心的，依旧是真情的力量。

今宵前夕，交错迷离，牵引出两段跨越半世的未了之情。

红幔氍毹，水磨调幽，静候您的观赏。

小剧场昆剧《画狐》剧本

编剧：俞思含

人物表：

胡不归——花　旦　　　王道士——花　脸

煮鹤生——小　生　　　白无瑕——闺门旦

序　幕

【幕启。

【主题音乐起：铺染丹青卷，
画取浮生缘。
甘辞红尘千万年，
换得白衣陌上翩。
浮云朝露间，
情深亦无怨。
蓦然回首却凝噎，
多少传奇随云烟，

随云烟。

【一灯如豆，烛影摇曳。煮鹤生默然独坐，提笔挥毫。

【煮鹤生每作一画，身后纱幔之内，便浮现一位女子身影。

【煮鹤生一连作成三幅，纱幔内浮现三位女子身影，造型各异。

【煮鹤生凝视画卷良久，忽将其扔掷。霎时纱幔处光灭。

【暗场。

第一场　寻　道

【起光。

【午夜时分，子虚道观。风声飒飒，鼓乐悠远。

【王道士手持宝剑，肃身怒目。

【台上一束红光来回移动。（象征妖）

王道士　（念）魑魅魍魉不堪信，
鬼狐精怪最无情。
三尺斩妖剑在手，
不教人间见幽冥。

【煮鹤生上。

煮鹤生　【懒画眉】（唱）月明拂影素笺前，
斜照愁心自怅然。
平生只憾画难全。
鬼狐无觅见，
何日丹青梦俱圆？

【王道士凝神施法，鼓声渐响。

【红光定住，忽明忽灭。

王道士　区区小妖，还欲顽抗？

煮鹤生　前方似有声响，莫非已至子虚观？

【煮鹤生寻声而去。

王道士　已近午夜，何人前来？

【王道士略一分神，红光向煮鹤生处拂去。

王道士　哪里逃！

【王道士举剑欲刺，鼓声震耳欲聋。

煮鹤生　道长容情！

【王道士猛然停剑，红光趁机遁去。

【煮鹤生惊在原地。

王道士　你是何人？阻俺捉妖！

煮鹤生　在下煮鹤生。深夜叨扰，欲问道长，鬼狐之事。

王道士　你问此作甚？

煮鹤生　小生乃一画师，专画女像。画遍宫廷王室、市井乡野，无一称意。近来偶翻古籍，书中有言：天下女子，唯有鬼狐，独具灵韵。故而来此寻问。

王道士　哼，鬼狐之物，暴戾无情。凡人遇之，岂有活命？

煮鹤生　若能描鬼画狐，纵然枉顾性命，在所不惜。

【王道士转身。

煮鹤生　小生……

王道士　（拂袖打断）夜色已深，贫道要歇息去了。

煮鹤生　（背白）也罢，我不免留于此处，再觅时机。

【王道士下，煮鹤生独立沉思。

【暗场。

第二场　遇　狐

【起光。

【子虚观外，光影明灭，妖风四起。

【胡不归穿一艳媚斗篷而上，轻盈舞动。

胡不归　（念）奴本灵狐隐深山，
偶有今朝下红尘。
不为凡间风波乐，

只愿义捉负心人。

想我姑母生前，爱慕凡人书生，不想此人却辜负于她，害她性命。如今听闻此人，做了道士，在此观中。我不免隐藏身形，寻机替姑母复仇。

【胡不归躲于一旁，煮鹤生手执书卷、身披风衣上。

煮鹤生　（长叹）形影茕茕，松墨涸涸。灵思无解，画心谁怜？

胡不归　（背白）前处有人来了。

煮鹤生　唉！既难觅鬼狐，不能作画，我便读书是了。

【煮鹤生拿起书卷。

煮鹤生　（吟诵）归去来兮，田园将芜胡不归……

胡不归　原来是个书呆子。

煮鹤生　何人说话？

胡不归　没人。

煮鹤生　果真有人！

胡不归　没人没人。

【煮鹤生上前查看。

胡不归　也罢！

【胡不归施展法术，霎时灯光皆灭，风声呼啸。

煮鹤生　啊，适才月明风静，何以忽然变天？

【再起光时，一切如常，胡不归褪去斗篷，宛若民女。

【煮鹤生仍以袖遮面，胡不归轻声呼唤。

胡不归　公子。

【煮鹤生猛地抬眼，怔在原处。

煮鹤生　呀，小姐。

胡不归　（背白）三更半夜，只见他孤身在此，鬼鬼祟祟，徘徊不定，定非好人。正巧，今夜我便先收拾了你！

【胡不归欲杀煮鹤生，煮鹤生却给胡不归披上风衣。

煮鹤生　更深露重，小姐娇弱，小心风寒。

【胡不归动容，收手。

胡不归　既是更深露重，你这个书生，怎么在此？

煮鹤生　我乃画师，深夜在此，实为寻觅灵思。

胡不归　哦，既是如此，奴家不再叨扰。

【胡不归转身欲走，被煮鹤生喊住。

煮鹤生　小姐留步！

【胡不归蓦然回首，煮鹤生惊艳于地。

煮鹤生　呀！

【山桃红】（唱）则见那芙蓉映面，
步履蹁跹。
曳摇横波笑眼，
笼一袭岫烟。
莫不是九天婵娟？
莫不是云湖飞仙？
直教是心绪儿飘，情线翩，
再无须寻鬼狐丹青卷。
唯愿取垂获芳心结善缘，
自是缠绵依绻。
铺染素笺，
画尽她喜怒嗔痴神态纤。

【煮鹤生兀自怔愣，胡不归再唤。

胡不归　公子！

【煮鹤生猛然惊醒。

煮鹤生　啊，小生失礼了。

胡不归　公子适才在想些什么？

煮鹤生　哦，小生在想……夜深人静，小姐又怎会孤身在此？

胡不归　奴家乃邻郡之女，来此寻人。

煮鹤生　所寻何人？

胡不归　乃一道士。

煮鹤生　小姐所说之人，莫不是王道长？

胡不归　正是姓王！你可知他现在何处？

煮鹤生　王道长近日下山去了。

胡不归　既是如此，奴改日再来。

【胡不归欲走，被煮鹤生喊住。

煮鹤生　啊，小姐留步！

胡不归　又有何事？

【胡不归转身，望向煮鹤生。

煮鹤生　如今夜色已深，行路艰险。小姐不弃，可在观中暂住。

胡不归　（背白）这倒甚好，如今道士不在，我正可探查布局，以图复仇。

煮鹤生　三更半夜，也无他处。小姐安心住下便是。

胡不归　我是安心，但公子不怕，荒山野岭，奴乃鬼狐所化吗？

煮鹤生　小生素日寻鬼觅狐，果真如此，实乃上天垂怜哪。

胡不归　（背白）这个书生倒是憨傻可爱……不，姑母为人所弃，丢了性命。曾言道："天下男子皆是无情之人。"我还需小心行事。

煮鹤生　啊，敢问小姐芳名？

胡不归　奴叫狐、狐……是了，就叫胡不归！

煮鹤生　小姐芳名颇有意趣，想来令尊也是颇爱五柳先生之作。

胡不归　（喃喃）甚么柳树先生榆木先生的。

煮鹤生　哦，在下名唤煮鹤生。

胡不归　煮鹤生？莫非相公喜爱吃鹤？

煮鹤生　哈哈非也。《西清诗话》曾言："其一曰杀风景，谓清泉濯足，花下晒裈，背山起楼，焚琴煮鹤。"小生以此而名，实为警醒，莫做此事。

【煮鹤生凝望向胡不归，胡不归赧然回避。

胡不归　长途奔波，着实疲乏。公子若无他事，奴家歇息去了。

煮鹤生　呀，都怪小生。见到小姐，满心欢喜，忘了时辰。小姐进去歇息便是，小生在外守候。

【二人下。

【暗场。

第三场　前　尘

【起光。

【白无瑕上。

白无瑕　（念）奴本千金在相府，

闺训森严多禁足。

暗慕才郎情无诉，

唯有暗夜扮鬼狐。

分花拂柳，绕转溪流。远处应是子虚观了。

【暗场。白无瑕下。

【起光。煮鹤生正为胡不归画像。

胡不归　书呆子，你画好了没有？

煮鹤生　这就好了。

胡不归　（瞪眼）我来此一月，你日夜作画，不烦腻么！

煮鹤生　（忙提笔）好！好！好！

胡不归　好什么呀？

煮鹤生　你这瞪眼之态绝好，神韵皆显！（拿起画卷）哎呀呀，真乃画龙点睛之作！

胡不归　奴家可并非飞龙。

煮鹤生　那是甚么？

胡不归　（附耳低言）深山狐妖。

煮鹤生　那小生便是这捉妖的道士。

【二人正兀自相望，白无瑕来至观外。

白无瑕　（念）霜寒露浓云遮翳，

三更有梦子规啼。

焚琴煮鹤从来有，

惜玉怜香几人知？

煮鹤生　三更半夜，何人吟诗？

白无瑕 三更半夜，自然无人。

煮鹤生 若是无人，怎有回音？

白无瑕 惊扰公子，狐女无心。

煮鹤生 狐女？

【煮鹤生疾步查看，白无瑕浅浅施礼。

白无瑕 奴家白无瑕，乃是崂山狐女。久仰公子才名，不免前来，与君一见。

胡不归 白小姐，你说你是狐女？

白无瑕 正是。

胡不归 （背白）这丫头一看便是凡人。好不怪哉，如今世道，除了狐扮人，竟还有人扮狐。（白）你既是狐女，可否变幻法术？

白无瑕 小姐有所不知，狐女来到凡间，便法术尽封了。

胡不归 哦？竟还有此事？

白无瑕 小姐并非狐女，自是不知。

胡不归 奴……

白无瑕 奴家闻得公子近日在寻鬼觅狐，以作画卷。

煮鹤生 是啊，小生平生所愿，正是得画鬼狐。

白无瑕 只是不知奴家粗陋之貌，可否入画？

煮鹤生 白小姐绰约多姿，若不嫌冒昧，小生这便作画是了。

【胡不归将煮鹤生牵至身后。

胡不归 （嗔怒）你与我的画尚未作成，怎么又帮她人作画？

煮鹤生 （含笑）不归，莫非你吃醋了不成？

胡不归 一派胡言！也罢，你去与她作画便是。

【胡不归走去一旁。

煮鹤生 如此，白小姐请坐。

【白无瑕叠手端坐。

煮鹤生 小姐莫要拘谨。

【白无瑕又以兰花指拂面。

煮鹤生 （背白）人言鬼狐灵动，她却端庄若斯，好不怪哉！

白无瑕 公子，可有不妥？

煮鹤生 啊，无有。

【煮鹤生提笔作画。

煮鹤生 （背白）晕染堆云鬓发，细描如烟柳眉，提点樱桃朱唇，勾勒柔荑双手。（看画）分明月下美人，缘何索然无味？（骤然看见胡不归的画像）便是这双眸！白小姐眸光温存，却无神韵。不归虽娇俏顽劣，然双眸澄澈，顾盼生辉。如此看来，鬼狐之韵，不及凡人呀！

【煮鹤生将笔搁置。

白无瑕 公子，为何不画下去？

煮鹤生 小姐风度娴雅，只是小生如今已有心上之人。作这鬼狐之画，已然无意。

白无瑕 公子已有心上之人？

煮鹤生 正是。

【胡不归本偏首而坐，骤听此言，猛然回望。

白无瑕 莫不是那通诗书才女俏婵娟？

煮鹤生 这却不是。

白无瑕 莫不是那善持家温婉贤佳人？

煮鹤生 这也不是。

白无瑕 莫不是那识礼仪端庄美娇娥？

煮鹤生 依旧不是。

白无瑕 那此人……

煮鹤生 远在天边，近在眼前。

【胡不归一跃而起。

胡不归 书呆子，你才与人家见了一面，便动心了不成？

煮鹤生 不归，我这心上之人，正是你呀。

【胡不归与白无瑕皆惊。

白无瑕 （黯然）原来公子早有心上之人了。

煮鹤生 承蒙小姐挂怀。

白无瑕 如此，奴家便不再叨扰二位了。

【白无瑕施礼而下，煮鹤生回礼。

胡不归 你适才所言当真？

煮鹤生 不归，这段时日，你我二人朝暮相对。我对你的情意，你还不知晓吗？

胡不归 哎呀，眼见他情切切、意殷殷，却教我心惶惶、思乱乱。

【皂罗袍】（唱）晨昏共在朝夕相见，
亦也曾心意动辗转流连，
然因姑母前尘篇，
只恐他口蜜悄藏剑。
凤鸾侣眷，还忧变迁。
斩拂牵绊，依旧聚缠。
只消得进退皆难情思黯。

煮鹤生 不归，看你神色纠结，是有什么难言之隐？

胡不归 没有。夜色已深，你早些歇息。

煮鹤生 可我为你所作之画，还未得成。

胡不归 改日再作吧。

【胡不归欠身而下，煮鹤生默然静立。

煮鹤生 （喃喃）她适才还笑语盈盈，为何转眼便冷若冰霜。

【王道士拎酒而上。

王道士 哈哈哈哈哈……

煮鹤生 道长，您回来了。

王道士 嗯，离观一月，今日才得将那妖孽斩尽，好不痛快！（递酒）来，小书生，陪俺共饮！

【二人举杯，胡不归上。

胡不归 （背白）适才对他言语冷淡，转念一想，又怕他暗自伤怀，我不免再来探望一番。

煮鹤生 道长，小生有言，不知当讲否？

王道士 你只管讲来。

【胡不归来至屋外，看见王道士，大惊。

胡不归 那道士竟回来了！

【胡不归藏于屋外。

煮鹤生　万物有情，皆为生灵。道长你又何必，对鬼狐之物，赶尽杀绝？

王道士　（大怒）鬼狐之物，岂有情焉？

【煮鹤生不言。

王道士　唉，贫道曾遇一段传奇。小书生，你可愿听？

煮鹤生　愿闻其详。

【暗场。音乐空灵。王道士席地而坐。煮鹤生下。

【两束追光引传奇中的王生（煮鹤生扮）和狐妖（胡不归扮）上，二人以纱覆面。锣鼓轻缓。

王道士　三十年前，子虚郡王生，遇一姝丽，两心相悦。时日渐长，意笃情深。（以身段表现）

【锣鼓渐急。

王道士　一日深夜，偶遇鬼魅狐怪，执笔画皮。化为凡人女子，正乃姝丽。心生大惧，震颤不已。（以身段表现）

【锣鼓急甚。

王道士　生于道观，请得道士。本欲将她驱逐，谁想竟错手将其重伤。那狐女怒极哀极，骤然出手……（颤抖道）剜其心去！（以身段表现）

【凄凉音乐起。起光。王道士颓然跌坐。

煮鹤生　道长。

【王道士恍若未闻。

煮鹤生　道长！

王道士　（惊醒）怎么？

煮鹤生　剜心之后，书生如何？

王道士　书生被一道士施法相救。

煮鹤生　那狐女？

王道士　再觅狐女，已无踪影。

煮鹤生　唉，亦乃伤怀之事。

王道士　鬼狐无情，你现应知晓。

煮鹤生 小生却不以为然。狐女倾慕王生，画皮描容，可见其情。王生畏其身份，虽是常理，然昨日欢好，今日驱逐，亦乃无情之人。

王道士 哼，人妖殊途，那狐女欺瞒在先，后更谋害书生性命。如此举动，足见鬼狐之物，无情至极！

煮鹤生 小生……

王道士 好了，你我话不投机，再勿多言！

胡不归 （背白）这妖道果然便是当年负我姑母之人！可我竟然还对这凡间男子，动了心思。真是可笑可愧！哎呀且住，如今这道士怀有我姑母之心，法力大增。我还需另想他法，一举复仇。

【屋内二人静默，屋外胡不归悄然独立。

【暗场。

第四场　画　情

【起光。

【白无瑕上。

白无瑕 （念）又到更深露重时，
暗自出府无人知。
若非椿萱严看管，
怎扮鬼狐与君识？

昨日夜里，公子言道已有心上之人。奴虽黯然，却亦不解。我与那位小姐，相距何处？也罢，待今夜问了公子，也好教我绝了此念。

【白无瑕下。胡不归上，独坐于梳妆台前。

胡不归 （念）夜雨潇潇北窗凉，
菱花镜前正梳妆。
本非人间娇娥女，

为谁画作好皮囊？

（轻唤）煮鹤生……

【煮鹤生上。

煮鹤生 不归，你唤我作甚？

胡不归 你昨夜不是言道，与奴的画卷，尚未作成吗？

煮鹤生 呀，不归，你愿意协小生作画不成？

【胡不归微微颔首。

煮鹤生 好好好！小生这便执笔。

【煮鹤生执笔作画。主题音乐起。

煮鹤生 （念）朱红碧绿纸墨上，

勾皴点染笔端旁。

已将千万情肠事，

付与丹青细思量。

【煮鹤生举起画卷。

煮鹤生 细瞧这画上之人，眼角眉梢，皆含灵韵；唇齿之间，欲说还休。果真是秋水澄明，风致无双。画作得成，画作终得成呀！

胡不归 奴家瞧瞧。

【胡不归拿过画卷。

胡不归 果真肖似。

煮鹤生 不归，为何你见此画卷，却不甚欣喜？

【王道士上。

王道士 （念）秋夜萧瑟多雾瘴，

草木残落露凝霜。

堪笑世间多情客，

贪恋鬼狐梦黄粱。

煮鹤生 王道长，你怎来了？

王道士 此屋膻气浓烈，定是有妖！

胡不归 你总算来了！

煮鹤生 （惊愕）不归，你……

胡不归 不错，你寻觅的狐女在此！

【煮鹤生大惊失色，本能后退。

胡不归 怎么，平日山盟海誓，蜜语甜言，如今终究怕了不成？

王道士 你一介小妖，设计引俺过来，岂非以卵击石，自取灭亡！

胡不归 如此张狂，为时尚早！

【胡不归施展法术，霎时灯光皆灭，风声呼啸。煮鹤生不胜法术，跌伏在地。

【再起光时，胡不归重着艳色斗篷，高举画卷。

王道士 你要作甚！

胡不归 我下山之前，已集齐众妖元丹，封于脉间。

王道士 纵有众妖元丹，你道行浅薄，怎能承受？

胡不归 若将元丹注我体内，自难承受。但若注入画中，岂有忧虑？

煮鹤生 不归，你唤我作画，原是为了今日之用吗？

王道士 好个小妖！

【胡不归将画卷固定，随后把丹元之力，注入画间。霎时画卷寒光四射，王道士被困在原地。

胡不归 哈哈哈，王道长，如今你还有何言要讲？

王道士 俺除妖一世，纵然死于妖手，亦是畅快！

胡不归 三十年前，你负我姑母，落得这般，自是应当！

王道士 （惊）那三十年前的狐女是你姑母？

胡不归 正是。

王道士 哼，你们隐瞒身世，画皮乔装，潜入人间，丑恶至极！

胡不归 画皮画骨难画心。皮相之丑，怎及人心之丑！

王道士 巧言令色，冠冕堂皇。妖若有情，我岂能受这剜心之苦！

【王道士猛地掀起衣襟，露出长疤。

煮鹤生 啊，道长，你便是当年的王生？

王道士 当年我被狐女剜心，若非道士所救，早已丧命！

胡不归 哈哈哈哈哈！

王道士 你笑甚么？

胡不归 我笑你自作聪明，愚不可及！也罢，今日我便替姑母手刃于你！

煮鹤生 且慢！

【胡不归举剑欲刺，煮鹤生以身相拦。

王道士 鬼狐残暴，岂有情焉！小书生，这就是你今日所见哪。

煮鹤生 不归，不论你是人是妖，我乃真心爱慕于你。万不能以我为你所作之画，害人性命！

胡不归 你这糊涂的书生，今日若不杀他，他日后必然杀我。

【胡不归猛然挣脱，煮鹤生情急之下，将画扯下。一刹那寒光消散，王道士得以动身。

王道士 看你还有何妖法！

胡不归 真真可笑！三十年前，姑母与你相恋，遭遇负心，好不凄惨。我下山本欲寻你复仇，不料重蹈覆辙。煮鹤生，今日我若死于你手，你我一段尘缘，也算了尽！

煮鹤生 不归，我定会护你周全！

【王道士执剑欲杀胡不归，被煮鹤生阻止。

煮鹤生 道长容情！

王道士 怎么？狐妖画皮，尚且不惧。剜心之痛，你也不怕吗！

胡不归 哈哈哈哈哈！

王道士 你又笑甚么？

胡不归 我笑你懦弱胆怯，不堪托付！

王道士 （怒极）大胆！

煮鹤生 道长！

【王道士挥剑刺去，煮鹤生阻挡不及，以身相拦。被剑刺中，跌伏在地。

王道士 小书生！

（同）

胡不归 煮鹤生！

【两人急忙上前查看。

胡不归 你无事吧！

王道士 若不是他护你周全，怎会中剑！

胡不归　你说鬼狐无情，画皮剜心。怎知你胸口之心，正是鬼狐所有！

王道士　此话怎讲？

胡不归　万物无心，岂能存活？你又怎会，为人所救？

王道士　此言何意？

胡不归　想你一介书生，怎会习得这鬼狐习性？

【王道士一愣。

胡不归　你胸口之心，正是姑母所有！

【王道士大惊。

胡不归　当年你请来道士，置姑母于绝境。姑母恼恨不已，怒而剜心。后见你气息全无，心中不忍，又剜己心予你。

王道士　你，你……你姑母今在何处？

胡不归　妖若无心，形神俱灭。

【王道士猛然跌坐。

王道士　（喃喃自语）是我辜负于她……（蓦然大笑）不对，定是你欺骗于我，她不曾死，待我去寻她！

【王道士癫狂而去。

煮鹤生　（气息微弱）不归……

胡不归　（扶起煮鹤生）不归在此。

煮鹤生　不曾想那王道士便是王生。

胡不归　不归有幸，他是王生，你却非王生。

煮鹤生　我一生痴迷画艺，只觉世间万物，皆可描摹。却在将死，才知情思人心，最难刻画。

胡不归　我这便替你寻药！

煮鹤生　只怕药石罔效。

胡不归　休得胡言！你我还要，朝朝暮暮，相守白头。

煮鹤生　闻你此言，亦无憾了。

【煮鹤生身躯渐渐滑倒。

胡不归　煮鹤生！

【胡不归默然静坐。白无瑕匆匆赶上。

胡不归　公子……

【山坡羊】（唱）莫道那情深缘浅，

莫怨这依偎时短。

来世若得再垂怜，

愿能当白首相对的鸳鸯眷。

共华年，把人间景瞧遍。

奴非那狐妖变，

不再叹殊途路远。

看朝暮云烟，

随君年月相伴。

缠绵，这相思自亘延。

淹煎，今生情难续圆。

【白无瑕看向胡不归。

白无瑕　你，你，你乃……

胡不归　哈哈哈，人愿做妖，妖愿为人，好不讽刺！

白无瑕　是你杀了公子？

胡不归　道长执剑杀我，相公以身相挡。

白无瑕　什么！不，不会……你不过区区狐妖，他为何倾心相待！

胡不归　（喃喃）是啊，我不过区区狐妖，他为何倾心相待……

白无瑕　如今可还有解救之法？

胡不归　散尽修为，魂飞魄散，或可一救。

胡不归　（蓦地拜倒）白小姐，日后相公还托你照拂。

【白无瑕欲言又止，深深一拜离去。

【暗场。

【主题音乐起。

尾　声

【音乐幽远。

白无瑕　（念）浮生丹青卷，
落笔无悔画章篇。
三界多缱绻，
古今一梦是何年？

【王道士疯癫上场。

王道士　悠悠天地，苍苍茫茫。魑魅魍魉，一梦黄粱！

王道士　啊，你们可曾知晓，三十年前有一狐女，如今何在？

白无瑕　世人都道他疯了。

煮鹤生　是啊，澄明世界，岂有鬼狐？

【白无瑕举起茶杯，将书拂掉地上，一张画像飘出，煮鹤生拾起。

白无瑕　公子可是想起什么？

【煮鹤生凝视良久，终究放下画像，拿起书卷。

煮鹤生　（念）归去来兮，
田园将芜胡不归？

【萧声凄凉。暗场。

【主题音乐起：铺染丹青卷，
画取浮生缘。
甘辞红尘千万年，
换得白衣陌上翩。
浮云朝露间，
情深亦无怨。
蓦然回首却凝噎，
多少传奇随云烟，
随云烟。

【幕落。

【全剧终。

第四部分　导演阐述

小剧场昆剧《画狐》导演阐述

薛　强

小剧场昆剧《画狐》取材于清代蒲松龄的《聊斋志异》，讲述人鬼的爱情故事。在传统戏曲创作过程中，神仙鬼怪戏并不鲜见，而我们作为青年一代如何从一个新的视角去创作这一题材、从一个独特的方向去挖掘这一故事所蕴含的内在价值、采用恰当的形式去展现剧本的深刻意义，这是我接到剧本所要思考的问题，也是摆在我面前所要解决的一个课题。在剧目创作之初，我与主创团队前期进行了大量的相关资料收集、走访、采风，希望能够通过同类型剧目梳理、同题材作品分析、不同艺术样式呈现以及近距离实地采风，提取到创作可以吸收或启发的素材，并且可以从此中寻找到适合本剧风格样式、剧目特点的创作视角，以期能够达到创作要求。

在看到剧本进行剧目创作伊始，我的脑海中便一直萦绕这样一句话“到底人是披着人皮的有情人，还是鬼是披着鬼衣的无情鬼”。在面对真情的拷问、本真的探求时，人鬼又会作出怎样的抉择，期待在剧中“画”里呈现。传统戏曲艺术的现代表达不只是从形式上进行展现，更重要我觉得应该是剧本内涵的挖掘、提炼与时代人文精神的传承。

《画狐》以煮鹤生觅狐妖灵韵结下情缘，胡不归“义捉负心人”陷入情渊，白无瑕暗慕才郎成情愿，王道士擒妖捉狐未解情冤，一个情字贯穿全剧，通过“画痴”煮鹤生和胡不归从相遇、相处到“你生吾死”的传奇故事，以“情”为纽带，将煮、胡、白、王四人紧紧联系在一起。

《画狐》剧照

从古至今，爱情确实是一个永恒的话题，本剧也确实是一个具有传奇特色的爱情故事，但我们绝不简单地阐释一个简单的爱情故事，而是希望通过这样一个故事，从中华民族最深沉精神追求的深度看待这样一个具有独特意蕴的"鬼狐"，通过祖国博大精深的优秀传统文化代表昆剧的形式，来演绎、解构经典故事。在作品的呈现上让观众体会到嘈杂、浮华的尘世内部，有一颗素雅、宁静的内心，在喧嚣的时代中思考"灵韵"的初心与自我的本真。何为假、何为真，何为浑、何为纯，何为"己心"与"妖魂"。

《画狐》的设定是一幅尘封多年，经重新"妆奁"展出的古画，忽而冷寂、忽而热烈，古朴风韵浓烈的水墨画中人物生动形象、活灵活现，传递出至真至善的热烈情感，丰富的人物背后，隐喻、表意、抒情、探索，蕴含着深厚的内涵，传递出传统文化感人至深的深刻哲思，转眼间仿佛画中的人物动了起来，在画卷间唯美灵动。

关于本剧的音乐，雅致是我所想要的，在音乐整体风格上，不追求厚重，倾向于淡雅，希望可以营造幽深、悲凄、哀婉的舞台戏剧情境。关于唱腔音乐，曲牌的选择要符合人物的内在情绪要求，做到既抒发人物情感，又新颖优美，尽量要有节奏的变化或体现，把人物丰富的内在情绪的层次展示出来。主题音乐需要真正起到主题的作用，做到深化剧本主题，把戏剧矛盾冲突推向高潮，使本剧的戏剧重要节点的情感得到宣泄与过渡，使得高潮处能够真正地感染人、情动人。而乐器可以考虑埙、箫、铜碗、木鱼等能体现情境的民族乐器，不需要丰富，把人物的情感与观众的情感联结起来就好。

舞台强调流动性、写意性和空灵感，虚实结合、黑白相间，是以阴阳、画框（画轴）为意象的一幅空灵、写意的水墨画。整体的舞台形象伴随着剧情的推进，时而幽深寂静，时而诗情画意，时而紧张跌宕，时而舒缓回味，在与灯光、音乐的调度配合下不仅有古典戏曲审美，又具有当下时代的人文基因。

灯光的要求则需要呈现多方面的舞台时空效果，在同一时间不同空间、同一空间不同时间等各个方面，真正起到营造舞台意境、渲染舞台气氛、分割表演区域、转换舞台空间的作用。灯光的选取也遵循整体导演构思，沿用写意的风格，以黑白灰为主色调，配合舞台人物的场景变化，迅速转换舞台空间。

对于人物的服装与化妆，要求做到人物的性格化，既追求古风古韵的风格感，又追求简练、大气、传神的时代风，取现代之形，展古典之神韵，突出美感，利于歌舞、开打，强调人物造型特质，统一于全剧的整体风格。

时至今日，剧目已经上演，从在中国戏曲学院小剧场首演以来，《画狐》已经完成了三轮八场演出，从迈出校门的第一站大戏节到出京第一站的上海戏剧学院，一路走来，感触很深，身心疲惫但却收获了沉甸甸的幸福。回想起一年中经历的种种，历历在目，铭记于心，有勤奋熬夜搞创作、有慵慵懒懒失信心、有艺术上的坚持、有现实中的妥协、有团队温暖的感动、有落幕后冷寂的失落……

记得在上海演出时，最后一场结束，剧组有人问道士为什么越演越松弛，道士讲道："因为我相信了，我要自己都不信，还怎么让观众相信，演多了就明白了。"听到这里我感觉无比开心，画狐的意义不止在于此，不只是相信，更是坚信。书生坚信灵韵、狐妖坚信真心，初心不改，一路向前。至此《画狐》的演出暂时告一段路，但我们的剧组成员沿着创作《画狐》所遵循的精神一路指引，不忘初心，怀揣幸福的憧憬。

第五部分 音乐创作谈及唱腔音乐曲谱

小剧场昆剧《画狐》音乐创作谈

侯博康 巩伏雨

回忆《画狐》剧组从建组到现在，仿佛建组时还在昨天。本剧音乐创作组由唱腔设计：唐润、黄芯；音乐设计及配器：侯博康、巩伏雨组成。在创作探索上我们遵循尊重传统、广采博纳、因剧制宜、移步不换型、改一退三不是一蹴而就的原则进行尝试探索。

本剧体以“丝不如竹，竹不如肉”为引，设计全剧主题。形象刻画书生煮鹤生所想象的曼妙女子胡不归的主题形象。单声部女中音旋律塑造空灵、缥缈、意象的音乐风格特点。与此同时也突出了女主角胡不归虚幻的人物形象。

音乐主题贯穿全剧、承上启下、首尾呼应。在本剧四场戏中主题分别出现 8 次，分别是：1. 序幕——以 C 调大曲笛演奏接人声主题接主题曲《铺染丹青卷》。2. 第二场——遇狐：煮鹤生唱段【山桃红】唱腔“铺染素笺，画尽她喜怒嗔痴神态纤”中的“她”字在唱腔配器中人声主题再现，以此表意为男主角煮鹤生思慕女主胡不归。3. 第三场——前尘：煮鹤生提笔作画时主题曲再现。4. 第三场——前尘：白无瑕念词“霜寒露浓云遮翳，三更有梦子规啼”处的背景音乐为主题曲，此处的主题曲在配器上以 C 调大曲笛来代替箫。C 调大曲笛与箫的实际音色相同，不同点在演奏技法上。因特殊原因，在此选择用 C 调大曲笛的音色来代替箫。5. 第三场——前尘、第四场——画情：煮鹤生提笔作画处使用其主题曲。第三场——前尘：音乐与念词相融合，在此其词表达了男主煮鹤生虽在为故事中白小姐作画，实际脑海里思绪的是女主角胡不归。第四场——画情：同样道理，其表达男主煮鹤生与女主胡不归作画过程。6. 第四场——男主煮鹤生被误刺处 D 调曲笛奏出主题曲。7. 胡不归魂魄飞升时音乐主题变奏，和声式织体烘托。8. 尾声处使全剧统一，承前启后。分别用昆笛、人声完全再现主题作为全剧结束主题。

唱腔部分主要是在套腔基础上改字音。戏曲唱腔创作是“依字行腔”，根据不同情绪的唱词选择不同的调式调性及板式进行对唱腔旋律的创作。而昆曲唱腔创作不仅是“依字行腔”，同时也根据词牌唱词格式对其选择词牌“填词拍曲”。本剧共选择了【山桃红】【懒画眉】【皂罗袍】【山坡羊】4 段词牌，根据昆曲行腔旋法特点探索一段【莫不是】。在这些唱腔中我们基本在套用传统曲牌。其探索点主要是对唱腔开场前锣鼓经的开唱法音乐化，以及在昆曲唱腔配器上的研究探索。

唱腔音乐化的开唱形式及唱腔配器的研究。在传统配器上基本为二胡、扬琴、琵琶、笙等乐器。本剧在配器上将传统民族乐器作为色彩性乐器点缀使用，西洋弦乐队和声铺 pad 托底和根据唱词做形象化描写。

传统唱腔中曲牌在开唱前都会打“哆啰”，演员进行上板唱腔的演唱。在此将其去掉，根据唱词第一句曲词描写来设计不同的开唱形式，形成戏剧性的音乐对比，从而丰富听觉享受。【懒画眉】的第一句为“月明拂影素笺前”，在此突出了“月明拂影”使用本句音乐主题中的 la–mi 的特性音程元素构成 la–mi–la–do 的一个织体，钢片琴敲击营造拂影的效果。支声复调的写作方式贯穿接唱【懒画眉】中的散板“引子”。“引子”后“上板”唱腔前，为使习惯听“哆啰”的演员和乐队进入唱腔方便，在此把鼓键子敲击的“哆啰”更换为撞铃敲击。此次更改不仅是提醒演员准备开唱，同时也为统一整体的音乐性。在整段每一拍的强拍处都做打击乐器敲击的处理，这样会方便演员找准节奏。详见图一。

为使唱段在听觉上形成对比。整个唱段中如每一小节的强拍处都去做不同打击乐器敲击强拍这样处理，会使整段音乐显得略微呆板。在唱腔后半部分处，将传统板鼓打的节奏“强、弱、次强、弱”的节奏音型化结合中国大鼓，用不同的乐器演奏，从而丰富听觉享受。详见图二。

图一

【懒画眉】

图二

配器形象化描写。一整段唱词首先会对唱词的“情”与“景物”描写的词做构画，再做整体的音乐布局。在本剧【山坡羊】的唱词中，整段唱词是这样写的：

莫道那情深缘浅，莫怨这依偎时短。来世若得再垂怜，愿能当白首相对的鸳鸯眷。共华年，把人间景瞧遍。奴非那狐妖变，不再叹殊途路远。看朝暮云烟，随君年月相伴。缠绵，这相思自亘延。淹煎，今生情难续圆。

整段词在整剧的发展中为最顶峰状态，演员情绪最高点。讲述男主煮鹤生被刺后，女主胡不归将自己的心给煮鹤生，让煮鹤生重获新生，胡不归在自己魂飞魄散前的诉说。此段词的情感表达已是整剧的高潮点，将此段词作为整剧的核心唱段。并且此段词所给作曲及配器的信息量颇多，酌情选择布局。根据情绪变化从浅到深，从淡到浓地变化处理。古筝刮奏弦乐铺 pad 淡入，前两句唱腔大提琴长音 arco. 与低音提琴 pizz. 形成钢琴踏板音效果，在唱腔中做点线处理。“来世若得再垂怜”情绪高涨点，弦乐从低音提琴开始逐渐递接做渐强处理。结合小军鼓和吊镲滚奏营造气氛，递接式使整个唱段乐队齐奏，情绪推到高点。

奴非那狐妖变，不再叹殊途路远。看朝暮云烟，随君年月相伴。

重点突出“殊途路远”“看朝暮云烟”，“远”字用弦乐拨奏营造，“云烟”用小提琴高音区加弱音器营造雾面烟感。

随君年月相伴。缠绵，这相思自亘延。淹煎，今生情难续圆。

这三句唱腔基本在作对比复调，引申情绪、烘托气氛。

整剧主要是从主题贯穿；演员唱腔开唱音乐化代替传统锣鼓经的开唱形式；配器在传统戏曲唱腔配器基础上结合了弦乐协奏曲的写作形式；音乐形象化描写等作曲技法进行研究，尝试探索。对此还将继续进行下去，更深一步去探索。

第六部分　舞美创作谈及舞美图

小剧场昆剧《画狐》舞美创作谈

魏熠豪

很荣幸在《画狐》剧组担任舞台设计一职，“心结需自解”是我设计这部戏的初衷，希望世人能够多一些对于人本身的思考，让自己达到一个平静的状态。还原戏曲对神的、对祖先的崇拜，而不只是为了取悦观众，希望能够多一些虔诚。胡不归与煮鹤生相恋，煮鹤生与白无瑕的情愫，胡不归对王道士误解……狐女假扮做人，人狐相恋情未了。不管是大喜大悲，还是春温秋肃，最后总要闭一闭眼睛，平一平心跳，回归与人本身的理性，误解化开，情愫依旧！整部戏不仅延续了传统昆曲的温婉意境，更是一种虚实间的回荡……

其中因王道士与姑母的爱情、与胡不归的误解都与王道士的身份有着很大的关系，所以这部戏的眼便是道士八卦图，在一阴一阳之间寻求平衡感。背景是大目数的丝网幕，因为它比较容易塑形，肌理感强，在效果呈现上能够让观众真实地体会出曲折与顺滑的明显对比，便将它做成了一个意象上的八卦图的处理，放在背景幕的位置，观众可以想象那是一座山峰，可以想象出那是一个山洞，抑或是坎坷崎岖的山路……而在旁边便放了一个白色的圆点，像是一轮明月，更像是一面镜子，它静静地看着世间变化，与旁边的丝网幕的肌理有着鲜明的对比，整体看背景像是意象化的八卦图。在演出过程中，灯光打在演员身上，影子会在那一轮白月上晃，很是过瘾，心中的那股劲儿总能随着影子的晃动起一种感应，很悠然，总能让我感觉到戏曲真的是可以通神的。在中景的位置我设计的是一个悬挂的画框，随着剧情的承转起合画框也是有角度的前后翻转，来体现室内或是室外的场景，当它角度向前倾斜的时候会给人压抑的感觉，尤其是当胡不归知道王道士便是姑母生前的情人的时候，画框前倾到了极致，感觉马上就要坠下来很危险，那种气氛相信观众也会跟着心头紧起来。而用画框做屋顶，我一是想在演出的最后演员归于画中会更有意境，二是想中国的家国天下，环抱，是风水的核心。我们想山的围合感（例：晋祠是由山势而建的，它取的就是山的环抱感，在四圣宫也是如此，中国一部分人称它为风水，我更愿意相信它是中国传统文化的一部分）、房子的围合感（例：四合院的制式），再到家里的中厅（例：开与间的关系）、椅子的围合感（例：椅背与扶手的关系，这里指的椅子是官帽椅或是圈椅，现在的一些西方引进的椅子形式设计不在我的讨论范畴）……它们都是在环抱着一个东西——生活在里面的人！心理逻辑都是这一个，可以去看看一些老戏，它们都具有环抱感，无论情节怎样跌宕起伏，总能给人稳定的感觉，让人沉下来。所以我用画框当作屋顶，就是想取中国人的心理逻辑——环抱感。让人们体会到这出戏的情节，无论里面有多少打斗戏、多少矛盾，故事有多跌宕起伏，它都具有内在的稳定性。当胡不归与煮鹤生相恋的时候，画框平行上升，画框藏在檐幕里，几丝绸子垂下来，随着雾机不断向舞台中吹着雾气，绸子在风中飘来荡去，欢快和浪漫的气氛中又充满着仙气。当煮鹤生、白无瑕、胡不归一同出现在舞台上时，画框的角度慢慢向后仰，留给观众面前的角度是最大的时候，挂在画框上的绸子也是统一向后交织在一起，可看出他们的感情线出现了混乱。马上画框就要从后面掉下去的感觉也是让人很纠心，这种开合的角度就像是一个大怪物张开大嘴，里面的人马上就要被吞噬掉了，完了完了友谊的小船就此要翻了。随着白无瑕的离去，画框又渐渐地转为了与舞台台面平行，那种跌宕感又归于平稳，达到了景随情动、情随景移的演出效果。在画框的上方呈现出有设计感的黑白交错的绸子线条，它们的颜色也是黑白两色组成，但它们并没有被决然地分开，而是相互交织在一起。这些一是具有分割画面的作用，二是随着王道士与胡不归矛盾的化解，绸子是由演员一点点解开并由演员带下场，完成我的“心结需自解”的设计初衷。为了方便演员的拆解，我用磁扣进行绸子与画框的固定，绸子与绸子之间我选择的是相互搭扣、穿插，很牢固但拆卸起来又很便捷，加强了演员与舞美的互动，使舞美与剧情更加贴合紧密！最后画框干干净净地立在舞台上，演员静止时仿佛是具有一幅画的意境，最后的谢幕演员也是由画中走出最后又回归于画中。意境是情与景、意与境的统一。王国维在《人间词话》中曾说："境非独谓景物也。喜怒哀乐，亦人心中之一境界，故能写真景物、真感情者谓之有境界。"他所提出的"境界"说，即意与境的统一。他认为"境界"应包括情感与景物两方面。他把"境界"看作是艺术美的本原。提出："言气质，言神韵，不如言境界，有境界本也，气质神韵末也，有境界二者随之矣。"就是说在艺术中，如果达到情景交融，自然也就产生了神韵，体现了气质。在我的设计中画框随着故事发展而前后摆动、演员随着自己的心结将画框上的绸子一点点解开，随着绸子的飘荡便有了一种悠悠的生动！

在道具设计上我也结合了八卦图的设计理念，一黑一白代表一阴一阳，但它们并没有决然地分开。服装与道具相呼应，道士的服装基本是以白色为主，所以剑柄的位置是黑颜色，剑鞘的位置为白颜色，中间为过渡色。世间没有决然的对错。葫芦也是意象的阴阳图与王道士的妆容合为一体。整体色调为黑白，但又没有决然地将黑色与白色分开，就像是没有决然的对错，随着时间的流逝，对错其实并没有那么重要，心中的坎也便释然。正如中国哲学，它并没有像西方哲学那样有着决然的对错，而是讲究"度的艺术"，"中庸之道"是"中国的辩证法"的基本特征，它不是"一分为二"的斗争哲学，也不是合二为一的全输全赢。生与死、人与神的界限始终没有截然划开，而毋宁是连贯一气，相互作用着。

戏曲源于祭祀、对神的敬畏、对祖先的崇拜，戏曲中娱神的意思渐渐地转化为娱人的意向，我们前一段时间去山西做了一些田野调查，考察了一些古戏台，证实了这一说法。在晋祠，我们是由圣母殿——鱼沼飞梁——献殿——戏台这么一个调查顺序进行实地测量，发现圣母殿的中是取的天龙山的山势为中，而不是子午线（在平原地区的中是子午线，例如故宫），那么以圣母殿为正，我们发现由圣母殿到戏台发生了偏移；而后我们去了四圣宫、东阳后土庙……去好多个古戏台实地测量都发现这样一个现象，戏台与神庙发生着偏轴！所以戏台发生偏移一定是在诉说着什么事情，在戏曲中演戏都是在演一些没有的人，中国的鬼其实是祖先，当演员在演自己的祖先的时候，鬼扮作神是不能与神直接碰面的，所以我们看到古戏台都在与神庙发生着偏移关系。它的精神气质是娱神的！是对祖先的崇拜，是对神的虔诚！但自清朝以后对神的崇拜与敬畏慢慢转弱，供人娱乐的目的慢慢加强，献殿也从以前的祭神的功能慢慢转变为了观看演出的场所。在我们这部戏中就是想回归对神的那种高度平静……在远古时期，巫是沟通天人、和合祖先、降福氏族的，"神"的存在与人的活动不可分，"神"没有独立自足的超越或是超验性质，世间烦事扰乱大家对于追求平静的心，似乎这种对祖先的崇拜，或是对神的虔诚变得很淡，我们大多是为告诉世人一个什么样的道理而演一部戏而不是回归于戏的本身，戏曲变得具有功能化，变得具有工具性了。人日益被物质所统治，被自己所造成的财富、权势、野心、贪欲所统治，他们已经成为巨大的异己力量，主宰、支配、控制着人们的身心。于是庄子发出了抗议，他抗议"人为物役"，他要求"不物与物"，要求恢复和回到人的"本性"。我们这部戏就是想回到戏曲的纯粹，回归于人的本性，世间没有决然的对错，没有决然的人神，虚实间的互化，"一个世界"，给观众在这纷繁复杂的世界中的思考！平静，对于活在当下的人的可贵！

《画狐》剧照

第七部分　灯光创作谈及灯光图

小剧场昆剧《画狐》灯光创作谈

杜春晓　王梦琪

《画狐》整体灯光基调以水墨为主，灯光颜色对比不是十分强烈，颜色淡雅，纯度并不高，主要是在逆光、脚光等光位的对比和灯光冷暖的对比，并利用灯光的反射做了一些细节的处理。

Cue1　观众进场光

18:00，观众陆续进场。在这里观众进场光就像音乐里的序曲一样，其使命在于综合地叙述全剧发展的关键场面，奏出代表主角的旋律，它仿佛是剧情的缩影。我用摇头 LED 做侧光，斜着打到舞台后方的主设计，简单地勾勒出斑驳的纹样，却不把整个舞台的结构交代清楚，而是只交代冰山一角，拉出长长的影子；并在一开始就透露了这部戏的主要色调与风格，Cue1 水蓝的光，颜色很淡，与舞台设计的黑白灰色相融合，给人淡淡的水墨画的感觉。使观众渐渐进入这个故事，水蓝色的灯光使观众情绪平和，留下悬念，吸引观众，更好地提高观众的情绪投入和心理感受。

Cue3　进入序幕

第三遍钟声敲过后 Cue2 暗场，观众席光渐暗，音乐箫声渐起，字幕开始放（第一次演出，由于字幕长，黑暗的时间过长，第一次演出结束后与导演商议，观众进场光等到字幕放到主要演员开始，第二遍箫声响起时收，缓解长时间黑暗给观众带来的不安与疑问）。音乐渐起，随着音乐 Cue3 光渐起，LED 逆光与顶光定点，展现书生在舞台中央的舞蹈，随着音乐点与书生的动作，第一个群舞区域侧光起，在纱幕后面显现出轮廓，第二个、第三个、第四个依次定点与侧光起，书生向后去拉纱幔暗场。

灯光设计方面主要想给人一种唯美的视觉感受，告诉大家，这是一段凄美的爱情故事，与此时舞台上的中央人物“书生”有关。灯光变化的节奏跟着音乐叙述故事。书生每完成一幅画作，一个女孩的躯体缓缓呈现，整个舞台美术像一张唯美的水墨画，一滴墨滴入画中，呈现一个躯体，灯光变化紧跟音乐与演员动作，淡入淡出。

第一场 Cue6-Cue7

Cue6 道士入场光

随着阴暗的音乐渐起，灯光渐起，上下台口的流侧光对打，天幕浅蓝色，营造幽暗的道观环境，道士缓缓走到舞台中央。跟着音乐，做着动作。给观众一神秘的气氛，并交代出道士的法力与气场，气氛虽有些诡异，但仍然要保持剧目整体的灯光设计基调，并没有出现大红大紫的强烈冲击的灯光，用对流的白色来扩大道士的气氛，影子被长长地拉了出来，也委婉地表现了月黑风高的感觉，让人体会到几丝诡异与不安。音乐点与道士蹲下动作，侧光渐收，天幕蓝光，顶光集中在道士身上（Cue7）

Cue9 书生入观

《画狐》剧照一

第二场

《画狐》剧照二

第三场　Cue28-Cue33

道士回忆当年的故事，“愿闻其详”暗场，演员更换位置，随着音乐灯光渐起。

王道士：三十年前，子虚郡王生，遇一姝丽，两心相悦。时日渐长，意笃情深。（以身段表现）用LED制造出两个空间的气氛光，隔离两个空间，一边是道士在说当年的故事，以LED逆光冷色点为主，另一边灯光以浅粉色为主，表示当时的道士与当年狐女的爱情。

跟着音乐的变化和剧情的发展。【锣鼓渐急。

王道士：一日深夜，偶遇鬼魅狐怪，执笔画皮。化为凡人女子，正乃此姝丽。心生大惧，震颤不已。（以身段表现）下场门脚光亮起，打在狐女和书生的身上，狐女正在画眉，使狐女表情更加可怕，小生受到惊吓的处理更加狰狞，扩大煮鹤生内心的恐惧，并与前面的欢好做出强烈的对比，脚光的处理给观众诡异的心理感受和视觉冲击，并在舞台后方拉出两人的身影，更是突出了画皮的灵异与书生内心的不安。

王道士：生于道观，请得道士。本欲将她驱逐，谁想竟错手将其重伤。那狐女怒极哀极，骤然出手……（颤抖道）剜其心去！（以身段表现）

定点书生倒下。【凄凉音乐起。王道士颓然跌坐。】二人区域光渐收，留道士一人的区域光，周围的黑暗与道士的定点逆光扩大道士的内心活动，延伸观众的内心情感。煮鹤生唤道长，王道士恍若未闻，再唤才回过神来，光回到道士讲故事之前。这里我想了两个处理手法：一是小生唤道士时灯光回到先前，来表示故事已经结束，是现实中的小生来呼唤道士；二是小生从黑暗中走到道士身旁来唤道士，道士惊醒时再回到先前光，可以寓意为故事中的自己来呼唤自己，可以延伸观众的意味，让观众与道士同时惊醒。最终我选择了其二，带有寓意且婉约的手法。

Cue30 **灯光效果**

《画狐》剧照三

Cue30 **画皮（局部）**

《画狐》剧照四

第四场

道士与胡不归打斗的一场，可以说是这部戏的高潮部分。

Cue42-Cue48

道士一声“看剑”两人从语言的争执，转为法术的争斗。脚光起，道士与胡不归打斗，影子投在舞台后方，随着演员的舞动与前后调度的变动影子不停地变换位置与大小。暖色光填满整个舞台，脚光使演员面目更显狰狞，突出二人的复仇心切，心存愤怒，更说明了二人对那件陈年旧事的在乎，重情重义；冷色逆光洒在二人身上，也表示二人的心灰意冷，把故事推到一个高潮点，并与接下来的故事做对比。

《画狐》剧照五

第一次争斗由胡不归法力封印道士告一段落，脚光收，灯光聚集中间区域，逆光展现道士跪地与狐妖的压制；又由书生的解救开始新的一轮斗法，水蓝色逆光把吊景打出长长的影子；以煮鹤生被刺这个意外为终止，一束橙红色的顶光作为书生的定点，吊景的影子在地上把三个人框在一起，煮鹤生倒地，定点光熄，全场灯光颜色逐渐褪去，只留下白色。终于胡不归说出当年的真相，道士疯癫下场。

胡不归抱着煮鹤生哭诉，从下场口斜着打来的一束光割离了舞台的黑暗，来表现仿佛世界只有二人，誓言也好，惋惜也罢，多年后的相遇与当年一样，注定是一场悲剧，扩大二人内心的伤痛，营造凄美无助的气氛。

Cue50-Cue53

胡不归缓缓向后方走去，灯光跟随胡不归的调度移动，最后定点，胡不归回过头来：白小姐，日后相公还托你照拂。定点光收。白色的定点光来诠释胡不归圣洁的内心与爱情的伟大。

尾声

Cue54-Cue62

随着音乐灯光渐起，以演员单人出场，灯光以定点和气氛光为主，胡不归上场，煮鹤生牵起胡不归的手，全场灯光亮度提高，集体谢幕。

第八部分　服装创作谈及服装图

小剧场昆剧《画狐》服装创作谈

张　男

将传统的艺术重新赋以当代的形式是我一直乐于尝试的创新方向，也是更能表达艺术个性、使设计创作更加有意思的创新形式。我喜欢去做先锋的、前卫的尝试，去创作不一样的东西。实验剧目《画狐》的主创团队全部为从事艺术的当代年轻人，理所当然是要做更青春更时尚的形式，但是在美术设计上又不能是一味向前使力。任何经典艺术的创新都不能完全抛弃传统灵魂，《画狐》一剧的内涵也极具传统意味，写意、唯美、灵动的整体风格构思更是符合我们传统美学的精神。

因而在服装设计上我会秉承“诗意”的美学追求，着意于以简约的笔触营造的空灵气氛，用视觉形式的简化留白给观众以更多的精神空间。剧中角色虽少，但皆非俗人，每个人物都是极具代表性的不同形象，可他们在情之一事上都逃不开一个“痴”字，这就是爱情故事的浪漫凄美之处。服装设计应在妖的诡异妖艳、道的超然归真、人的倜傥赤诚和婉约柔美之间游刃自如，各有描绘又不过分着力于一处。在服装设计的色调上，我会力图把握诗意、画意的整体风格，以最纯粹的黑白灰入笔。采用长身阔袖的传统服装廓形，结合立体的裁剪体现更具时尚感、设计感的款式，材质上用不同质感的面料以时装及高级定制的工艺制作出丰富的肌理和层次，呈现虚实结合、流动飘逸的效果，用低调的精致避免单调的乏味。

当然，始终以整体的舞台呈现为考量标准，综合舞台布景、灯光、人物妆面造型以及动作表演等诸多方面因素进行协调，努力做出符合传统美学精神又极具前卫个性的新古典风格设计。

胡不归最初设定图

小剧场昆曲《画狐》讲述的是一个非常有意思的故事，是爱情故事但又不仅仅是情爱。我认为是给每个人留有很多空间的一出戏，从主创到演员到观众，创作的空间、表演的空间、思考的空间。这片空间中有诗意的流淌和创意的碰撞，我觉得我们是前卫而不叛逆的、有先锋思想也有传统精神的、充满研究探索与实验创新的一次尝试。我希望呈现的是一个大意境和小精巧兼有的作品。

《画狐》从建组到演出结束，从最初的构思至今，设计方案几易其稿，其中有主观客观很多原因，但我觉得我一直在做的修改就是试着把多余的东西拿掉。现正在制作的服装设计方案比最早一稿看起来似乎更简约，但其实是更大胆。方案的修改中有些东西是不能去改变的，那就是我设计时最中心的理念，而有些东西是在一点点改变的，每一次的删减、添加、修改、调整，都是对最终呈现的步步完善，也算是这段时间中的思辨历程。我没有去推翻初心，只是斟酌细节的去留，简化后的协调处理或许会让整个作品看起来焕然一新，其实内核是始终如一的，这也是个奇妙的过程，留下的笔触越少，越是能体现对每一处设计思考后的判断，有谨慎的选择也有未知的尝试。遇到的问题诚然不少，体会和收获亦很多，我真的很期待演出结束后大家的交流，相比一次成型的作品，我觉得这种慢慢打磨出的创作更加珍贵，它更符合我们研创实践学习的初衷，这样留有更多时间余地的共同创作过程大概也是作为研究生学习阶段所享有的优待吧。

胡不归、白无瑕最终设计图

小剧场实验戏剧的创作过程是非常有意思的，比起场面变化比较直观的大戏来说，小剧场戏剧在设计上需要更多的斟酌。想法会更加灵活，甚至在有些细节上似乎略显矛盾，比如我希望这部戏的服装风格是很简约素雅的，但同时我又力图做出一些有意思的细节，还有色彩上可以说是极简的处理，材质上却一定要追求丰富的效果。大概就是一直在思考“无”和“有”，什么是可以拿掉不要的，什么是我想留下展现出来的。很明显这不是一次打保险牌的创作，这种可以让你有很多想法、很多独立思考空间的机会是非常可贵的，当你真正参与其中，并且有所收获，才能深刻体会实践学习的意义。

第九部分　造型创作谈

小剧场昆剧《画狐》的造型创作谈

曹　灿

造型图一

《画狐》是一个小剧场昆剧。小剧场，需要有先锋性，而昆剧则是传统艺术，在《画狐》的人物造型设计中，既需要保留传统艺术韵味又要能迎合当下审美取向。《画狐》中出现的人物也是以往戏曲里没有的，在服装上的创新使得完全传统的戏曲装不能与《画狐》人物的总体造型相适应，怎么能让造型既有新意又合情合理同时还要不妨碍演员表演，这是我在设计时主要考虑的问题。

有人说，现在的戏曲人物造型偏向越剧造型，所以做设计的时候直接搬来越剧的造型就可以，其实我不完全认同这种设计方式。设计还是应该从剧本本身出发，寻找适合剧本适合剧组现实情况的设计方案。比如越剧与京昆扮相相比一个很大的不同是在年轻女性角色上的造型经常多运用“刘海”，但我们是一个昆剧，运用越剧形象会使造型与整体设计风格不相符。另一种说法，戏曲化妆可以偏向电视剧电影的古装造型。而《画狐》作为一个古代聊斋故事，并且是要在舞台上呈现，需要让人物造型与现实的形象夸张，加强戏曲人物与现实的距离，让造型更加舞台化，更加戏剧化。电视剧电影的古装造型并不能满足舞台上的造型需求。

经过与导演编剧对各种方案的探讨，最终我们确定了《画狐》的化妆造型设计方案。

女性角色贴片子的造型是传统京昆戏曲妆中很鲜明的一特点，对于《画狐》中白无瑕、胡不归两位女性角色，有大幅度的打斗动作，传统勒头带、片子和棕网子层层固定的装扮方式也对头部造型的固定很有帮助，所以我延续了贴片子的做法。与此同时，服装上的现代化设计使得传统头面与整体造型不相适应，所以我重新设计了头面并用金属片、亚克力珍珠、水钻等材料进行手工制作。相比较传统戏曲服装，《画狐》的服装在图案的装饰上更少，更多是在面料肌理上进行变化。针对这一点，我减少了头饰，同时为了增加造型在舞台上的夸张以及保持传统戏曲造型中追求“圆”“饱满”的做法，我制作了适合于演员造型的假发件。对于胡不归这个角色，她是一个狐女，却假装人，所以在贴片子时我设计对称贴法，意在表达她幻化成大家闺秀的端庄模样，但在其中加入了几绺尖的钩花，破坏“圆”“端庄”的视觉感受，表现她的妖媚。我把胡不归发型轮廓设计成偏髻的样子，并在假发件中掺入了玫红色假发片，来表现她“狐女”的真实身份。而在白无瑕的造型设计中，白无瑕是大家闺秀却想要假扮狐妖，于是我将贴的片子设计成不对称的形状，但在大的整体发型轮廓上设计成对称的样式。以发件和片子形状的配合来表达两个人物的特点。

在煮鹤生的造型设计上，针对煮鹤生文雅书生的人物身份，我设计了类似古装的假发件，参考古代头巾配合服装造型做了书生的头巾。而王道士作为一个有点疯疯癫癫、有点痴狂的道士，我在运用了道士帽的基础上在帽子周围加了几绺假发片，并搭配大络腮胡、粗糙的眉毛，来表现道士的人物形象。

在构思阶段，我的导师张靖老师在人物造型整体配合、化妆如何结合服装、戏曲形象创新等问题上给予了我很多意见和建议，头饰制作期间还与我共同探讨过材质、面料等诸多造型因素的注意事项，某些材料需要做特殊的防静电处理，等等让我深受启发。同时，与演员、导演的沟通在设计中也非常重要，也是剧组团队合作的很重要的一点。化妆造型是一个以实践为主的专业，在不同人脸上画同样的妆会出现不一样的效果。在设计构思完成以后，经过和导演演员的沟通，我们进行了三次试妆。试妆可以更直观充分地感受造型是否与服装相适应，同时演员的直观感受也可以告诉我们妆容是否可以辅助他们的表演。比如在试妆过程中，胡不归我设计了红色的假眼睫毛，贴上夸张的睫毛造型效果很好但妨碍了演员视线，于是我们最终割舍了这个方案。并且通过一次又一次的试妆，不断改进，我也找到了适合演员脸型的化妆方式和贴片子方式。为了塑造胡不归妩媚的角色形象，我们决定在妆面上使用偏向舞蹈化妆的化妆方式，与白无瑕相对传统的面妆进行区别。道士粗糙的眉毛也与煮鹤生清秀的剑眉相区别，来表现两位男性角色的性格差异。在女性角色的是否使用戏曲传统线尾子这个问题上，我们也做了尝试和比对，运用现代高蚕丝假发件来模仿线尾子时我们发现，高蚕丝的假发静电更大，由于类似真发的质感使高蚕丝比较轻盈，所以整体垂坠感也不如传统线尾子，在演员做动作时容易蓬乱，于是最终我们还是选择了传统的线尾子。

造型图二

造型图三

所以，对于传统的东西，我们不能一味摒弃，优秀传统流传至今有它的道理，而面对小剧场戏曲对先锋和创新的需要，在面对独特的剧目、新的人物、新的故事时，也应给予人物造型更多个性化的设计。需要创新思路的同时，对传统的取舍也应在实践中进行比对分析，选择出最适合剧本，最适合演员表演，最适合整体人物造型整体舞美设计风格的方案，而不是直接的拿来主义照本宣科。

最后，感谢老师们的指导和鼓励，在我们需要时及时伸出援手，感谢导师的指导和提点，让我们走出创作困境规避创作误区。也感谢学院给我们提供这样一个自由的创作环境、这样一个好的平台去展示自己的创作，帮助我们在实践中找到不足。也感谢团队里各部门小伙伴们的配合，大家一直以来鼎力合作、不断努力、相互支持才能让演出成功进行。

第十部分　主创团队访谈

制作团队阐述

尹晴画：

演出结束的那天晚上，感慨真的是超级多。一个月后再来谈心得和体会，竟然有点不知道从何谈起。

演出第二场，舞台音响故障。我在侧幕条站着，心里七上八下忐忑不安。我想着这可是昆曲，这可是外面来的观众，这可是正式的汇报演出……演员一切如常，后台人人紧张。这样强烈的对比，在情理之中，也在意料之外。演员在台上稳如泰山，斜眼看了我们的提示之后，继续演出，该唱唱，该念念。唐玉婷捏着大家闺秀的派头，愣是清唱了一整段。那是剧场最屏息凝神的几分钟，没有人说话，甚至连呼吸声都有所收敛。都说昆曲是软糯的水磨调，在失去了音乐伴奏的那几分钟里，我听得起了鸡皮疙瘩。这一段清唱爆发了全场最热烈的掌声，对于这种意外情况下的“返璞归真”成为最打动人的回忆。

谢幕之后，大家帮着卸台。我看着大家一起努力地做着收尾工作，才突然意识到:《画狐》结束了！

从 2017 年 10 月 15 号建组，一群人糊里糊涂又热血沸腾聚在了一起。我有幸和涵宇做了剧目的制作人，可是我并不尽职尽责，在关键的时间点因为自己的原因没能起到作用，我是心怀愧疚的。从《画皮》到《胡不归》再到《画狐》，这个纯研究生剧组走得并不顺畅：演员时间难以集中、财务上一窍不通、服装工厂拆迁、舞美数十次打磨、音乐不断精益求精……我们在短短的数月内迅速成长，学会了节省开支、学会了讨价还价、学会了中转调度。学校提供了一个让我们迅速成长的平台，不用担心外界纷扰，毫无后顾之忧，一心想的是如何提升，如何做得更好。

通过《画狐》的建组、排练、演出全系列过程，我深刻感受到了团队的力量，认识到了物尽其用的好处，体会到了做一部戏的难度，更庆幸的是，在这个过程中，收获了一群可爱的战友，加入了一支朝气蓬勃的团队。我们一直和和气气的，心怀善意地为团队考虑，为大局着想，这是极为难得的。《画狐》虽然暂时告一段落了，但是为它辛苦过，就会舍不得。期待下一次的相聚，下一次的重逢。

饶骞：

2018 年研究生部第一轮跨系部联合创作剧目圆满落下了帷幕。作为此次展演剧目的参与者和“旁观者”，从中受益良多。说到参与，这次我参与了小剧场昆剧《画狐》和二人台实验剧目《西口情》两个剧组。其中在《画狐》剧组中担任舞台监督一职，在《西口情》一剧中担任副导演一职。说到“旁观者”，其他的三个剧目我也都作为观众认真地观看了演出的实况。在这当中，既有收获，又有一些思考。下面我就直观地谈一谈自己在《画狐》剧组中担任舞台监督一职的感想。

首先，对于“舞台监督”一职的定义。在“百度百科”中，对于“舞台监督”一词的解释是这样的：“舞台监督，演出团体中的一种职务。在戏剧演出过程中负责掌握舞台艺术各个部门的总体组织与管理工作。据中国戏剧史记载，在宋、元时代的演剧组织中就有了相当这一职务的‘引戏’。古代欧洲演剧活动中，也有这种人员。后来，便称之为‘舞台监督’或‘舞台管理’。现代欧美国家的戏剧演出，有时由导演兼任。故亦称导演为舞台监督。”而在《中国戏曲曲艺词典》一书中，对于“舞台监督”一词的解释是：“剧团里的一种职务。在一个戏的排演期间，根据导演意图，指挥和监督演员、职员、舞台工作各部门进行艺术创造。演出期间负责后台组织和艺术行政等工作。”由此可见，无论是过去戏曲演出中狭义的“引戏”“检场”“坐中”，等等，还是现在广义上的舞台监督和舞台管理，都是舞台艺术演出中不可或缺的重要组成部分。

在《画狐》一剧中，由于全剧有几处场与场之间布景、道具、音乐、灯光之间的衔接和配合。所以在担任此剧的舞台监督过程中，我感触最深的一点就是：现在的戏曲演出不同于过去，由于灯光、舞台美术等新时期舞台艺术元素的加入，使得戏曲在演出样式上有了新的变化。这是符合新时代戏曲观众的审美需求的，也反映了戏曲根据时代的变化在不断向前探索。在过去传统戏曲场与场之间衔接的过程中，一般为“明检场”或者使用二道幕的方法。在换场中大多使用锣鼓或是曲牌音乐作为衔接，以防止观众注意力的中断。但是在现在，换场之间多用灯光暗场和音乐来进行，但是同样需要茬口衔接的紧凑性。比如在《画狐》的演出过程当中，由我用对讲机来操控着每场之间的换场。通常是上一场结束后，灯光先暗场。音乐渐起，在音乐声中迅速完成下一场舞台布景的摆设，然后随着音乐的节奏渐渐起光。这也需要灯光操控者必须对音乐的节奏有所了解，因为看似一个小小的换场，同样需要笼罩在全剧的演出节奏当中。而且，这中间暗场的时间不宜过长，要不然极易中断观众的注意力。所以在演出过程中，舞台监督尤其要重视场与场之间的衔接，这是演出过程中的重中之重！

通过这次参与舞台监督的工作，作为学习戏曲导演的专业来说，同样是一种提高。同时也更加期待研究生部今后能够将跨系部联合创作的项目坚持做下去，打造出一批能够代表学院研究生高水平的戏曲剧目。

小剧场昆剧《画狐》演员阐述

高晓东　饰　煮鹤生

初始建组：

我们建组时间在2017年国庆假期前，这个机会是一位戏导专业师哥给的我，当我收到这个消息时有点儿惊喜意外，刚开始我和导演聊剧本时是准备按歌舞形式来表演，后来导演和院领导开会后决定按昆剧来表演，当我接到消息后我的压力和负担就来了，不过这时候一切都已经就绪了，已经准备进入排练了，我只能全力以赴，自己努力请教老师同学们帮助来完成此作品。

排练：

建组相识后就开始进入忙碌的排练了，我们这出剧共四位主演，刚进入排练室我们先对词儿，“京昆”都是韵白啊，韵白对我们来说又是有非常的挑战性，我们行内有句话“千金念白四两唱”，可想而知念白占多少分数，还好在我的师哥、同学、老师的帮助下，我的韵白总算是解决了一大半，再加上我后期的努力反复的学习又解决了一半，直到演出倒计时我的饶骞师哥还在给我说戏说韵白，这让我深受感动，让我感恩并铭记于心。我们排练说累也不累，说辛苦也不辛苦，导演安排得很人性化，而且我们大部分时间都安排在晚上时间排练，都不耽误大伙的工作与上课时间，有时双人，有时三人或者全部排练，在排练期间我们的编剧制作还有其他幕后工作者都来探班。我们很受感动，也很享受有观众的感觉，这样我们表演起来更有感觉。虽然在排练期间我们与导演有时会有一些思想上的不一致，但是我们都是为了这出戏的演出质量有更高的效率和观众的认可。

钻研合成：

辛苦的排练已经接近尾声，紧张的演出接近倒计时，这时我们四位演员包括导演都很紧张，也很兴奋高兴，期待《画狐》的首演得到学院领导和观众的认可。在这几天的时间里我一直熟读剧本，不断地跟编剧聊剧本的构成与文字的含义，还有音乐师发给我们的音乐伴奏，我也在努力与伴奏合成，因为我的音乐发生了点小瑕疵，所以我只能靠拢音乐伴奏。同时我还得刻苦钻研人物性格，我饰演的煮鹤生这个角色人物性格复杂多变，他是一个“画痴”，而且我得分析与胡不归和白无瑕表演时的内在人物心情与心理活动，还有就是与王道士的双人行动表现，这个相对来说没那么复杂，因为只有我们两个人的表演，我不用顾及第三方。还有一点就是排练定稿后接近尾声演出时，导演再要求我们演员换调度，加台词……不管怎么说，我们得适应各种场景，等等，总体来说，我们的音乐服装师，最后都努力地去完成改善。

定妆合成：

我们在排练中部阶段时也试过几次妆，也在不断地修改完善，不断地让造型、服装……接近人物形象，在演出接近倒计时时我们演员拍定妆照，要发布搞宣传，当我第一次正式穿上服装，化起妆容时，我给我的人物形象打 95 分，自我感觉还是不错的，因为妆是自己化的，化妆师只有一个，所以忙不过来，只能自己动手化了，定妆后我们拍了很多剧照……这也算是一个重要定妆合成。

倒计时：

演出进入倒计时，我们所有剧组人员都进入紧张的工作当中，最紧张的应该是导演与我们四位主演了。我们演出时间在五一假期的第二天，所以说我们在五一假期的这三天时间里全天都在联排，并且全部剧组人员都来到现场盯场，我们这样做，就是要各个部门都熟悉整出戏的各个节骨眼，哪个时间段里放音乐，打定点光……同时也体现了我们团队的精神。最可怕的一点就是我们四位演员在这个时候还在忘记台词，不过这也很正常，在炎热的天气与紧张的疲劳下排练，难免会不在状态，难免会很难进入人物情绪。

彩排：

五一假期后的第一天我们内部彩排，这天我们演员对光，定点舞台……一系列的合成，中午我们休息了一会儿，下午 3 点开始化妆，晚上 8 点准时彩排开演。在开演后的第一步就出现了舞台事故，就是音响这边出问题了，音响不断地出现刺耳的声音，后来找到了问题所在，是我的麦克接收信号不好，在音响师的帮助下，给我重新换了麦克，我们四位演员又重新熟悉了小剧场的舞台位置，等等。在彩排的过程中，我们四位演员把注意力都提到最好，同时也很紧张，我们把全部的思想都投入在这出戏里面，从第一场到第四场到尾声谢幕全部结束后，我们也慢慢地放松了下来。当谢幕完后我们很激动，很高兴兴奋，因为我们这场彩排演出四位演员演得非常成功，没有出现一些演员的舞台事故，反而出现了一些灯光与上下场的小细节……不过在第二天上午我们用了一上午的时间都把它解决处理掉了，迎接的是晚上美满的演出。

正式演出：

彩排的结束是迎接美满成功的演出，我们演出有两场，第一天晚上演出我略有点紧张，紧张的是怕忘台词，还好我全部精神注意力集中。圆满的演出落下帷幕，演出非常成功，我从彩排到首演第一场不断地挖掘自己的不足与潜力，直到第二场的演出很明显比第一场成熟很多。两场演出非常成功，也得到了观众认可。

结语：

紧张的5个月排练到圆满的演出降下帷幕，我心里的压力也消失去，同时，跟全组人员结下了深深的同学友情。在我接演《画狐》之前我没有学过“褶子”戏，也就是说，并没有学过书生卷这类型的戏，但是，在我演出完《画狐》后，学京剧传统戏对我演“褶子”戏反而帮助很大，提升很高，谢谢《画狐》剧组，谢谢老师以及同学的帮助。

吕静　饰　胡不归

“胡不归”这个人物我从研一下学期就接触到了，当时编剧就找到我说有没有兴趣来参加这个跨系部联合的剧目。我之前并没有过这种经历，正想着有机会的话尝试尝试，正好机会来了，于是我非常顺利地加入到了这个队伍当中。

我拿到的第一版剧本，胡不归就是一个可爱单纯的小狐狸，故事路线也没有这么复杂，后来，剧本一版一版地改，随之情节也越来越丰富，一直到最后我们拿到的剧本。

拿到剧本后，导演带着我们熟悉台词，编剧在旁边很用心地记录演员和剧本碰撞出来的问题，这个自发的学习氛围真的是很好。但是，起初导演对于我们的“没有要求”，也让我觉得一切都在安全区内，没有什么挑战。我们排戏的战线拉得很长很长。最初下地儿，进度比较慢，我也体会到了研究生“创排”剧目的不易，一切看似都没有规定，所以更加棘手。导演带着剧本进排练场，涉及的演员比较多，所以每位演员都会把重担放在导演身上，“导演这个怎么处理”“导演这个怎么做”，等等问题等着导演，导这戏对于初次排昆曲的研究生，还不是京昆专业的学生来说的确并非易事。

终于，我们磕磕绊绊地拉出了框架，在这个过程中，我付出的心思越来越多，由一开始认为的“很简单”到后来有了种种问题。其实，我塑造胡不归这个人物还是在我传统戏理解的基础上，我没有办法一下子抛开一些程式性的东西，下意识地就会那样反应，以至于演完后，我听到有的声音说你们既然是做创新剧目，就应该更大胆地去尝试。在这方面，我不知道更大胆地尝试指的是哪方面，就我个人而言，对于“创新”，我可能还是“守旧派”，我不喜欢舞台上暗暗的，以致看不清演员的脸，美其名曰“整体基调”。

回过头来说我在排练过程中遇到的问题。之前我知道“风搅雪”，在这次剧目中，演完结束后我没有听到相关专业老师对于我们这个剧目具体的点评，因为我的念白是京白还是韵白是根据说话的对象而定的。整个排练过程同学们都竭尽全力，昆曲唱的是曲牌，然而逢唱必动，但是怎么动，并没有人细致地告诉我们，这个过程真的是非常地锻炼我们塑造人物的能力。当然我必须承认有些地方我们用的心远远不够，不管是时间还是精力方面。

一个剧目的成功，离不开剧本、演员、导演这三大板块。这三大板块环环相扣缺一不可。演员是负责把作品直观地呈现在舞台上，而这背后的第一基石就是剧本，其次，我认为极其关键的是导演，他直接决定了舞美、服装、道具等和演员表演切身相关的东西。

研究生部的创排剧目项目，我认为是非常锻炼学生能力的项目，不管是哪个岗位上的同学，只要参加进来，我相信都会有所收获。作为主演的我，收获了什么大概只有我自己最清楚，台上的呈现，背负了太多幕后人的付出，我只想说，如果以后还有这样的机会，我会更加尽力。

唐玉婷　饰　白无瑕

小剧场昆曲《画狐》参与了2018年中国戏曲学院研究生跨系部联合创作剧目的申报，一路上历经坎坷，困难重重。身为研究生会演出部的一员，看到了各个剧本从提交团队立项申报书，递交剧本，专家评审剧本，专家对剧本择优立项，到项目建组，小剧场昆曲《画狐》能从众多剧目中选拔出来，实属不易。因此我们很珍惜学校给予的这次实践机会，从排练、彩排，直至展演，我们整个队伍团结一心，不断地讨论，想办法，直至所有的问题迎刃而解。

我很荣幸能参与到剧目的创排中，在《画狐》这出戏中饰演的角色是白无瑕，首次创演昆曲的人物，对我来说，在演唱和表演上都是个挑战。首先，白无瑕是白府尚未出阁的千金小姐，因此将人物定位到闺门旦行当。她出身于书香门第，饱读诗书，决定了她应该成为具有三从四德的淑女，表面上斯文乖巧，但她的内心叛逆。生活上，父母对她严格看管，婚姻上要遵从父母之命，媒妁之言，没有恋爱自由。但是她有一颗对爱情向往的心。她听闻有位爱画画的男子名为煮鹤生，相貌堂堂、风度翩翩，最近为了作画，在寻觅狐女，白无瑕心生好奇，却又无法向他人诉说。于是她扮成狐仙，夜半三更的时候独自出家门，来到子虚观，寻找这位男子。当寻到时，便一见钟情，喜欢上了画痴煮鹤生。煮鹤生也答应了为她作画，就在画的过程中，煮鹤生觉得白无瑕不是狐女，双眼没有神韵，缺少鬼狐的灵动，便告诉白无瑕，自己已有心上人了。白无瑕伤心地走了，但仍然不死心，觉得自己和胡不归（狐女）并没有差别，本想等到晚上再去问问煮鹤生，不料，煮鹤生为胡不归以身挡剑，死去了。

在表演的角色创造过程中，尽可能做到准确把握人物的内部心理依据，同时戏曲程式化动作也要表达准确，将其心理活动传达出来。戏曲表演的体验不像话剧那样，一切从生活出发，戏曲表演需要从程式入手。创作基点源于将程式化唱念做打运用其中，进行体验，创造人物形象。戏曲表演，既不能单纯地强调体验，又不是一味地只讲表现，应将二者相结合统一。

《画狐》剧照

白无瑕，在人物外形上，由于受家庭的礼教，她具有稳重且端庄大方的气质。上场的四句定场诗“奴本千金在相府，闺训森严多禁足。暗慕才郎情无诉，唯有暗夜扮鬼狐”。她生长在家教严格的家庭中，内心压抑，可是她对平凡人的美好爱情，也是渴望、向往的。她对煮鹤生的暗慕，又无合适的倾诉对象，听说他最近在寻鬼狐，她压抑许久的内心，想求自我解放。森严的家教无法禁锢她的内心。于是，她大胆地扮成鬼狐，在傍晚的时候，偷溜出家门，来到子虚观，寻煮鹤生。这几句念白，我选择以韵白的形式呈现，主要抓住人物内心的无奈，以及渴望的情感。

夜半三更时，白无瑕到了子虚观，天气寒冷，做出双手抱臂，表示寒冷的造型。“霜寒露浓云遮翳，三更有梦子规啼，焚琴煮鹤从来有，惜玉怜香几人知？”天气运用韵白的形式道出她内心的孤独，对女子的关爱呵护谁又能懂呢！闻得煮鹤生的声音，因为是在寻找，这时的脚步不宜过快，而且是在夜里。找到煮鹤生，立刻用袖子遮住自己的面庞，因为害羞不敢直视。当她面对煮鹤生时，先是女性骨子里的害羞，温柔的一面要流露出来。这时，狐女胡不归出现，但白无瑕不知她是狐女，还蛮自信地假装自己是狐女，胡不归不停地追问，白无瑕一再地遮遮掩掩，做出不爱搭理胡不归的神情。于是她想让煮鹤生为她作画。煮鹤生应允，但在作画的过程中，白无瑕下意识摆出大家闺秀的端庄造型，煮鹤生觉得她过于拘谨，这时，白无瑕心里一揪想，会不会暴露身份。于是，便换了一个造型，但对于煮鹤生心里所想的狐女来说，白小姐虽然绰约多姿，仍然缺乏鬼狐的灵动神韵，于是搁笔，表示自己已有心上人。白无瑕不停地追问是哪个女子？这块的处理方式原本是运用的念白，后来经过与导演讨论，决定运用昆曲的吹腔这种方式更好。猜测半天，仍无解。当胡不归出现时，煮鹤生便说明心上之人是胡不归，白无瑕满怀不解，伤心离去。

第四场白无瑕回到家中，仍然沮丧，心想她与煮鹤生的心上人胡不归有何不同？于是想等到夜晚再去问问煮鹤生。看见他为胡不归以身挡住剑而身负重伤，才得知胡不归是狐女。胡不归决定舍己救煮鹤生，随后把煮鹤生托付给白无瑕。

此次的创作过程中，收获也是颇多的，结识了许多不同专业、不同年级的同学，在排练的过程中建立了很好的友谊。导演和演员们反复地讨论，不断地去尝试，一次次打磨，在这其中还体会到了“一棵菜”精神对于整出戏创排的重要性。虽然困难重重，但我们的初衷是一致的，团结一致想把这出戏在保留传统的舞台形式基础上，做得更有新意。在此次创排中，塑造人物上，仍然还有许多需要提升的地方。为此，在以后的学习道路上，更加清楚自己需要加强的方面以及学习目的。感谢中国戏曲学院为研究生搭建的创作实践平台，发挥了学生们的创作能力，提升了学生们的实践动手能力，同时丰富了学生们的舞台经验。

张元奇　饰　王道士

中国戏曲学院跨系部联合创作剧目《画狐》于五月份正式演出结束。演出过后受到了一致的好评，与会领导以及各位专家对该剧目进行了后期的作品整理以及问题分析。实验小剧场昆曲《画狐》作为一个全新的小剧场昆曲模式，在中国戏曲学院这个研究生跨系部联合创作剧目平台中崭露头角。可以说取得的成绩是不俗的。对于我们四位主演来讲，这个作品还是有一定的难度的。因为我们作为京剧演员对于昆曲的舞台节奏把握并不是十分的理想。

京剧不同于昆曲，昆曲的歌舞形式还是相对来说比较繁难复杂的。我们作为京剧的学生，对于昆曲学习方面还是有所欠缺。包括在曲调格律、舞台调度以及整个的行腔表演方式都是有它独特的一面。

此次小剧场实验昆曲《画狐》里，我饰演的是一名道士。首先对于这个角色来讲，不是一味地按照普通的花脸行当来要求他放荡不羁，要求他狂浪无形。王道士是一个有血有肉的角色，他与狐女的姑姑在三十年前产生了一段孽缘之后，由于种种误会，对于狐妖、对于鬼怪的记恨，使他蒙蔽了内心，蒙蔽了双眼。一味地在人世间降妖除魔。以至于最后他对于人间真情的这种缺失。是否真心成了他毕生的追求。以真心换真心还是以德报怨，对于王道士个人来讲，他是含糊不清的。直到最后狐女被降服引出来前一段孽缘的因果。至此王道士内心的心理防线被彻底击垮以至于疯癫。为了使这个人物更加的突出更加的丰满，我们从服装、道具、造型以及整个的舞美设计上都对王道士这个人物进行了大胆的创新、大胆的改革。在京剧的舞台上、在昆曲的舞台上，有很多的僧人道士形象是可以提供以及借鉴的。比如说像白蛇传里的法海这一角色。虽然他是个僧人，但是在戏曲舞台上僧道是可以不分家的。而且王道士的人物性格是要求演员有多变性的。他与煮鹤生在一起的时候是一种状态，当他看到狐妖又是另一种状态。为了更好地揣摩道士的人物性格，我们特意去白云观中采风。了解了观中道士的习俗，以及他们的行动生活状态。

既然是花脸就不得不提到脸谱。虽然我们作为实验性昆曲《画狐》这一种清新亮丽的戏曲样式，不要求花脸演员过分地在面部上勾勒出象征意义的脸谱。但是在舞台上我们还是要把王道士整个个性形象给塑造出来。所以在整个脸型还是俊扮的情况下，我们夸大了眉眼鼻窝以及额头上的符子。增加了七星阵、八卦图等多重元素。力求在形象上对观众有一种直击的感觉。

在与胡不归的开打中，我们加入了戏曲把子功的基本技巧，将剑对枪改为剑对水袖。这是一种大胆而具有创新的改革，也充分说明了梅兰芳大师在移步不换形的理论中是有科学性的。并且我们后人在对于戏曲创新中，也是遵循着他的脚步去做的。

小剧场昆剧《画狐》形体设计创作谈

杨悦婷

小剧场昆曲《画狐》讲述的是书生煮鹤生盼画鬼狐，听闻王道士曾经亲遇，寻至道观。恰逢狐女胡不归乔装凡女，来到道观，欲捉三十年前负其姑母的王道士。二人相会，渐生情意。与之同时，相府千金白无瑕仰慕煮鹤生，假扮狐女，亦至道观，由此牵引出两段跨越多年的传奇之事。刚看到剧本的时候，我就被剧中的人物形象所吸引了，脑海中浮现出这样的情景：“狐女翩翩画中来，娩婳莞尔笑浮生；人狐相恋终不悔，细语声声诉情思。”这部剧是以爱情故事为主线，始于爱情又高于爱情的，通过狐女、书生、相府千金和王道长四个人物之间发生的种种戏剧矛盾冲突，在爱情故事的包裹下，深入探讨人性与选择的问题。

“人之无情，犹胜鬼狐，人之真情，可越三界。”剧中的三个最主要的人物胡不归、煮鹤生和王道长的人物个性都非常鲜明，鬼狐胡不归外表妖娆多姿，但内心善良、明辨是非，懂得为爱付出；煮鹤生虽为一介柔弱书生，内心却有着一腔正气，敢于为爱牺牲；王道长的外表刚强凶煞，但其实内心一直都难以忘怀曾经的情伤。人物形象的塑造是一部戏的“魂”，因此在明确了每个人物的性格和情感之后，如何巧妙地设计形体动作，让演员通过运用肢体语言来表达人物的思想感情，塑造出这出戏独特的“魂”，从而辅助推动剧情的发展，加强舞台表现力，提升整体的舞台艺术效果是形体设计最终要达到的目标。

在创作前期通过查阅大量的资料和深入道观采风，让形体的设计有了一个初步的设想，为后续的完成奠定了一定的基础。该部戏的形体主要运用了中国古典舞的身韵身法，秉承中国古典舞的身韵美的规律来进行创作，力求达到“形神兼备、内外兼修”的审美境界，通过舞台上演员的肢体语言来塑造和刻画人物性格，挖掘更深层次的传统文化内涵与美学意蕴，把舞蹈融入昆曲中，做到“戏中有舞”“舞中有戏”。在把握住昆曲的风格特色的同时，抓住中国古典舞身韵“心与意合、意与气合、气与力合、力与形合”的规律，和“拧、倾、圆、曲”的体态美的规律，将其化在戏中，通过舞台人物的肢体表演让人物形象更加鲜活饱满，准确地传递出人物的内心情感，表达人物内在的精神与灵魂。

在动作的创作方面，根据三个人物的不同性格特征来进行不同的设计。男主人公煮鹤生是一介书生，外表谦和柔弱，带有书生的文气和风骨。在戏刚开场的一段描绘煮鹤生绘画的场景时，其形体动作也就突出了男主的这些特征，这一部分动作主要是在把握了昆曲身段含蓄内敛的特征的同时，将古典舞中“圆”的空间美和“游”的流动美运用在动作中，上身以腰为轴，流畅的身法动作与脚下行云流水的圆场步伐配合，体现出动作的动静结合、刚柔并济、曲折婉转。将昆曲与中国古典舞的借鉴融合，衍生出既具有戏曲神韵又带有舞蹈特色的动作语汇，通过演员的二度创作，将煮鹤生时而驻足思考，时而奋笔作画的场景生动地表现出来，由此加深了舞台表现力，大大提高了观赏性。

女主人公胡不归是一个狐妖，与煮鹤生的书生形象不同，狐妖是狡黠、娇俏、妩媚多姿的，因此在女主的初次出场时，在动作编排上主要将重点放在腰部和手部的动作上，经过精心的设计和编排，通过演员腰部的扭动和手势的变换，将狐女妖娆的身姿表现得淋漓尽致，从而生动地刻画出狐女的形象。剧中的王道长形象是一名除妖师，外表凶煞粗犷，其动作相较男女主人公的柔和、妖娆来说又是完全不同的风格，为了符合王道长的人物个性，在设计动作时无论是在动作的力度上还是动作的节奏上都要更加强硬。因此，在王道长的动作编排上，首先采用了一个法器铜铃做道具，从外部的形象上就让观众能快速抓住人物形象特征，其次运用了敦煌舞蹈中金刚力士的形象，借鉴敦煌舞中的金刚力士出胯、移肋、转头、抬腿、握拳怒目的形态，将金刚力士的动作经过提炼和加工，运用其多变的手势、刚强的动作配合上戏曲念白来表现王道长威武霸气、阳刚有力的人物形象，从而增强人物的表现力，向观众饱满立体地再现人物形象。在剧中还有一段表现男女主人公热恋的双人舞段，这一段中男女主运用衣袖的缠绕来表现两人之间情深意长的情谊，几个小的双人配合动作就将男女主人公之间及既羞涩又甜蜜的感情生动形象地表现出来。

在形体动作的表演方面，由于《画狐》这部戏中的演员都是专业戏曲演员，因此在形体动作的编排和设计上，不仅要考虑动作的观赏性，更重要的是考虑动作的可完成性。戏曲与舞蹈这两种艺术门类无论是在表现形式还是风格特征上都存在一定的差别，由此也就要考虑到戏曲演员是否能接受这样的表演方式，如何让戏曲演员了解和快速掌握设计好的形体动作这些至关重要的问题，只有解决好这些问题，才能达到形体设计在剧中的效果。面对这些问题，首先在排练前期我们就做了很多准备，比如让演员观看了古典舞和敦煌舞的一些舞蹈的作品，通过观摩学习让演员对这两种舞蹈有进一步的了解和认识，然后在认识的基础上再进行动作的教学，提高演员对舞蹈动作的接受能力，从而使演员在学习舞蹈动作时也更加顺利。其次，本身从形体动作的设计上来说，就率先考虑到了动作的可完成性。将昆曲的身段动作与中国古典舞的动作进行借鉴与融合，经过整合设计出既保留戏曲身段的神韵，又具有舞蹈的元素的动作，并选择其中最能体现人物特征，又能让戏曲演员快速接受和消化的动作，经过反复的练习从而达到既定的舞台效果。最后，演员在熟练掌握了形体动作之后，根据自己对生活的体悟和对剧中人物形象的理解，对动作进行二度创作，做到从心而发，使人物形象真正地“活”起来，运用肢体动作表达人物性格，抒发人物内心情感，从而推动剧情的发展，引发观众的想象，并与之产生强烈的共鸣。

总的来说，《画狐》这部剧的形体设计上就是要做到准确把握人物性格、塑造人物形象；加强舞台观赏性和美感；丰富舞台表现力；推动人物的情感发展。只有把握住这几点要素，再经过反复的尝试与磨合才能最终达到预期的舞台效果。因此在这部剧的排演过程中，形体设计也经过了多次与导演的讨论研究，才最终定下了方案，作为一名中国戏曲学院的舞蹈专业研究生，我深知坐拥戏曲这个巨大的艺术宝库，要将其挖掘运用，用以创作出独具中国戏曲学院特色的作品，然而单纯靠着书本上的知识是不够的，更多的是需要向专业的人员学习。因此在排练《画狐》这部戏时，也让我有机会进一步与戏曲主演们深入地交流和接触，这不仅加强了我对戏曲的认识，为整个形体设计提供了源源不断的灵感，而且通过一次次编创也不断锻炼和提高了我自身的专业能力，让我在这个过程中体会到了创作的乐趣。创作本就是一个从建立到推翻的反反复复的过程，在此过程中不断地进步、不断地完善，才能形成优秀的作品。感谢国戏研究生部提供了这样一个平台，让不同专业的研究生集合在一起独立创作一部剧目，我认为是非常有意思也很有意义的一件事情，在与其他专业的同学打破专业壁垒的沟通与交流的过程中，进一步地开发了我的思维，使我不断地成长，获益良多。虽然《画狐》这部剧的形体方面无论是在动作的设计还是演员的完成度上都还不够成熟，但在这样一个互相帮助共同努力的团队带领下，我将会继续努力，力求在一次次的不断完善和改进中让形体设计更加成熟，争取取得更进一步的实践进展！

第十一部分　演出概况

（一）2018 年 5 月于中国戏曲学院小剧场首演；

（二）入围“2018 金刺猬大学生戏剧节”，2018 年 8 月于朝阳区多维剧场演出，获优秀剧目奖；

（三）入围“第二十届中国上海国际艺术节 2018 年扶持青年艺术家计划暨青年艺术创想周”，2018 年 10 月于上海戏剧学院演出；

（四）获 2018 年度中国戏曲学院研究生优秀剧目展演奖（团队）。

剧照一

剧照二

第四章

一生寻顾情离乱
珠沉璧碎心如故

——新编大型古装豫剧《鱼玄机》剧目集

《鱼玄机》海报

第一部分　团队简介

新编大型古装豫剧《鱼玄机》建组于2017年10月，剧组成员均由我校优秀的研究生和本科生组成，在排演期间也得到了各位老师的支持。该剧于2018年5月4日在中国戏曲学院大剧场举行首场演出。

新编大型古装豫剧《鱼玄机》剧组

制 作 组

制 作 人：李佳秋

制作运营：胡奕博　贺梦茹　赵　勐

舞台监督：张　乐　赵　勐

剧　　务：俞思含

宣传推广：张凌羽　吴萍萍　廖雨婷

平面设计：王泽今　崔佳艺

宣传摄影：周宗越

涂鸦设计：张锦萌

Q版人物形象设计：张又予　王思晗

录　　音：岳　良　赵泽曦

字　　幕：张凌羽

创 作 组

编　　剧：俞思含

导　　演：李佳秋

唱腔作曲：董淑君　李康仪　高振洋　杜金光　张浩文

音乐作曲 & 配器：冯　周

形体设计：康晓琳　武远远

锣鼓设计：任亚南　方小雷

舞美设计：刘　靖　霍　晟

灯光设计：杨　帆　王淑臻

服装设计：姜力晖　王梦琳

造型设计：张思萌　杨新州

演 出 组

鱼 玄 机：张亚鸽

温　　璋：王献光　滑国华

绿　　翘：赵亚萍

温 庭 筠：翟亚龙

李　　亿：程闯强　华江涛
　　　　　段路阳　李峥峥
检场人甲：程闯强
检场人乙：华江涛
检场人丙：段路阳　赵二辉
检场人丁：李峥峥
众检场人：康晓琳　梁焕焕
　　　　　武远远　黄文意
　　　　　商紫钰　李　娜
　　　　　车晶晶　江廷燕
　　　　　王迎迎　郝如意
　　　　　季欣彤
司　　鼓：任亚南　方小雷
大　　锣：张笑寒　王　超
铙　　钹：许文朋　仝如意
小　　锣：李海龙　魏文峰

主要成员简介

制作人 / 导演：李佳秋

李佳秋

中国戏曲学院 2015 级戏曲导演专业研究生

主演作品：话剧《仲夏夜之梦》《第十二夜》《伥鬼》《这里的黎明静悄悄》《群猴》《可怜的菲咖》《结婚》《校园外》（获优秀表演奖）等。其中，中国戏曲学院与美国马里兰大学戏剧舞蹈学院联合制作戏剧《仲夏夜之梦》于 2012 年在中、美两地公演，曾被《人民日报》《华盛顿邮报》等二十多家媒体报道，获国家公派留学境外学习奖学金；参与导演并主演原创戏剧《伥鬼》获 2013 金刺猬大学生戏剧节“优秀剧目奖”和“最佳形体设计奖”，该剧目应邀在深圳国际戏剧节展演；参与导演并主演莎翁喜剧《第十二夜》获 2014 金刺猬大学生戏剧节“优秀剧目奖”和“创意奖”，该剧目曾在乌镇戏剧节、深圳国际戏剧节展演。

导演作品：京剧《巫山神女》、豫剧《鱼玄机》、越剧《一个陌生女人的来信》等。其中，在大型原创神话题材京剧《巫山神女》中担任制作人兼导演，该剧目于 2017 年 12 月在江苏大剧院综艺厅上演，吸引近三千位观众观看演出并获好评；在大型新编古装豫剧《鱼玄机》中担任制作人兼导演，该剧目入围“天中杯”第八届黄河戏剧节，获剧目铜奖和导演新人奖，被评为中国戏曲学院 2018 年度优秀毕业作品，中国戏曲学院 2018 年度研究生优秀展演剧目，经《光明日报》《中国文化报》《文艺报》、人民网、《中国青年报》等多家媒体报道，2019 年 1 月正式将演出权授予河南豫剧院二团；当代小剧场越剧《一个陌生女人的来信》入围第二届隆福戏剧月在京演出，受邀展演于 2019 英国爱丁堡艺术节。

编剧：俞思含

俞思含

中国戏曲学院 2016 级戏曲文学专业研究生

主要作品有：大型新编历史剧《台城柳》获第四届老舍青年戏剧文学奖优秀剧本奖，刊登于《金陵晚报》头版；小剧场昆剧《忘川》剧本入选北京第二届优秀戏剧新作展，获中国戏曲学院第二十一届 12·9 戏曲节最佳编剧奖、优秀剧目奖、评委会大奖、优秀创作团队奖，剧本于《新剧本》杂志发表；大型新编古装越剧《玄机》入围“2016 年江苏新剧本征选”重点关注作品；小剧场越剧《僧繇》，作为“南京历史文化名人展示工作”成果，于南京林业大学水杉剧社、北京人民艺术剧院菊隐剧场、中国戏曲学院黑匣子剧场演出，入围 2018 年“北京故事”优秀小剧场剧目展演，于繁星戏剧村演出，刊登于《金陵晚报》；小剧场昆剧《画狐》，作为“中国戏曲学院 2017 年度研究生跨系部联合创作剧目”，于中国戏曲学院小剧场演出，入围“2018 金刺猬大学生戏剧节”，于朝阳区多维剧场演出；大型新编古装豫剧《鱼玄机》，作为“中国戏曲学院 2017 年度研究生跨系部联合创作剧目”，于中国戏曲学院大剧场演出。

此外，京剧剧评《蓦回首梅香处芳华如故》，于《剧作家》杂志发表；京剧剧评《若人生如戏，请倾情入戏》，于《剧作家》杂志发表。“2017 年度两岸青年戏剧人才培训扶持计划”学员，国家艺术基金 2018 年度艺术人才培养项目“昆曲编剧人才培养”学员。

唱腔作曲：董淑君、李康仪、高振洋、杜金光、张浩文

董淑君

毕业于中国戏曲学院，师从左奇伟教授。生于戏曲世家，自学习作曲以来一直跟随左奇伟老师学习豫剧创作，主要作品有：豫剧《鱼玄机》

《一轮红日》《小海娃》《娘的眼泪似水淌》等。

李康仪

现就读于中国戏曲学院，师从左奇伟教授。生于戏曲世家，自学习作曲以来一直跟随左奇伟老师学习豫剧创作，主要作品有：豫剧《鱼玄机》《当干部》《颜真卿》《毛泽东思想东风传送》等。

高振洋

原就职于河南省豫剧院二团，现就读于中国戏曲学院，师从左奇伟教授。1997 年考入南街村希望戏曲学校，跟随著名鼓师许宝勋先生、著名鼓师冯明宇先生学习板鼓和戏曲打击乐，跟随青年作曲家张庭营先生学习乐理和视唱练耳及旋律创作，曾随《程婴救孤》剧组到英国、美国、泰国、巴基斯坦以及中国台湾、中国香港文化交流演出。作曲作品有：豫剧《鱼玄机》《凤还巢》《卖水》《辛安驿》《荒山泪》，戏歌《老师赞歌》《你是花旦》，歌曲《我的大临颍》等。

杜金光

原就职于郑州市豫剧院，现就读于中国戏曲学院，师从左奇伟、朱维英教授。主要作品有：豫剧《鱼玄机》《忠孝抉择》《抬花轿》等。

张浩文

现就读于中国戏曲学院，自幼由作曲家刘洪早开蒙，11 岁考入山东文化艺术学校，跟随故乡派吕剧作曲家王永昌学习吕剧、渔鼓戏、扽腔等地方戏的唱腔创作，跟随作曲家车培琛学习和声配器，跟随马常委、张玉珍学习戏曲伴奏；后考入中国戏曲学院戏曲作曲专业，师从豫剧作曲家左奇伟教授，其间还受到了作曲家朱维英以及海派吕剧作曲家高赴亮的指点；曾为各地文艺团体创作音乐作品二十余部；主要作品有吕剧《巾帼英雄》、五音戏《天下无税》、京剧《留犊记》、郧剧《黄连花开》、豫剧《鱼玄机》等，担任吕剧专辑《幽默人生》中所有剧本的音乐设计；2017 年在家乡成功举办个人戏曲作品演唱会。

音乐作曲 & 配器：冯周

冯周

原就职于河南豫剧院三团，现就读于中国戏曲学院，师从左奇伟教授。主要作品有：豫剧《鱼玄机》《钱塘喜事》，越剧《一个陌生女人的来信》，声乐作品《行者悟空》《你是我的初心》，以及喜马拉雅《戏游记》栏目片头曲创作等。

形体设计：康晓琳、武远远

康晓琳

中国戏曲学院2017级表演系形体专业研究生，曾荣获国家励志奖学金和国家奖学金，当选首届首都高校十大校园励志人物。主要作品有：大型原创戏曲形体剧《寻》，担任编导，该剧目曾在2013北京金秋优秀剧目展演；大型新编古装豫剧《鱼玄机》，担任形体设计。参与编排作品《气球舞》荣获首届戏曲表演新程式大赛"最佳创意奖"。2015年《星光大道》荣获周冠军——小蛮丫头组合，参加中央三套《幸福账单》《回声嘹亮》《黄金一百秒》《开门大吉》等节目录制，赴南非参加2015年南非"中国年"闭幕式演出。参演电影:《守望者》饰演女警察，辽宁卫视2017《家的味道——老兵》系列故事片等。

武远远

中国戏曲学院2017级戏曲表演形体训练专业研究生，主演作品有：豫剧《鱼玄机》(形体设计)、《海的女儿》《纪念梅兰芳》《寻》等，其中，大型原创戏曲形体剧《寻》获得2013—2014年北京市金秋优秀剧目奖。曾参演作品获戏曲程式创编大赛三等奖。

演　员

张亚鸽　饰　鱼玄机

张亚鸽

毕业于中国戏曲学院，现为河南省豫剧院二团青年演员，主攻青衣，先后师从陆焕英、尚慧敏、周婧、黄桦、王芳、周玉珍、方素珍、刘艳丽等老师。主要作品有:《清风亭》饰周桂英、《程婴救孤》饰公主、《苏武牧羊》饰阿云、《颖春妹》饰颖春、《朱莉小姐》饰朱莉、《穆桂英挂帅》饰穆桂英、《秦雪梅》饰秦雪梅、《蝴蝶杯》饰胡凤莲、《鱼玄机》饰鱼玄机等。曾荣获安徽省新剧目汇演表演一等奖、第六届河南省红梅杯大赛银奖、2013 年河南省第七届青年戏剧演员大赛文华表演二等奖。

王献光 饰 温璋

王献光

毕业于中国戏曲学院，现为河南省豫剧院二团二级演员，河南省戏曲协会会员。主要作品有:《清风亭》饰张继保、《大脚皇后》饰王庸、《春秋配》饰李春华、《抬花轿》饰张志成、《大祭桩》饰李彦贵、《石榴花儿红》饰李星、《程婴救孤》饰孤儿、《对花枪》饰罗成、《狱卒平冤》饰杨春龙、《穆桂英下山》饰杨宗保、《朱丽小姐》饰项强、《无事生非》饰白立狄、《李三娘》饰刘志远、《绿波楼》饰张九一等。曾获河南省第四届“红梅花”金奖，拍摄电影《程婴救孤》《清风亭》《大脚皇后》获金鸡提名奖，主演现代戏《石榴花儿红》（饰李星）获表演一等奖，《清风亭上》（饰张继保）获文华表演二等奖，《大祭桩》（饰李彦贵）获黄河杯二等奖，《绿波楼》（饰张九一）获第十届文华表演一等奖，以及河南省首届听众最喜爱的十大演员奖。多次随团出访意大利、法国、俄罗斯、美国等国家交流演出。

赵亚萍 饰 绿翘

赵亚萍

毕业于中国戏曲学院，现为河南省豫剧院二团青年演员，师从豫剧表演艺术家李金枝老师。主要作品有:《泪洒相思地》饰王怜娟、《程婴救孤》饰彩凤、《骨肉恩仇》饰周娴、《包龙图坐监》饰苏凤英、《三哭殿》饰秦英、《下陈州》饰西宫、《大祭桩》饰春红、《辛安驿》饰周凤英、《痴梦》饰崔氏、《小上坟》饰萧素贞、《挂画》饰耶律含嫣、《昭君出塞》饰昭君、《抬花轿》饰周凤莲、《拾玉镯》饰孙玉姣、《打焦赞》饰杨排风等。曾获河南省第八届青年戏剧大赛二等奖，文华表演三等奖，“金豫满堂”豫剧优秀青年演员选拔赛参与奖。多次随团赴美国、中国香港等国家和地区演出。

翟亚龙 饰 温庭筠

翟亚龙

毕业于中国戏曲学院，现为北京市曲剧团青年演员，师从豫剧表演名家贾文龙老师。主要作品有：豫剧《参军》《手机》《鱼玄机》，评剧《荒原与人》，京剧《宦官龙袍》《永恒的信仰》《一袋干粮》《洗浮山》《小商河》，粤剧《南海十三郎》，河北梆子《翦氏夫人》《辫子》，话剧《戏台》《皆大欢喜》，儿童剧《兔爷》等。曾参演2017年中央电视台戏曲新年晚会，曾获党建网纪念建党95周年“最佳表演奖”，主演作品获“优秀剧目奖”。

程闯强　饰　李亿/检场人甲

程闯强

现就读于中国戏曲学院，主要作品有：豫剧《西湖公主·寻妻》饰陈允明、《义烈女》饰庄鸿文、《必正与妙常》饰潘必正、《鱼玄机》饰李亿等。曾获第十四届中国戏曲“小梅花”银奖，郑州市戏曲大赛二等奖。

华江涛　饰　李亿/检场人乙

华江涛

现就读于中国戏曲学院，主要作品有：豫剧《断桥》《卖苗郎》《穆桂英下山》《鱼玄机》《钱塘喜事》等。

段路阳 饰 李亿 / 检场人丙

段路阳

现就读于中国戏曲学院，主演作品有：京剧《三岔口》，豫剧《徐策跑城》《辕门斩子》《鱼玄机》《钱塘喜事》等。

李峥峥 饰 李亿 / 检场人丁

李峥峥

现就读于中国戏曲学院，主要作品有：豫剧《王屋山的女人》《拾玉镯》《忆十八》，京剧《扈家庄》《打焦赞》《小放牛》，话剧《网开三面》，音乐剧《卖力回吧》，儿童剧《闹闹历险记》，原创小品小戏《永恒的信仰》等。荣获河南省第四届戏曲大赛一等奖，河南省济源市第二届戏曲大赛二等奖，中国戏曲学院第二十三届 12・9 戏曲节“最具潜力演员奖”，《星光大道》周冠军等荣誉。多次参加新年戏曲晚会、济源市春节联欢晚会演出。

第二部分　剧目简介

新编大型古装豫剧《鱼玄机》

（一）题材来源

豫剧《鱼玄机》取材于古代历史人物鱼玄机的人物记载，她是唐代四大女诗人之一，少女时期嫁给科举状元李亿为妾，沦为弃妇，入观做了道士，留下“易求无价宝，难得有心郎”的诗句，自此，风流艳纵。她单凭“鱼玄机诗文候教”一张红帖，搅翻唐朝，最终因杀侍女被斩首。

（二）剧情简介

本剧讲述了晚唐女诗人鱼玄机一生对理想爱情的极致追求。李亿的醉心功名和温璋的风流多情皆非鱼玄机所祈盼的至纯之爱。而师父温庭筠的离去和侍女绿翘的背叛，更加重了对其的打击。后鱼玄机因杀绿翘获罪，被判斩首。

（三）思想立意

剧目表现了鱼玄机一生对理想爱情的极致追求。她的一生历经苦难与波折，现实与理想总是事与愿违，但她始终坚信，世界上一定存在着至纯至爱的美好，值得不懈追求。

（四）戏剧冲突

全剧由两条故事线构成：主线是鱼玄机、温璋、绿翘之间现实的情感关系；辅线主要讲的是温庭筠、李亿对鱼玄机隐形的情感伤害。

主线与辅线平行进行再交叉，亲情、爱情、友情的决裂给鱼玄机的心灵带来了巨大的伤害，善恶两念产生强烈的冲突，致使鱼玄机鞭死绿翘，而后自省和救赎。

（五）人物分析

鱼玄机

每个人的一生都难免遭受心灵的伤害，善恶并存的人将遭受灵魂的拷问，有的人因为遭遇邪恶而走向邪恶，有的人即便遭遇邪恶但仍坚守善念。鱼玄机是芸芸众生当中的一个，她内心之强大，站在寻求爱情理想的道路上，历经困苦与磨难，但她始终坚信这个世界存在着至纯至爱的美好，值得坚守。

鱼玄机的一生是孤独的，与亲情（温庭筠）、爱情（李亿、温璋）、友情（绿翘）的决裂，让她不断陷入孤苦的困境；而鱼玄机又是善良的，因为善良，所以理解和包容，她没有怨恨的痛苦，只感叹人生中太多的无奈和遗憾，她坚信世界充满着美好的希望，即便今生无缘相遇，来世理想一定会变为现实。

温　璋

英俊潇洒、风度翩翩，集智慧、财富、权力、地位于一身。他爱慕才貌双全的鱼玄机，又情不自禁对纯洁的绿翘心生喜爱之情，阴差阳错间，同时得到了两位女子的倾慕，他凭心抉择，用心弥补，都无力挽回悲剧的降临。

绿　翘

她天真、美好、纯洁、善良，正处于豆蔻年华，犹如亲姐妹陪伴在鱼玄机左右，为鱼玄机伤心而伤心，为鱼玄机快乐而快乐。

绿翘第一次见到温璋，不禁被其俊朗的相貌和风度翩翩的品行吸引，因得温璋的喜爱而坠入爱河。本以为会名正言顺地嫁于温璋，却不料姐姐与爱人互生情愫；她愿意陪嫁为妾，以为退让可以两全其美，可她不但得不到包容，还与亲人反目成仇；她怀有身孕，试图苦苦相求，然而既得不到温璋的接纳，也得不到鱼玄机的谅解，身份的卑微、遭遇的卑微……蜂拥而至，使绿翘陷入极度卑微的境地，她为了最后仅有的自尊，变得反抗和狰狞，自杀式地走向极端。

温庭筠

富有浪漫色彩的诗人温庭筠，敢爱敢恨，是鱼玄机最忠实的爱慕者。作为师父，他如同父亲深得鱼玄机的依赖；作为爱慕者，他给自己和鱼玄机都带来了巨大的痛苦和伤害。

第三部分　编剧阐述及剧本

门前红叶地，不扫待知音

——新编大型古装豫剧《鱼玄机》编剧阐述

俞思含

在中国历朝历代的才女中，鱼玄机或许是既幸运又不幸的。她才华卓绝，清傲脱俗，声名为人广知。却唯困于“情”字，一生明珠暗投，未遇良人。直至因情疯魔，因情杀人，被判斩首，一代红颜，香消玉殒。

最初闻其人、读其诗，还是上大学之前，那时尚还懵懂，闻罢读罢，除了惊艳，只余唏嘘。后来在大三上学期的大戏写作课上，老师鼓励我们去创作一部自己由衷想写的剧本。我便在脑海中把以前感兴趣的那些“帝王将相、才子佳人”的名单挨个儿过了一遍，忽然就蹦出了“鱼玄机”三个字。在那一刻，它们是闪着光的，但也灼人。“鱼玄机”其人太有戏剧性了，但也太难写。她风流不羁又至情至性、肆意洒脱又心思细腻、刚烈坚韧又别具柔情。笔触外放些，失于虚浮。写得稳敛些，又不是鱼玄机了。在此状态下，总算把《鱼玄机》的初稿写好，写完之后，觉得似乎拂开了一些云雾，渐能看清其人。但欲进一步切实触摸，仍有距离。等到读研之后，偶尔整理作品，看见这个剧本，仍会心头一动，生出许多前所未有的感受，又加调改，便是眼前这版了。

记得有一个词叫“人书俱老”，大概是说作者与作品共同成长，也就是这个意思了。或许对于创作者而言，只要依旧活着，依旧心有所感，创作便永远是个过程，并无定稿。

关于鱼玄机这个题材，我印象深刻的有两部佳作。一部是20世纪80

年代的香港电影《唐朝豪放女》，还有一部则是罗周编剧、谢平安导演的新编京剧《鱼玄机》。前者因片名与部分情节，多被冠以“艳情片”之名，但若静心观赏，会发现这部电影颇具古风侠气。其亮点在于将鱼玄机性格里“宁为玉碎不为瓦全”的气质塑造得淋漓尽致。尤其结尾：刑场之上，鱼玄机的情人策马相救，却遭其拒绝，二人双双被缚。铸剑师狂奔而来，高声疾呼：“魏博欧阳铸剑，咸通九年五月，斩范阳英雄崔博候，长安才女鱼玄机！”手起刀落，二人卒，剧终，别有一番凄艳的豪情。新编京剧《鱼玄机》的亮点情节则在于鱼玄机在误杀了侍女绿翘后，请来前夫李亿、情郎陈韪、知己温庭筠，三人表面承诺愿为鱼玄机奔走相救，却因惧怕连坐之罪，转身一齐向官府告发。这一笔墨，既是对人性的试探，亦是对虚情的昭彰。

有这两部作品珠玉在前，若说我写的这版豫剧《鱼玄机》最独特之处，可能在于我把作品的重点放在了鱼玄机杀死其侍女绿翘的铺陈刻画之上。其实关于历史上鱼玄机是否真的杀死侍女，被判斩首，素有争议。而当我跟导师谈起这个剧本时，导师说：“如果你能写出鱼玄机亲手杀死了绿翘，却只让人叹息同情，而不厌弃的话，这个剧本就成功了。”因此我将全剧的主线设置为鱼玄机、绿翘与温璋三人的情感牵缠，辅线设置为温庭筠、李亿对鱼玄机隐形的情感伤害。主线与辅线平行再交叉，亲情、爱情、友情的决裂给鱼玄机带来了强大的冲击，善恶两念产生剧烈的冲突，致使鱼玄机鞭死绿翘，而后进行自省和救赎。剧本中温璋曾言：“玄机明艳照人，绿翘一派率真。世间男子，何人不爱？”其实若说鱼玄机是摇曳春花，那么绿翘便是新发绿芽，二人何其相似。故而，在鱼玄机杀死绿翘的一刹那，也杀死了自己。

创作之初，我写鱼玄机，是想写一个遗世独立、冰雪玲珑的女才子。

写着写着，却渐渐明了，我所写的，不过是千千万万人中一个平凡的女子。

她清冷、她热烈、她无情、她深情、她誉满身、她谤满身。她感叹着“自恨罗衣掩诗句，举头空羡榜中名”的无可奈何；她感叹着“且醉樽前休怅望，古来悲乐与今同”的岁月辗转；她感叹着“易求无价宝，难得有心郎”的人世拨弄。她平生所求，不过是能遇一知她、识她、怜她、惜她、赏她又爱她之人。

可惜，终其一生，未得遇见。

鱼玄机逝世之时，年二十七，留诗四十九。我时常在想，倘若她没有死去，或许尚有一日，能得偿所愿，每每想到此处，总免不了扼腕叹息。但转念一想，姻缘缥缈，又或许终难如愿。那么与其看到美人迟暮，不如惊鸿一瞥。

鱼玄机的今生，目尽于此。而倘若我是鱼玄机，倘若有来世，或许我愿褪去花容、敛尽才思、拂舍风华、斩断牵绊，不再临风喟叹："门前红叶地，不扫待知音。"

大型新编古装豫剧

鱼玄机（演出本）

编剧指导：颜全毅
编　　剧：俞思含
导　　演：李佳秋

时　　间：晚唐时期
人　　物：鱼玄机——闺门旦
　　　　　温　璋——官　生
　　　　　绿　翘——花　旦
　　　　　温庭筠——老　生
　　　　　李　亿——小　生
　　　　　众宾客、侍女、家丁等（检场人饰）

序　幕

【四束追光投射在观众席四处。

检场人甲　（念）古今多少风月事，

检场人乙　（念）白云苍狗几人知。

检场人丙　（念）且看瓦舍勾栏里，

检场人丁　（念）弦索声声诉相思。

【四个检场人上，与观众互动。

检场人甲　拉开大幕，翻开典籍。哎，话说今儿个咱们这书里的主人公是谁呀？

检场人乙　今天咱们的主人公，便是唐朝著名女才人——鱼玄机！

检场人丙　鱼玄机是哪位？

检场人丁　说起那鱼玄机啊，是多么的风华绝代。自古以来，关于她的传闻从未间断。不知道不要紧，今天咱们就讲讲她的故事！

（念）晚唐有位女才子，
自拟道号鱼玄机。
诗文候教纵声色，
长安宾客争入席。
轻歌曼舞喧嚣日，
脂浓粉香绚烂时。
一朝获罪惊尘世，
被判斩首化香泥。

【幕启。

【幕后道观撞钟声乍响，台中一束白光亮。鱼玄机身着囚服，背跪在台。检场人戴上面具，扮作群舞。

【主题音乐起：羞日遮罗袖，愁春懒起妆。
易求无价宝，难得有心郎。

枕上潜垂泪，花间暗断肠。

自能窥宋玉，何必恨王昌。

【暗场。

第一场　闻　告

【检场人上。

检场人丁　（念）诗文候教张红榜，

皆因过往遇情伤。

唯愿上苍怜红妆，

得遇白首一心郎。

如此年轻貌美的才女，为何被判斩首？

众检场人　这还要从长安城咸宜观外的红榜说起。

检场人丁　这个红榜我看懂了，原来就是要招募情郎呀。虽说唐朝开放融汇，但这样的行为，还是难以被世人所接受的。

众检场人　是是是……

【早春时节，咸宜观外。

【一纸布告赫然张贴。检场人戴上面具，扮作宾客，相聚一处，议论纷纷。

宾客甲　（念）咸宜观外车马顿，

宾客乙　（念）皆因艳纵女才人。

宾客丙　（念）诗文候教何足论，

宾客丁　（念）偷香窃玉近芳身。

宾客甲　素闻鱼玄机，貌若春花，并兼秋水才思。何以沦为道姑，一纸红笺，公然招揽宾客，陷入风尘？

宾客乙　哎，尔等不知。鱼玄机本是当朝状元李亿之妾，后被休弃。想是心灰意冷，索性放浪形骸。

宾客丙　我却听说，鱼玄机与其师温庭筠诗文互通，琴瑟相和。便连李亿，亦是温庭筠引介与之的。

宾客丁 嗨，听各位兄台一番言语，我倒愈发好奇，这曾与当朝状元和当朝才子交好的佳人，是何滋味？来来来，我等上前，再看看那布告。

【四人同去台侧。

【鱼玄机上。

鱼玄机 （唱）常叹这紫陌红尘多宝藏，
却难得白首同心有情郎。
还羡那文君夜奔自洒畅，
却无有知音见奏《凤求凰》。
还羡那举案齐眉贤孟光，
却无有同行之客在身旁。
故此观外张红榜，
长安士子聚此方。
何人说红颜伶仃不由己，
鱼玄机偏破那历朝历代世纲常！

众宾客 鱼玄机出来了！

鱼玄机 听闻诸位，欲要见我？

众宾客 我等苦候多日，只为见鱼姑娘一面。

鱼玄机 劳驾诸位在此等候多时，玄机在此等候意中之人。

众宾客 我等就是姑娘你要等待之人呀。

鱼玄机 玄机久居观内，烦闷难遣。不若哪位，带玄机外出一游以解烦闷？

宾客甲 我带玄机小姐去大雁塔题字。

宾客乙 我带玄机小姐去芙蓉园赏花。

宾客丙 我带玄机小姐去终南山看景。

宾客丁 我带玄机小姐去华清池沐浴。

鱼玄机 大雁塔、芙蓉园、终南山、华清池，却叫我先与何人走呀？

众宾客 （齐）先与我！

【众宾客欲带鱼玄机下。

【温庭筠上。

温庭筠　（呼喝）鱼幼微，你去何处？！

众宾客　是温庭筠来了。

鱼玄机　（惊）师父！你怎来了？

温庭筠　幼微，只怕你溺于情海，越陷越深。我此番前来，正是为带你离去！

【温庭筠拉鱼玄机，被挣脱。

鱼玄机　师父，幼微已去，你眼前之人乃是鱼玄机！我要在此等候有情之人。

温庭筠　（念）鱼玄机咸宜观内，诗文候教。盼君垂怜，暮暮朝朝……（情急）鱼幼微！

（唱）你本是清幽脱俗一兰若，

善文词才思流转动清波。

我与你诗词为伴经年过，

笔墨含情卿知否？

缘何故甘为那负心之客自寥落，

还看这眼前人儿情意多？

鱼玄机　师父，我……

温庭筠　幼微，我与你多年相伴，一腔情意，你可知晓？如今李亿负心，你不若随我一道远离尘嚣，诗酒度日吧！

鱼玄机　师父，我……

温庭筠　我对你情真意切，不怕世人耻笑。

鱼玄机　玄机自幼孤苦，若非师父教管，怎有今日。师恩如山，无以为报。我……

温庭筠　在你心下，你我自始至终，只是师徒吗？

鱼玄机　这……（纠结徘徊复笃定）师父在玄机心中亲如兄父一般！

温庭筠　（唱）一霎时心如死灰万念断，

鱼玄机　（唱）一霎时翻江倒海腹内酸。

温庭筠　（唱）但听她果决言语似刀剑，

鱼玄机　（唱）我这厢挥斩牵绊亦凄寒。

温庭筠　（唱）却原来多年相伴无留恋，

鱼玄机　（唱）虽珍视多年相伴情意绵。

温庭筠　（唱）好教人魂销意伤神惨淡，

鱼玄机　（唱）怎奈何长痛不如短痛间。

温庭筠　也罢，既是如此，我亦不可强留。

鱼玄机　师父……

温庭筠　幼微，多多珍重。

【温庭筠下。

鱼玄机　师父！

众宾客　玄机小姐，咱们走还是不走呀？

鱼玄机　玄机我身心疲乏，恕不能奉陪了。

【众宾客见状议论。

宾客甲　原来这素不收徒的温庭筠选她做女弟子是别有所图呀。

宾客乙　都言他二人名为师徒，实为情人。

宾客丙　今日一见，果真如此！

宾客丁　如此风尘女子，难怪李亿会休她为弃妇。

鱼玄机　（唱）这蔑然鄙夷轻薄样，
似寒冰锐刀刺心房。
这流言蜚语嬉笑话，
似烈酒灼身搅回肠。
都只道鱼玄机诗文候教行无状，
谁人知我平生唯觅一心郎。
却奈何月老错将红线绑，
师徒亲情今断凉。
也曾初嫁美娇娘，
终为弃妇历风霜。
一缕情思犹不泯，
至此未见意中郎。

【众宾客来回穿梭，鱼玄机陷入迷乱。

【一时青烟阵阵，鼓声初响，灯光渐暗。

【鱼玄机梦中的第一个李亿上。

李亿甲　幼微！

鱼玄机　李郎？！

李亿甲　（念）红罗簪，素霓裳。

再遇卿，恍思量。

道观重逢心迷惘，

几载零乱情思长。

鱼玄机　（念）白衣人，兀相望。

翩然似，陌上桑。

道观重逢生惆怅，

骤见君颜倍凄凉。

李亿甲　幼微，当初卢氏善妒，卢家势盛，将你休弃，实非本心。这段时日，我朝暮思念于你。此番前来，正是为接你回府的呀！

鱼玄机　此话当真？

【鱼玄机梦中的第一个李亿下。

【青烟起，鼓声再响。鱼玄机梦中的第二个李亿上。

鱼玄机　（迎上）李郎，你来啦。你是不是要接我回府了？

【鱼玄机欲挽李亿，被其避开。

李亿乙　我从未想要接你回府。

鱼玄机　啊，却是为何？是你说要接我回府的呀？

李亿乙　那不过是你一厢情愿罢了，我对你早无情意。

鱼玄机　你……你……当初的海誓山盟，蜜语甜言，你皆忘了吗？

【鱼玄机梦中的第二个李亿下。

鱼玄机　（四处寻觅）李郎、李郎……

【青烟起，鼓声三响。鱼玄机梦中的第三个李亿上。

李亿丙　幼微，你在此等我，我定会前来接你回府。

【鱼玄机梦中的第三个李亿下。

【青烟起，鼓声四响。鱼玄机梦中的第四个李亿上。

李亿丁　幼微，你我无缘，莫再等我了。

鱼玄机　不，李郎，莫要抛下我一人。

【众李亿齐上，在鱼玄机周围穿梭。

众李亿 我带你去大雁塔题字。

我带你去芙蓉园赏花。

我带你去终南山看景。

我带你去华清池沐浴。

鱼玄机 我去，我去，我去，我都去。

【霎时灯光亮起，青烟散去。

【鱼玄机抱住温璋。

温　璋 玄机小姐。

鱼玄机 （惊）你是何人？

温　璋 冒昧造访，小生乃京兆府尹温璋。

鱼玄机 （打断）可笑世间男子，何人真心！我今日乏了，恕不奉陪。绿翘，送客！

温　璋 （微愣）无妨，无妨。

【鱼玄机下。

绿　翘 我家小姐今日心绪不佳，还望温大人莫要见怪。

温　璋 岂会，我知道玄机小姐近日疲乏，刚还想劳烦绿翘姑娘，多加照顾。恰巧我府中有些安神宁心的药膳，明日一早，我便遣人送来。

绿　翘 咦，大人怎么知晓我的名字？

温　璋 适才听见玄机小姐唤姑娘为绿翘，当真清丽脱俗，人如其名。

绿　翘 （羞赧）大人说笑了。

温　璋 若无他事，小生便先行回转了。

绿　翘 大人慢行。

【温璋下。绿翘目送其影。

【暗场。

第二场　情　动

【检场人上。

众检场人　（念）过往皆随沉醉梦，

逝水飘萍无影踪。

而今一缕情思动，

盼得馥郁共久浓。

检场人甲　唉，想那鱼玄机，自己喜欢的人，不喜欢自己。虽然对李亿一往情深，却还是被他辜负了。

检场人乙　而偏偏喜欢自己的人，她又不喜欢。为让温庭筠早日对她断绝念想，她不得不亲手斩断师徒情分。

检场人丙　还好如今另有温璋出现，他一表人才，体贴入微，倒像是个可托付的人。

检场人丁　温璋是好，可我看那绿翘，似乎对他也动了心思。只怕这三人，将要纠缠不清喽。

【暮春时节，咸宜观内。鱼玄机正修剪花枝。

鱼玄机　（念）旦夕醉吟身，相思又此春。

雨中寄书使，窗下断肠人。

山卷珠帘看，愁随芳草新。

别来清宴上，几度落梁尘。

【绿翘端盏而上。

绿　翘　姐姐，快来尝尝绿翘新酿的青梅酒。

【鱼玄机饮酒。

鱼玄机　绿翘近日似有喜事萦怀。

绿　翘　一年之春，草长莺飞，花香四溢，自然令人欢喜啦。

鱼玄机　暮春时节，万物渐败。恰如这瓶内桃花，虽得保全，终不如花开之时，那般绚烂。

绿　翘　花开花谢，本是寻常呀。

鱼玄机 我若为花，宁得开至荼蘼，也不愿似此苟延。

【鱼玄机凝视绿翘，心有所感。

鱼玄机 绿翘，你如今青春正娇，不似姐姐朱颜渐辞，红粉将老。

绿 翘 绿翘蒲柳之姿，怎及姐姐绝代风华。

【鱼玄机沉沉欲睡。

绿 翘 姐姐醉了，我去给你拿些醒酒汤来。

【绿翘下。

鱼玄机 绿翘，快来与我斟酒！

【温璋上。

鱼玄机 绿翘，快来与我斟酒！

【温璋倒酒，至鱼玄机一侧，鱼玄机拾酒一饮而尽，酒醉，一看两看，认出温璋。

鱼玄机 温大人，怎么是你？

温 璋 玄机姑娘，不必以大人相称，唤我名号便可。（倒酒）

鱼玄机 大人数月前来，所见皆是玄机潦倒之态。

温 璋 玄机小姐，少有才名。色既倾国，思乃入神。动若扶柳，静如姣花。又岂有潦倒之态？

鱼玄机 大人此番言语，乃是爱慕玄机之意吗？

温 璋 一片真心，日月可鉴。

【鱼玄机将酒一饮而尽。

鱼玄机 （唱）醉饮炎凉人清醒，
笑问风月谁真心？
为官的翻手为云覆手雨，
读书的道貌岸然逐功名。
都言满心怜卿卿，
却不过秋风拂花遣余兴。
他爱你朱唇蛾眉悬云鬓，
又厌你言笑款款曳风情。
他爱你才思玲珑情相印，
又畏你参破心曲看通明。

堪笑天下诸郎君，
心口不一作虚情。
言道着岁月静好现世稳，
身向着曲栏深处觅销魂。
罢罢罢！
君为眠花卧柳客，
我亦逢场作戏人！

温　璋　玄机小姐，可是醉了？

鱼玄机　温大人，你倒是说说，喜欢玄机什么哪？

温　璋　我爱你姿容绝世，蛾眉云鬓。我爱你才思玲珑，高洁心性。

鱼玄机　承蒙温大人厚爱，玄机无以为报，唯有……

【鱼玄机微醺，握住温璋之手，却被推开。

鱼玄机　（惊）怎么？莫非温大人不愿与玄机亲近？

温　璋　鱼玄机！你当我温璋前来，只为此事吗？

（唱）自从与卿初相望，
朝暮悬心多思量。
世人道你行无状，
我却知你心底霜。
纵情肆意乃屏障，
鱼玄机平生唯觅有情郎。
不想你不解真心双目障，
视我与纨绔子弟同疏狂。

鱼玄机　呀！

（唱）但见他神情真言语坦荡，
唤回这寸缕间此情未央。
却又怕他再蹈李亿过往，
又受那噬骨痛锥心之伤。

温　璋　玄机姑娘……

鱼玄机　温大人，我适才饮酒，有些不适。先回房歇息去了。

【鱼玄机匆匆而下，温璋挽留不及。

【温璋独自饮酒。

【绿翘端醒酒汤上。

绿 翘 （背白）温大人！他怎在此处？

（唱）自那日咸宜观内初相见，

便情肠如搅意绵绵。

梦魂常随君牵念，

回溯相忆如蜜甜。

（娇羞欣喜迎前）温大人！

温 璋 原是绿翘姑娘。

绿 翘 温大人，你可又是来找姐姐的？

温 璋 （犹豫片刻）我此番是特意来找你的。

绿 翘 （惊喜）找我？

温 璋 我今日前来，是为把送予玄机姑娘安神宁心之药交与你。（将药膳交与绿翘）

绿 翘 （微顿）温大人几月来此，都是为见姐姐的。绿翘自知卑微，怎会入大人之眼？

温 璋 说来这咸宜观内，每日宾客不绝，却都是为玄机小姐而来的。绿翘亦值芳华年岁，也是这咸宜观中一道亮丽的风景。

绿 翘 （心喜）绿翘自幼便跟随姐姐身侧，早已视姐姐为唯一亲人。姐姐才貌双全，名满长安，绿翘心生艳羡，但更盼姐姐能早日觅得如意郎君呀。

温 璋 那绿翘你呢，你心中可已有如意郎君？

绿 翘 我……

温 璋 绿翘呀……

（唱）你宛若春阳自明媚，

还似那姣花秋波相映随。

又何须艳羡他人佳缘美，

定会有如意郎君携伊归。

绿 翘 温大人当真如此认为？

温 璋 （走近绿翘）只可惜温某此后怕是不会再来这咸宜观中。

绿　翘　（快速上前）这是为何？

温　璋　玄机姑娘似是不喜温某来此。（转身）

绿　翘　姐姐不喜，还有我呢！大人！

（唱）温大人通达人情心聪慧，

岂不解绿翘情肠与心扉。

任凭大人你行遍天南与海北，

绿翘我愿生双翼相追随。

【二人相望，温璋执绿翘手。

温　璋　绿翘……

绿　翘　大人……

【暗场。

第三场　定　情

【检场人上。

检场人甲　嘿，这鱼玄机，诗文候教，招募情郎，却又屡次三番，拒绝温璋美意，却是为何？

检场人乙　几盆凉水泼得温璋心灰意冷，过了这个村，还上哪儿找那个店哟！

检场人丙　现在倒好，人家温璋和绿翘好上了，咱们这戏该怎么往下演啊？

检场人甲　（念）阅尽千帆自寥寂，

检场人乙　（念）终得一人可靠依。

检场人丙　（念）咸宜宴饮闻海誓，

检场人丁　（念）双双同心结罗衣。

检场人丁　听不清楚，想不明白的，您别急，咱们演起来瞧瞧……

【早秋时节，咸宜观内。众宾客侧坐，鱼玄机上。

鱼玄机　（唱）春去秋来景变转，

我与温璋情渐绵。

是他在朝暮晨夕相携伴，
是他在艳阳雨雪聚身前。
是他在畅意之时同庆赞，
是他在伤怀低迷细劝言。
但却是几番欲与君相恋，
终又生辗转徘徊在心间。
只怕我咸宜道姑人轻贱，
只怕他身居高位难两全。
只怕这世人流言生变幻，
只怕那温府清规戒律严。
因此今日设酒宴，
唤请长安众才贤。
人前将他真心辨，
可否托付结良缘。

宾客甲　玄机小姐，今日怎有雅兴，请我等前来赴宴？

鱼玄机　诸位皆是玄机在这长安城内的知交，实不相瞒，今日确有一事相求。

宾客乙　哈哈，听闻玄机小姐近日与那京兆府尹温璋走动颇近，玄机小姐所求之事，莫非与温大人相关？

鱼玄机　（含羞默认）诸君莫要玩笑。

宾客丙　窈窕淑女，君子好逑。看来如今连温大人，亦对玄机小姐倾心相待了。

鱼玄机　良人难遇，只是不知真心抑或假意。

宾客丁　想来玄机小姐今日邀我等前来，便为此事。玄机小姐放心，真心抑或假意，稍后我等一试便知。

【温璋上。

温　璋　（唱）咸宜观内今设宴，
邀我同赴厅堂前。
丝竹管弦不足恋，
端为伊人展笑颜。

（唤）玄机！

鱼玄机 温大人，你来啦。

温　璋 玄机，我更愿你唤我温郎。

鱼玄机 众人皆在，只怕不便。

温　璋 这有何妨？

众宾客 （起身行李）温大人有礼。

温　璋 诸位有礼了。

众宾客 温大人，请上座。

【众宾客恭请温璋上座，温璋拉过鱼玄机。

温　璋 玄机，你与我坐一处吧。

鱼玄机 你身居高位，只怕不合礼数。

温　璋 （笑）何时鱼玄机也论起了这些虚礼？

鱼玄机 （唱）但见他不避人前情思露，

言语真切神色舒。

破消我胸中诸般疑与虑，

丝丝暖意心底浮。

温　璋 玄机姑娘！

鱼玄机 许久未如此开怀，诸位稍候，玄机去取那梅花树下珍藏多年的好酒，与诸君共饮。

【鱼玄机去台侧。

宾客甲 未曾想到，今日之宴，温大人亦会到此。

宾客乙 温大人与玄机姑娘，似是情意不浅哇。

温　璋 玄机小姐才貌双全，我自是与她情投意合。

【鱼玄机取酒上。

宾客丙 哎，这鱼玄机虽具才貌，却乃李亿弃妾，早非清白女儿，大人何必眷恋？

宾客丁 更何况如今她在咸宜观内，每日宴请宾客，迎来送往，这般水性杨花，大人便毫不介意吗？

【鱼玄机手中酒盏跌落，转身欲走，被温璋拦下。

温　璋 玄机姑娘！

【鱼玄机不答。

温　璋　玄机姑娘，流言蜚语，不必挂怀。

鱼玄机　温大人，鱼玄机乃一介弃妇，你当真不在意吗？

温　璋　在我眼中，玄机非乃弃妇，而是明珠。

鱼玄机　那世人议论，你也毫不介怀吗？

温　璋　我所爱之人乃是鱼玄机，和那世人，有何关系？

鱼玄机　可是……

温　璋　玄机呐，温璋一片真心，日月可鉴。今日长安士子皆聚观内，便为媒证！

（唱）温璋我半生流连花柳地，
驻足回首却为伊。
爱伊松菊高洁志，
爱伊幽兰冰雪姿。
爱伊桃李风华意，
爱伊解语善才思。
便纵然世人弃伊如敝履，
我亦与伊不相离。
我视卿卿如白璧，
俗尘何曾染罗衣？
我知伊纵情肆意行无礼，
不过是为求一人白首齐。
我知伊骤见清冷如铁壁，
却实则亦需关怀与怜惜。
我今日面着众人相立誓，
愿携手终老鱼玄机。
永葆这秋水澄明情千尺，
任随那尘世蜚语相侵袭！

【鱼玄机周身颤抖。

鱼玄机　（唱）他一番痴诉如雷雳，
正中我心底寸寸柔情思。

一时间凝噎难语自泣涕，

终遇见有情之郎可靠依。

愿上苍见怜多护翼，

再莫生辗转枝节惹唏嘘。

鱼玄机愿效布衣邻家女，

做一位通察人意贤德妻。

【温璋蓦地跪下。

温　璋　皇天在上，众人为证。我温璋在此求娶鱼玄机，愿一生一人，白首不离。

鱼玄机　一生一人，白首不离吗？

温　璋　是，一生一人，白首不离！

鱼玄机　温郎……

【鱼玄机与温璋相拥。

【绿翘上。

绿　翘　（惊喜）温大人？

鱼玄机　绿翘。

绿　翘　姐姐……你们……？

温　璋　（抢话）啊绿翘，你来时可曾看到一枚玉佩？

鱼玄机　玉佩？

绿　翘　什么玉佩？

温　璋　我适才发现，此前来咸宜观时，不慎遗失祖传玉佩。

鱼玄机　呀，既乃祖传之物，还需速速找回。

温　璋　好。玄机，你且留下招待宾客，我与绿翘同去寻觅。

【温璋引绿翘走到台侧。

绿　翘　温璋，你与姐姐是何关系？

【温璋背身不答。

绿　翘　你为何不语？

【温璋走开相避。

绿　翘　莫非你真的爱慕姐姐？

温　璋　绿翘，我与玄机乃情投意合，真心相爱！

绿　翘　那我呢？那夜温大人亦是这般缠绵，还曾许诺会娶我入府。

温　璋　那日酒醉，我向玄机表白，却遭回绝，心中郁结，故而才会一时情迷，酿成大错。

绿　翘　一时情迷？原以为你是翩翩君子，不曾想却与那登徒浪子一般，喜新厌旧，朝三暮四！

【绿翘转身欲走。

温　璋　绿翘，你去何处？

绿　翘　我要把此事告诉姐姐！

【温璋相拦。

绿　翘　（声音愈大）放我离去！

温　璋　（疾声相喝）好了，莫再闹了！（语气松软）好绿翘，我会遵守诺言，娶你入府的。

绿　翘　（蓦然愣住）那姐姐呢？

温　璋　好绿翘，玄机她与你相伴多年，情如姐妹。假以时日，我跟她细细言说，她必然应允，你与她一并嫁入府中。

绿　翘　此话当真？

温　璋　当真。

【绿翘沉默，温璋见状上前安抚。

温　璋　好啦，莫再多想了。再给我一段时日准备可好？

绿　翘　绿翘对温大人一往情深，只想问大人可也曾对绿翘，有过片刻的心动？

温　璋　绿翘清新秀丽，一派率真。世间男子，何人不爱，何人不爱……

【温璋与绿翘相对无言。

【暗场。

第四场　杀　翘

【检场人上。

检场人甲 看这苗头，只怕乌云密布，狂风欲来呀……

检场人甲 （念）一点残情亦幻灭，

检场人乙 （念）情郎姐妹负盟约。

检场人丙 （念）人世之恨犹未绝，

检场人丁 （念）便向黄泉诉离别。

检场人乙 （惊）黄泉？（惊）离别？莫非是鱼玄机自杀了？

检场人丙 愚钝！在我看来，一定是温璋和绿翘私情败露，杀了鱼玄机！

检场人丁 哎！甭管怎么演，这戏是消停不了了！

【咸宜观内，鱼玄机正做针凿。

【绿翘端茶点而上。

绿　翘 （唱）自那天温璋言娶我入府，

终日里既欣喜又不安起起伏伏。

所欣喜终得郎君相怜顾，

所不安欺瞒姐姐多辜负。

姐姐。

鱼玄机 已是深秋节气，我在为温郎缝制冬衣。

【绿翘骤闻，将布料弄掉于地。

鱼玄机 绿翘，怎么啦？为何近日见你，总是心神不宁的。

绿　翘 无事，无事。

【鱼玄机将布料拾起。

鱼玄机 绿翘，可否帮我一同赶制？如此还能再快些。

绿　翘 （迟疑）好。

【鱼玄机与绿翘坐下，缝制冬衣。

鱼玄机 （唱）执针凿柔肠百转自缠绕，

绿　翘 （唱）执针凿心乱如麻相杂交。

鱼玄机 （唱）愿为君缝衣纳鞋到终老，

绿　翘 （唱）怕姐姐察觉实情在今朝。

鱼玄机 （唱）绣出那鸳鸯戏水神态俏，

绿　翘 （唱）绣出那花开并蒂枝叶娇。

鱼玄机 （唱）捧衣料如洒蜜饯萦心窍，

绿　翘 （唱）捧衣料难掩忧虑上眉梢。

【鱼玄机与绿翘举起衣料，细细端详。

鱼玄机 对了，我记得温郎右臂有旧疾，衣袖时常会做宽些，只是这多出的尺寸……

绿　翘 （不假思索）约莫三指宽。

鱼玄机 绿翘，你怎知晓？

绿　翘 （言辞闪烁）这个……哦，绿翘常制衣物，也是目测出的。

【鱼玄机起疑，背身思忖，来回徘徊。

鱼玄机 （转身面向绿翘）绿翘，我今夜约了温郎在后花园竹屋旁共赏秋月。你先将这衣料送去与他试穿，我梳洗一番，随后就来。

绿　翘 是。

【绿翘捧着衣料前往，鱼玄机悄然跟随。

【温璋上。

温　璋 （念）皎皎天上月，

皓洁如霜雪。

应赴佳人约，

步履自轻捷。

绿　翘 温大人！

温　璋 绿翘，你怎来了？

绿　翘 姐姐让我先将冬衣送往，她随后前来。

温　璋 这冬衣……

绿　翘 （展开衣服）这冬衣乃是姐姐为你亲手做的。来，让绿翘为你穿上。（将衣服披在温璋身上，怀抱温璋，将头靠在温璋身上）温大人，绿翘今日有一件喜事要告知与你。

【鱼玄机缓缓径直朝后走，至舞台右后斜方台阶拐角处。

温　璋 （将其推开）绿翘，你这是作何？（脱下衣服）

绿　翘 温大人，你究竟打算何时将你我之事告知姐姐？

温　璋 （将其推开）绿翘，万一被玄机看到……

【温璋转身，恰巧撞见鱼玄机。

鱼玄机　你二人在此作甚？

【温璋慌忙将绿翘推开。

温　璋　玄机，你听我解释……

鱼玄机　事已至此，还有何言！

绿　翘　姐姐，我与温大人是真心相爱的。我知晓不应瞒你，温大人曾说，有朝一日，便会娶我入府。

鱼玄机　（唱）霎时间天摇地荡，

蓦地里无限悲凉。

一个是心中情郎正寄望，

一个是多年姐妹在身旁。

偏为何是他二人相欺障，

直教我又气又恼痛断肠。

绿　翘　姐姐，我与温大人情投意合、两情相悦……

温　璋　玄机，莫听绿翘胡言，是她几次三番，勾引于我。

绿　翘　温大人，你怎会如此对我？

【绿翘抓住温璋衣袖，被推倒在地。

温　璋　够了！我乃堂堂京兆府尹，怎会与你小小侍女，牵缠不清？

绿　翘　（急怒）你……可是我腹中已有你的血脉！

【骤然安静。

温　璋　你待怎讲？

绿　翘　我腹中已有你的骨血！

温　璋　（怔愣片刻）咸宜观内，宾客往来不绝。谁又知晓，你腹中，是何人之子？玄机，莫要听她一派胡言！

【绿翘爬到鱼玄机身旁。

绿　翘　（对温璋）你说的话不是真的，你曾经说过此生会对我照拂关怀，不离不弃。（对鱼玄机）姐姐，他说的话是假的！姐姐，只要你接纳我，他便会讲出实情。姐姐，求求你，帮帮绿翘！

【鱼玄机沉默。

绿　翘　姐姐，你不要绿翘了吗？

（鱼玄机沉默，转身至台中台右中位置。）

温大人，你也不要绿翘了？

（温璋沉默，转身至台中台左后位置。）

你们都不要绿翘了吗……

（唱）欲哭无泪心如绞，

冰炭置肠自煎熬。

仰首问天天不语，

凄哀一笑皆寂寥。

堪笑我初见倾心情思绕，

堪笑我所托非人受讽嘲。

堪笑那甜言软语作影泡，

堪笑那过往欢好化虚飘。

到如今昔日爱侣行陌道，

多年姐妹情全消。

腹内之子无人认，

清白之身陷泥淖。

空剩下这冷冰冰、空荡荡、轻悠悠，一副躯壳，

在尘嚣！

【绿翘缓缓起身，恍若疯魔。

绿　翘　姐姐，绿翘这么低声下气地求你，也不行吗？只要你应允，温璋便会将我二人，一同娶入府中，我们还做姐妹。

鱼玄机　绿翘！你若视我为姐妹，岂会不知我平生唯求一心之人，怎堪二人平分？温璋他既对你无意，你又何必苦苦相缠？

【绿翘乍闻此言，直击心扉。走到鱼玄机面前，步步紧逼。

绿　翘　（怪笑）姐姐，你说温璋他对我无意，那么他便对你有心吗？李亿也好，温璋也罢，又有何人是真心爱慕于你的？

【鱼玄机跌退。

绿　翘　哦，我却忘了。温庭筠对你倒是真心实意的，但是你却偏偏又说出绝情之语，辜负于他。

【鱼玄机跌退。

【绿翘从身旁拿过菱花镜，塞到鱼玄机手中。

绿　翘　姐姐，你寻觅一生，诗文候教，到底所求何物？你对镜细看，你早非那豆蔻少女，不过是迟暮美人！

【鱼玄机将菱花镜打碎。

【绿翘从鱼玄机发间拔下一根白发。

绿　翘　姐姐，你才二十七岁，就有了白发。

鱼玄机　还给我。

【鱼玄机与绿翘争夺，绿翘轻轻一吹，白发无影。

绿　翘　这根还你，下根呢？

鱼玄机　（抓住绿翘衣袖）我叫你，别说了！

绿　翘　姐姐，你正如那暮春桃花。不过是，苟延。

【鱼玄机突然用力将绿翘推倒。绿翘并不起身，只兀自望着她笑，笑声由真实变得越来越空远虚幻。

绿　翘　哈哈哈哈哈哈哈哈哈哈……

【霎时灯光变转，李亿、温璋、绿翘的声音交替浮现。

【音乐起，众检场人上，手持红漆鞭绳，似鱼玄机心魔和枷锁，鱼玄机难以挣脱，最终变得疯魔。

李　亿　我从未想要接你回府。鱼幼微，我对你早无情意！（鱼玄机欲抓李亿，被绳子拖住）

温庭筠　幼微，你既不愿随我同去，你我师徒之情，便缘尽至此了。（鱼玄机欲抓温庭筠，被绳子拖住）

温　璋　玄机，我和绿翘不过是逢场作戏，我对你才是真情实意的。你宽谅于我可好？（鱼玄机欲抓温璋，被绳子拖住）

绿　翘　你正如那暮春桃花。不过是，苟延。（鱼玄机欲抓绿翘，被绳子拖住；而后李亿、温庭筠、温璋、绿翘同时重复话语，鱼玄机痛苦挣扎）

绿　翘　哈哈哈哈哈哈哈哈哈哈……

【绿翘笑得愈发灿烂，鱼玄机再难忍耐，随手拿过一旁的藤鞭，拼命抽打绿翘。绿翘始终躺在地上，笑看鱼玄机，并不反抗。

【鱼玄机挣脱绳索，抽出鞭绳抽打绿翘至死。鱼玄机颓然而立，众检场人缓缓退去，光转。

温　璋　哎呀，出人命了！

【温璋后退，而后从上场口慌忙而下。鱼玄机惊醒，疾步上前，抱起绿翘。

鱼玄机　绿翘！翘儿！

【鱼玄机悲啼不止。

【暗场。

第五场　秋　刑

【检场人上。

检场人甲　（念）香魂一缕今消尽，

检场人乙　（念）空余平生未了情。

检场人丙　（念）若得来世可期许，

检场人丁　（念）再觅白首好郎君。

【深秋黄昏，长安街头。鱼玄机跪缚在台。

【幕后音起：兹有犯者鱼玄机，本为女冠，残杀侍女，罪不可赦。今日斩首示众，午时三刻行刑！

【一片嘈杂声中，鱼玄机缓缓抬首。

鱼玄机　（半梦半醒）人世悲欢一梦，如何得作双成。

【周遭忽然安静，台后光起，三道纱幕后各有男子身影。

【一束灯光亮。

鱼玄机　子安，是你吗？你终于来见我了。

【鱼玄机追逐灯光不得。

鱼玄机　我这一生，终究是追不到你了。你若真心，怎会令我空阁苦候？你若有意，怎会令我虚掷年月？你若深情，怎会令我魂销意断！

鱼玄机　罢了，子安，我爱过、恨过、怨过、念过，如今终随云烟，东流而去。

【温庭筠从第二道纱幕后走出。

温庭筠 幼微。

鱼玄机 师父!

温庭筠 幼微，自当初咸宜观外一别，已隔经年。

鱼玄机 犹记得初见师父之时，你一袭白衣，独坐江头，好似天上谪仙一般。

（恍然念出）翠色连荒岸，烟姿入远楼。

影铺秋水面，花落钓人头。

根老藏鱼窟，枝低系客舟。

萧萧风雨夜，惊梦复添愁。

不知为何，当时我一蹴吟出这首《赋得江边柳》。

温庭筠 彼时你方及金钗之年，是何等惊才绝艳。

鱼玄机 如今回想，应是我此生最欢愉无虑之时。

温庭筠 浮生本比春色短，离愁却是朝暮添。幼微，若有来世，你我还做那高山流水、心照神交的知音。

（吟念）玉炉香，红蜡泪，

偏照画堂秋思。

眉翠薄，鬓云残，

夜长衾枕寒。

梧桐树，三更雨，

不道离情正苦，

一叶叶，一声声，

空阶滴到明。

【温庭筠下，第二道纱幕光灭。

【温璋从第三道纱幕后走出。

温　璋 玄机!

鱼玄机 是你?

温　璋 玄机，倘若你回心转意，我便是丢了这京兆府尹之位，也要将你救出!

鱼玄机 你走吧，你我今生，不会再相见了。

【温璋叹气欲走。

鱼玄机 （幽然低语）为何？

【温璋缓缓转身。

鱼玄机 为何世间男子，多是虚情假意、三心二意之辈？

温　璋 玄机，咸宜观内、宴堂之前，温某对你，确乃真心。你又何必，执着于我，一时之错呢？

鱼玄机 鱼玄机平生唯求一心之人。

温　璋 倘若红粉零落、朱颜辞世，更去何处寻觅一心之人？

鱼玄机 你以为我此身幻灭，便魂归太虚了吗？不，今生虽尽，来世方始。鱼玄机此生未得见，来世必可遇！走吧……

【温璋下，第三道纱幕光灭。

鱼玄机 （缓缓吟念）一生寻顾，情海沉浮。珠沉璧碎，此心如初。

（唱）此生辗转情海畔，
未曾得渡相思涯。
若有来世可期许，
愿拂尘埃洗铅华。
愿再莫为人所负生霜蜡，
愿再莫辜负他人心如麻。
愿做个寻常女儿绕竹马，
愿求个布衣郎君共结发。
愿与你春看百花夏语罢，
愿与你秋雨烹茶冬听笳。
愿与你朝寻蒹葭暮赏霞。
愿与你月移窗纱抚筝琶。
抛却世事诸庞杂，
看尽归人陌上花。
携手终老自潇洒，
不教红泪染朱砂。
不再入风尘之地真作假，

不再见朱门客俦聆喧哗，

不再写断肠诗句羁天涯，

不再逐镜中之月水中花。

蓦然回望长安景，

歌舞依旧映繁华。

千秋百代转瞬化，

唯有庭前枝芽发。

浮生一梦终将逝，

又有何人叹嗟呀。

【鱼玄机兀自浅笑。

【幕后音响起：午时三刻已到，即刻行刑！

【刀影划过，霎时静谧。

【台上素白之景，忽转艳红。

【鱼玄机脱下囚服，身着婚服。

【检场人迎来送往，一片喜庆。

鱼玄机　小女豆蔻年华，今日出嫁。愿与郎君相携，白首华发。

【鱼玄机缓缓梳妆更衣，盖上头巾，慢慢走向台后。

【音乐悠远。

【暗场。

尾　声

【追光引检场人上。

检场人甲　（念）一生辗转复寻顾，

检场人乙　（念）情海苍茫独飘浮。

检场人丙　（念）便纵珠沉璧碎去，

检场人丁　（念）不改此心自如初。

检场人甲　得嘞，正所谓“演悲欢离合，当代岂无前代事；观抑扬褒贬，座中常有剧中人”。

检场人乙 鱼玄机的情讲完了，但芸芸众生的情却没结束。

检场人丙 就像书中所说："太上忘情，最下不及情，情之所钟，正在吾辈。"

检场人丁 那么您心中的"情"，又是怎样的呢？

【幕后伴唱：羞日遮罗袖，愁春懒起妆。
易求无价宝，难得有心郎。
枕上潜垂泪，花间暗断肠。
自能窥宋玉，何必恨王昌。

【幕落。

【全剧终。

第四部分　导演阐述

新编大型古装豫剧《鱼玄机》导演阐述

李佳秋

（一）美学追求

1. 遵循“意象”的戏曲美学原则

在空的环境中制造幻象，通过零星的布景、台词和演员的表演交代高度假定的时空。让心灵主宰万物，用夸张和想象赋予现实高于生活的美感，使现实形态发生变形，高度提纯，间离于生活，歌之舞之，实现美到极致。

2. 开拓“当代”意味的审美追求

融入当代的创作思维和审美，设定“美”为终极目标，用“意象”的创造思维和自由的创作手段展现人物内心，抒发情感。

（二）风格样式

《鱼玄机》是一部叙述体的“心”剧，它正与戏曲善于抒情的表现形式珠联璧合。为了更加自由地随“心”所欲，我们恢复了传统戏曲中的检场人，他们不分性别地存在，并且贯穿全剧，担任故事叙述者，以跳入跳出的形式，交代戏中戏的高度假定状态，以便更好地展现人物丰富的内心世界和情感。恢复检场人的同时，我们还丰富了检场人的功能，摘下面具，跳出戏时，他们是故事的叙述者；戴上面具，跳入戏时，他们是舞美中的一个元素，可与垂吊的布景浑然一体，营造虚拟的场景；他们是伴随主人公情感转变而幻化的歌队、舞队，以助抒发人物情感；他们也是角色等。遵循意象的美学原则，融入当代审美价值观，鉴于此叙事方法和展现形式，对音乐、舞美、服装等有了以下想法：

1. 关于音乐

唱腔方面发挥豫剧剧种优长，塑造有血有肉的人物，时而荡气回肠，时而铿锵有力，宣泄激情，以情动人。

音乐方面汇入唐代音乐元素，渲染浓郁的东方色彩，结合当代审美，展示女性题材独有的魅力，充满或婉约，或豪放的诗意。

2. 关于舞美

舞美整体简洁、空灵、虚幻、端庄大气，是主人公心灵世界外化的产物。我们印象中的实景被打破，拆分的元素全部吊于舞台上空，遵循“一桌二椅”的演剧精神，随“心”所欲掉下几样元素，与检场人肢体结合，高度假定成相应的场景，实现时空的自由转换，予以充分的空间来叙述故事，展现人物的心灵世界。

整体色彩淡雅，幻有唐代风貌，又具有当代的、意象的、时尚的审美特征。

3. 关于灯光

通过灯光，有效地区分戏里和戏外，增强跳入跳出的形式感；

起到转换时空、熏染气氛、烘托情感的作用；

整体效果空灵、简洁、清雅大方，充斥着当代性和时尚感。

4. 关于服装

服装整体分为两部分：

第一部分是检场人。其服装色彩应取自舞美布景，以便检场人能够与布景浑然一体，共同构成虚拟的场景；其服装样式彰显浓郁的东方色彩，亦可取自唐代服饰款式，简洁、轻盈、便于歌舞。

第二部分是主要角色。其服饰与布景、检场人的素雅形成反差，色彩明艳亮丽。鱼玄机可采取三种色彩，例如白色，在蓝色光下更显高洁，再例如红色，在素雅的布景映照下，更显得热烈……总之，应展现其人物的独特性和诗意美；绿翘可以是清新的淡绿色，体现青涩、纯洁的人物精神面貌，与鱼玄机的白色、红色搭配更显清新脱俗；温璋可以借鉴传统戏曲中官生、小生等服饰装扮，在唐代服饰特征基础上，加以创新，塑造英俊潇洒、风度翩翩的“男神”形象；温庭筠作为诗人，其服饰应具有飘逸、洒脱等浪漫色彩。

5. 关于化妆

与服装呼应，化妆也分为两部分：

第一部分是检场人，戴上面具代表跳入戏中，摘下面具代表跳出戏外。面具设计清雅简洁，既有古典的气韵，又不缺乏时尚感；摘下面具，每个检场人化妆异同，代表形形色色的人。

第二部分是主要角色，其戏曲妆符合人物性格，达到美的效果即可。

中国戏曲学院研究生官方微信对导演李佳秋的采访

01　戏里的情与心

Q：在处理“鱼玄机”这一题材时，是怎样获得创作灵感的？

A：鱼玄机是唐代著名的女诗人，她一生经历坎坷，留下了“易求无价宝，难得有心郎”的经典诗句。读过这句诗，我心中呈现出了一个愿意用一生去极致追求爱情理想的人物形象——鱼玄机。爱情，作为理想的载体，是本剧的内核所在，本剧讲述的，即是一个纯粹的人追求理想的故事。这样一个人，不论经历多少艰难困苦，始终坚信世界充满了美好与希望。正如全剧结尾鱼玄机所说“你以为我此生幻灭，便魂归太虚了吗？不，鱼玄机此生未得见，来世必可遇”，她积极的人生观和价值观便传达于此！

Q：为什么会选用如此新颖的形式来呈现这个故事？

A：这部作品更多的是在窥探一个人的精神世界，在剧中，我们能够看到她的喜、怒、忧、悲，体味她经历的苦涩和遭受的伤痛，因此，我将此部作品设定为“心灵”戏剧。心灵世界的纯洁与静寂，决定了舞台时空的自由与空灵，我希望能够竭尽可能地解放舞台呈现的自由度，在心灵的作用下实现无所不能的表达。因此，我恢复使用了传统戏曲中的“检场人”，并丰富了它的功能，使其成为故事的叙述者，以“我给大家讲故事”拉开序幕，再由讲故事转变成“我演故事给你看”，此时，他们成为故事的剧中人、桌椅、剧中人心情的外化，等等。在高度假定的时空状态下，他们一会儿是角色、一会儿是舞美布景中的元素、一会儿是歌舞队……

在外部造型设计方面，这些检场人不分男女，自由转换，形成戏中戏的格局，跳入跳出的演出样式。形式的出现并非为了形式创新而设计，一切皆来自我对鱼玄机人物的理解和同情。

《鱼玄机》剧照

Q：如何看待“鱼玄机”杀人犯的人设引起的争议？

A：戏剧作品中，“杀人犯”的主人公并不少见。《哈姆雷特》中，哈姆雷特为复仇而杀人，《麦克白》中，麦克白因欲望而杀人，《鱼玄机》中，鱼玄机因爱而杀人。这些杀人犯都有一个共同点，即受到了良心的谴责和命运的惩罚。鱼玄机，与亲情（温庭筠）、爱情（李亿、温璋）、友情（绿翘）的决裂，致使其受到沉重的打击，一时冲动杀人，惊醒之时，悔恨万分，因其心中的善良并没有泯灭，因其心中对美好的向往和对生活的希望并没有泯灭，所以她放弃了生的机会，而选择重生，完成自我救赎。她承认了自己冲动之时所犯下的错误，选择承担结果，没有对死亡感到恐惧和失落，而是充满对新生的希望和对未来的美好憧憬。鱼玄机的人物形象是复杂的，她犯了错误，算不上是一个完美无瑕的人，但她一定是一个向善的人。世上，何人是绝对的好或是绝对的坏呢？我认为人是善恶并存的，有的人因遭遇邪恶而走向邪恶，而强大的人即便遭受邪恶却仍坚守善念。

02 回顾与反思

一、对这部戏的满意之处

这部戏的导演方面，我比较喜欢两处。其一是检场人的设计，如上所说其有助于突破舞台呈现的局限，给予创作者丰富的想象空间、给予演员广阔的表演空间，使得程式、歌舞、音乐、肢体语言等诸多元素有机融合，形成风格独特，和谐统一的整体。

其二是李亿这个人物的呈现设计。李亿从未真实地出现于剧中，自他休弃鱼玄机以后，再未谋面，这又加重了对鱼玄机的打击。首先，鱼玄机思念李亿之时，只有一束空寂的黄光垂直于舞台中央，她怀抱光束陶醉自念，沐浴光的关怀仿佛再见情郎，却不料又是空扑一场，越是扑空越是想见到李亿，越是抓不住越是感觉到爱而不得的无助，她开始猜测李亿不来见她的种种原因，于是由四个检场人扮演的李亿开始交叉穿梭，一会儿是李亿带着歉意而爱，他朝思暮想于鱼玄机，道“此番前来正是为接你回府的呀”，一会儿是李亿“我从未想要接你回府，我对你早无情意”，一会儿“你在此等我，我定会前来接你回府”，一会儿“你我无缘，莫再等我了”，细腻地表现了鱼玄机魂牵梦萦的思念之情，其内心世界的感之伤、爱之切、痛之苦。而后，她在煎熬的思念中，追逐心中的李亿，听其道来“我带你去大雁塔题字、我带你去芙蓉园赏花、我带你去终南山看景、我带你去华清池沐浴”，鱼玄机一边追逐，一边喊道“我去，我去，我去，我都去”。而这四句恰恰与前文慕名而来的宾客对鱼玄机调侃之话一一对应，我希望以此来为鱼玄机澄清，不论是历史，还是我们剧中之人，都能够给予她一份理解和同情，她“诗文候教”的放浪行为，源自她内心的孤苦和期待，她始终在等待她的意中之人。对应着“易求无价宝，难得有心郎”的诗句。 最后，第五场实是鱼玄机被斩首前内心世界的外化表现，她一一与李亿、温庭筠、温璋告别，其中李亿依然用黄色的光束来表现，鱼玄机散乱地追逐此起彼伏的光束，好似追逐忽现忽隐的李亿。最终光束熄灭，她终究空追一场，不得不说服自己释怀于心。我喜欢李亿人物“空”的形象处理，它能够带着我们更深层地看到鱼玄机内心的复杂情感。

二、整体而言，对《鱼玄机》这部作品的自我评价

黄河戏剧节的专家评委们对《鱼玄机》的点评中，“现代”一词出现的频率非常高。这虽然是一部古装戏，却充满了现代的时尚感，隐约能从中察觉出戏曲、电影、话剧、舞蹈等诸多艺术形式元素的糅合。观众们大多认为这是一部掀起“豫剧风雅化”浪潮的作品。这两点评价，不论是对其现代化的探讨，还是它引起了“风雅化”是好是坏的争议，都展现了这部作品存在的价值和意义。

我觉得这部戏目前主要有三个亮点，文辞美、形式新、音乐好。此外，舞美空灵，形体设计有很多创新之处。音乐运用了很多现代作曲手法和现代音乐技术，增加人物形象的视听效果，渲染气氛；舞美设计极致空灵，以提线木偶的设计灵感，来设计带有假定性特征的提线布景，暴露于外，自由转变，与心灵的自由相互对照；形体设计方面，融合了舞蹈、武术、现代舞等，也尝试了化用程式，如绳子舞蹈的动作设计，取材于传统戏曲的靶子功。

不足的是，现在这部戏在舞台上，只呈现出了预想的雏形，也可以说是完成了初稿，展现了形象种子的苗头，该剧还有巨大的提升空间，经过未来的用心加工，我相信《鱼玄机》必会成为一部优秀的作品。

03 戏外的365天

2017年10月10日，中国戏曲学院研究生跨系部联合创作剧目《鱼玄机》正式立项，拨款十万定额制作费，给予我们一次难得的机会来展现我们的所学所想。

在严格控制成本的条件下，舞美、服装、造型的呈现会有一定局限。服装全部选购了最便宜的布料，寻找最优惠的作坊制作。部分角色的服装采取借用的方式演出，各个角色不分主次，均一身服装一穿到底。舞美制作减少精制的环节，尽可能空灵简洁，选材价廉，也是设计舞台极致空灵，以肢体表现为主要呈现方式的另一个原因。造型基本以借用方式演出。音乐制作除外请录制，基本由配器通宵达旦完成制作。其余制作开支，基本是全队人员自筹承担。条件是有限的，激情是无限的，对于我来

说，这是我导演的第一部完整的大戏，它将在我的生命中意义非凡。于是我披上铠甲，自己做起了制作人，用尽精力财力，只希望可以梦想成真。此次创作，所有创作人员均没有一分钱劳务，六十余人为梦想相聚一堂，努力播种理想开花结果。

从进入排练至首场演出共计46天，我们是利用上课之余，且不影响其他课堂作业排练的时间将戏排出来的，排练通常直至深夜。五四青年节首演之时，仅有两天时间进剧场装台和演出，来不及合成联排，第一次彩排便是首演时和观众们一起看到的，剧场楼上楼下坐满了观众，我和剩余的观众坐在过道里看了两场演出，那时紧张而又激动的心情难以言表，充满了幸福和感动。

黄河戏剧节演出之时，我们临时向河南驻马店市豫剧团、河南豫剧院青年团、河南驻马店群众艺术馆等租灯光、借音箱、借黑底幕、借地毯、借排练场地……我们不仅得到了许多帮助和支持，也获得了太多温暖和感动，一生难忘。这场演出是在2018年10月10日的下午两点半，与《鱼玄机》立项的时间刚刚吻合，冥冥之中仿佛是善始善终的缘分。为了做好这场演出，我们开始做搬运工，搬布景至晚上12点，第二天早上9点开始排练、熨服装、准备道具，夜间继续装台至凌晨5点，早上8点继续筹备，直至演出，那段不分日夜的日子很苦，回忆起来却充满了幸福。编剧兼做剧务、形体设计去兼演检场人，原本我也要去演检场人的，后来人齐了，就没有去给剧组捣乱。接到通知时，距离演出只有25天，去掉中秋节和国庆节十天假期，剩下15天的时间，每一天都在争分夺秒地度过，我以为

自己很坚强，大幕拉开，我却止不住地流下了眼泪……

我相信不论将来我们走得有多远，驻足回首，都会感到美好和幸福。我在成长的过程中，明白了一个道理：只要自己不放弃，凡事终有解决的办法，坚定梦想，就一定会实现！

第五部分　音乐创作谈及唱腔音乐曲谱

新编大型古装豫剧《鱼玄机》音乐创作谈

音乐作曲 & 配器：冯周，师从左奇伟教授

这部戏我主要担任音乐创作部分，这次的音乐设计并没有照搬经典的传统曲牌来进行编配，而是从主题歌中寻找音乐素材延伸、扩展、贯穿，让观众从听觉上对人物有一个音乐形象，而不仅仅是视觉；在配器编曲方面为了剧情需要尽可能丰富地使用各种西方管弦乐器及民族乐器，还大量地运用了许多现代音乐作曲手法以及音乐制作的技术，比如杀绿翘的这段配乐中和声的布局、音色的搭配、声场的设计以及相位效果的处理，等等，都是为了能更好地烘托现场气氛、塑造人物形象。希望能通过这部戏让观众感受到不一样的音乐！

唱腔作曲：董淑君，师从左奇伟教授

爱情对鱼玄机是崇高的，也是她一生追求坚持的，在失望的打击下她坚定着自己的追求，她相信终有一天能遇到与自己白首相随的一个人，她虽然对绿翘的背叛伤心失望，但是这并没有打碎她追逐真爱的希望。在创作中我努力塑造鱼玄机动人柔美中又怀抱着坚定的情怀，希望通过一段段动情的唱句让大家感受到她的坚持和对美好爱情的向往。

唱腔作曲：李康仪，师从左奇伟教授

鱼玄机这个人物给我的感觉是一个倾国倾城的美女，她的形象是聪明伶俐、很有才华、敢爱敢恨、感情细腻的，在情感上是坎坷起伏很大的。

所以我想在唱腔上既要有描写她天资聪慧骄傲的一面，也要有感情受伤脆弱的一面。在此次创作中，左奇伟老师会帮我们修改把关，在导师的指导下我能够更加安心地创作。相信在唱腔设计方面我们一定能交出一份满意的答卷。让我们一起携手努力，愿豫剧《鱼玄机》排演成功！唱响梨园！

唱腔作曲：高振洋，师从左奇伟教授

我在创作过程中，根据剧本剧情、人物身份年龄等考量，紧扣主题音乐，鱼玄机音域多用宜于叙事抒情的降 E 宫调式，绿翘唱腔多用降 B 徵调式来表现敢爱敢恨的少女形象。

在左奇伟教授的耐心指导和不厌其烦的启发下，在创作二人各怀心事的唱腔上大胆运用了二声部对唱的写法，上宫下徵的民族四度平行调式来表现二人的不同情愫。在处理鱼玄机和绿翘感情冲突最为激烈的二人唱腔时，运用了多种版式交织来体现剧情矛盾的层层升级。

作为刚刚大二的学生，我非常感谢国戏给我这次锻炼的机会，感谢左奇伟教授的辛勤付出，感谢我们《鱼玄机》剧组勠力同心的密切配合。也感谢《鱼玄机》音乐创作组的兄弟姐妹们的无私帮助！通过《鱼玄机》一剧的创作，让我对豫剧作曲这个专业有了新的感悟！收获满满！

唱腔作曲：杜金光，师从左奇伟教授

我在创作唱腔时，会根据老师所写序曲，在唱腔中多次融入并紧扣人物情绪，再现主题音乐，来展现这位传奇女性的内心波澜和情感诉说。

唱腔作曲：张浩文，师从左奇伟教授

我在创作过程中，根据左老师的启发和指导，在唱腔中大量运用了优柔雅致的南方音调来表现出鱼玄机自古风流多愁善感的性格，在间奏拖腔中不断重复发展本剧音乐主题，从而把女主人公鲜活的爱情故事树立起来。

第五场唱腔作曲——杜金光

当初酒醉生幻影

（温 璋 唱）

1=♭E $\frac{2}{4}$

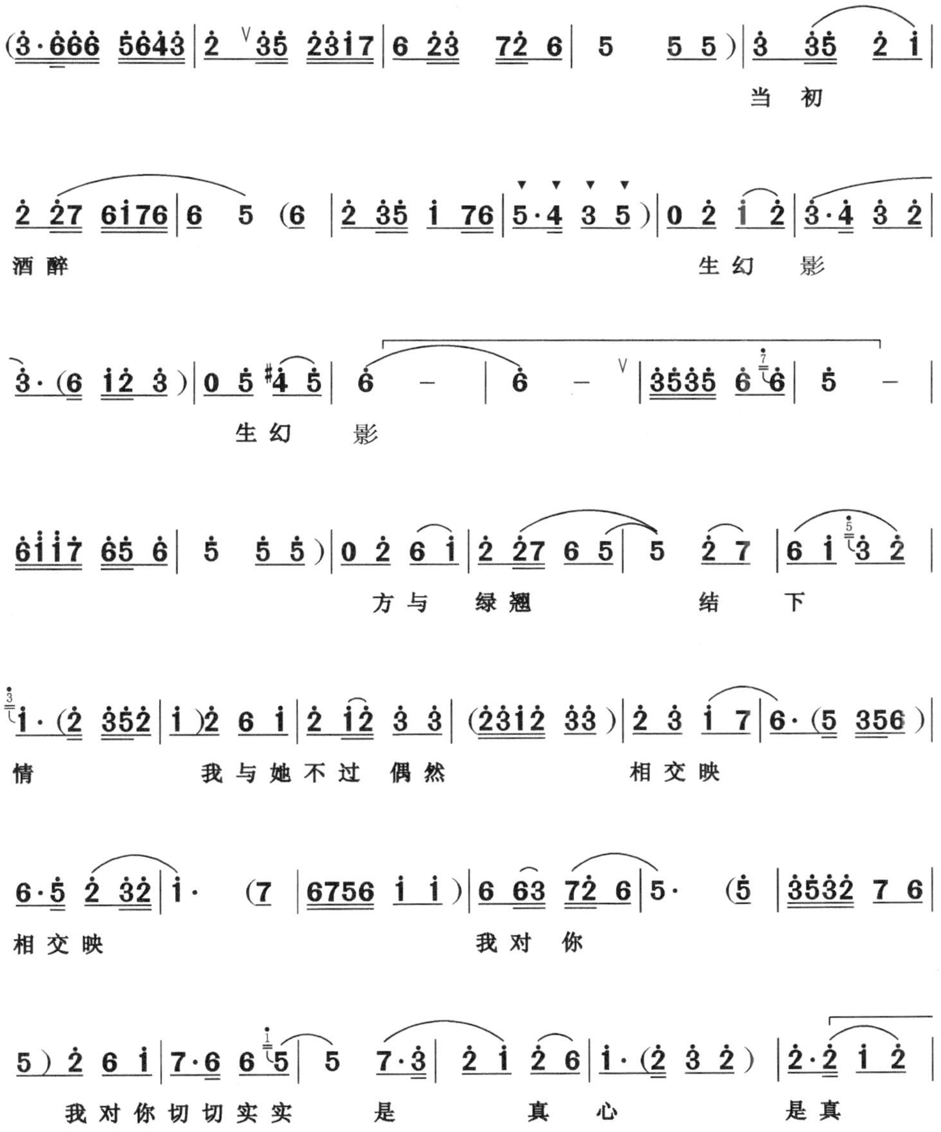

当 初

酒 醉 生 幻 影

生 幻 影

方 与 绿 翘 结 下

情 我 与 她 不 过 偶 然 相 交 映

相 交 映 我 对 你

我 对 你 切 切 实 实 是 真 心 是 真

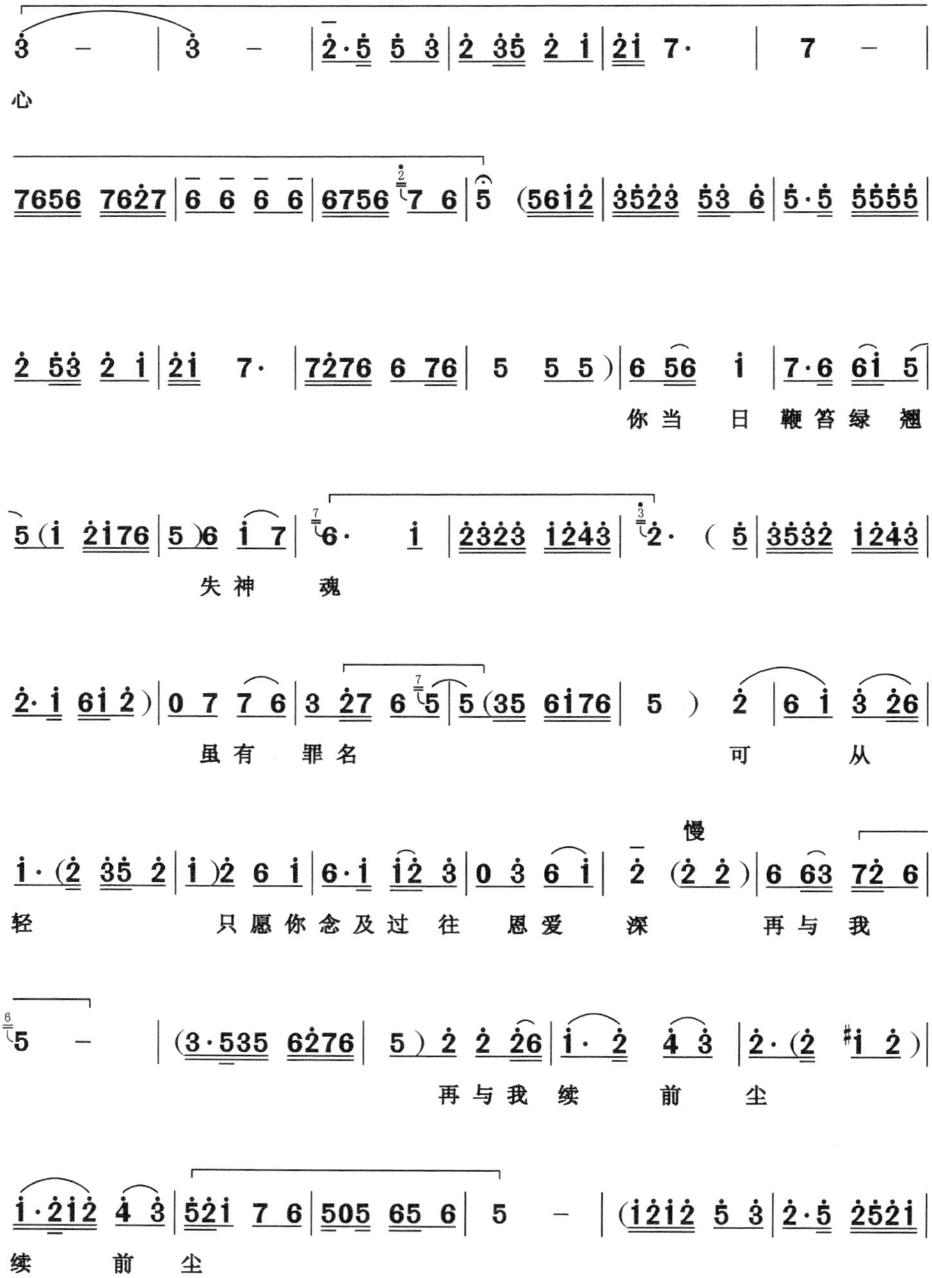

3 – | 3 – | 2·5 5 3 | 2 35 2 1 | 21 7· | 7 – |

心

7656 7627 | 6 6 6 6 | 6756 7 6 | 5 (5612 | 3523 53 6 | 5·5 5555 |

2 53 2 1 | 21 7· | 7276 6 76 | 5 5 5) | 6 56 1 | 7·6 61 5 |

你当　日　鞭笞绿翘

5 (1 2176 | 5) 6 1 7 | 6· 1 | 2323 1243 | 2· (5 | 3532 1243 |

失神　魂

2·1 61 2) | 0 7 7 6 | 3 27 6 5 | 5 (35 6176 | 5) 2 | 6 1 3 26 |

虽有　罪名　可　从

慢

1·(2 35 2 | 1) 2 6 1 | 6·1 12 3 | 0 3 6 1 | 2 (2 2) | 6 63 72 6 |

轻　只愿你念及过往　恩爱　深　再与我

5 – | (3·535 6276 | 5) 2 2 26 | 1· 2 4 3 | 2·(2 #1 2) |

再与我续　前　尘

1·212 4 3 | 521 7 6 | 505 65 6 | 5 – | (1212 5 3 | 2·5 2521 |

续　前　尘

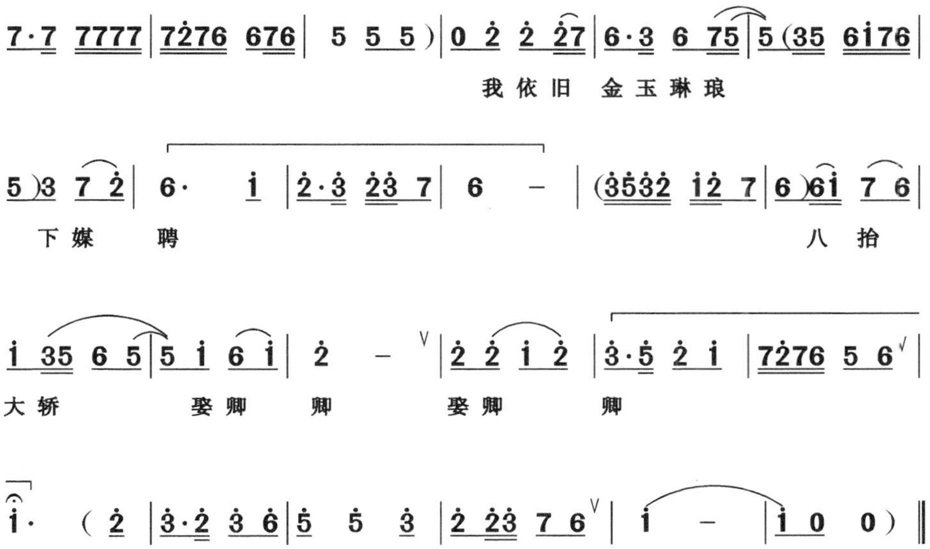

7·7 7777 | 7276 676 | 5 5 5) | 0 2 2 27 | 6·3 6 75 | 5 (35 6176 |

我依旧 金玉琳琅

5)3 7 2 | 6· 1 | 2·3 23 7 | 6 – | (3532 12 7 | 6)61 7 6 |

下媒 聘 八抬

1 35 6 5 | 5 1 6 1 | 2 – | 2 2 1 2 | 3·5 2 1 | 7276 5 6 |

大轿 娶卿 卿 娶卿 卿

1· (2 | 3·2 3 6 | 5 5 3 | 2 23 7 6 | 1 – | 1 0 0) ‖

第六部分　舞美创作谈及舞美图

大型新编古装豫剧《鱼玄机》舞美创作谈

刘　靖

建组前，我和本剧导演、编剧第一次碰面，大家各自聊了对于本剧一个大概念的舞台想象，大家所描述的舞台想象，恰巧和我读完剧本后的感受大致相通，而且，直到现在，我们仍然保持着对于剧本最原始的感受进行舞台创作。而且当我进行创作的时候，也十分喜欢第一感受所带给我的灵感，我认为，这个灵感是最纯粹，最直接的。很早以前我曾经读过鱼玄机的一些诗，但这次能够有机会把我所理解的鱼玄机在舞台上做一次时间与空间上的设计，心中还是有一些小小的激动。

首先，读完剧本后，似乎能感觉到鱼玄机内心的孤独与清冷，除了这部分的情绪，还有一种普通女性对于爱情的向往。内心情绪的复杂变化也带来了极大的戏剧冲突。我的设计元素也是从人物精神世界出发，希望景与人能够交互行事，人为景，景为人，做一个高度的统一。不同场次的元素最终串联在一起，当人们去回想时，总是能感觉到有一丝的意味在其中，而这个悠动人心的“意味”，可能恰恰就是鱼玄机这部剧所带给我们的魅力。

这次演出中，又重新拾起了检场人的元素。首先，要考虑检场人在舞台中的作用，他既是舞美的一部分，有时又在扮演着角色，这就是一个十分有意思的事情了，我们做了一个很大胆的尝试，所有舞台演员的动作支点都由检场人虚拟化的表演完成，悬吊景片来完成整部戏的情感叙事。比如杀翘一场我们设定的元素就十分考究，也是主人公心理情绪最为复杂的一场。道具支点用检场人高度虚拟化以后，在舞台调度上，为了避免过于单薄，我们对舞台上的区域做了强制性的划分，利用台阶平台等手段，帮助更好地完成空间的转换，其中在中间设定的平台，以及前区栏杆围合的空间，都在暗示着不同的时空环境。

“干净”是戏曲舞台设计的一个难点，同样的问题也在本部戏发生，由于本剧的剧情及故事架构，可能更适宜这种“干净”的舞台设计手法，物理上的干净容易实现，但既要有空间的设计，又要保证舞台空间的“干净”着实是一个难题，从材质、造型、空间结构等在我们的舞台模型中做过了多次的实验。最终定稿制作的方案还算满意。灵感的到来并不是一时的发生，而是一个由量变到质变的过程。舞美设计有好的设计手法是其中一方面，但作为一名舞台设计，还要照顾到其他一系列的问题，比如技术、经费，等等。而这些东西也都是由以前的演出设计经验得来的。

舞美图（演出版）

第七部分 灯光创作谈及灯光图

新编大型古装豫剧《鱼玄机》灯光创作谈

杨 帆

通读剧本，给我的第一感觉，剧本故事性较强，故事的发展虽说是倒叙，但从第一幕开始，也是随着时间的变化进行，而剧中多次利用季节的更替来表现时间的推移和剧情的发展。因此，我认为灯光的切入点可以从季节的变化来着手，利用不同季节的颜色特点，结合不同的灯位，配合演员的表演以及渲染舞台的景片来表现不同的场景，从而达到时间和空间的变化。当然除此之外，还有一天的时间变化，从白天到夜晚的时间变化，因此灯光还要通过色彩、明暗的变化来配合剧情的发展。另外一点，剧中场景多在道观中，因此灯光要处理好室内外的关系。剧中行刑部分也是本剧灯光设计的一个重要变化，我想利用低侧光电脑灯光束做出刀影瞬间滑落的效果，全场收光，然后佛光四射，光收到李亿一人身上，伴随幕落收光。

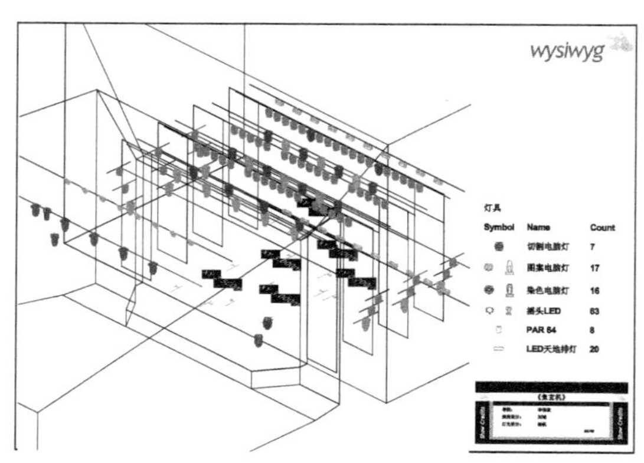

《鱼玄机》灯位图（立体）

第八部分　服装创作谈及服装图

新编大型古装豫剧《鱼玄机》服装创作谈

姜力晖

此次服装的设计，我的设计想法是遵循剧本的历史背景。故事发生于唐代，所以在服装设计上我融入了很多唐代的元素。

一、款式：女主鱼玄机和丫鬟绿翘，女生的服装我设计成抹胸，融入唐代服装特点。为了更好的舞台表现，同时考虑到演员的表演，我在衣领、袖口处做了细微的设计（比如，多层渐变色假领）。同时根据角色的地位和处境，我将传统道观服装元素装饰点缀在此服装设计中，男生服装款式除了右任斜领的款式外，温璋、李亿的服装我设计为圆领褟袍衫。帽子多沿用唐代幞头与巾子。在原来唐代服装的基础上与传统戏曲服装结合。

《鱼玄机》服装设计图

二、颜色：女主服装选取了紫色，意味着虽归入道观，却还心存对爱情的向往。丫鬟绿翘，则选取了黄绿色调，显得既活泼可爱又跟人物名字相匹配。一冷一暖，跟女主有所差别。温庭筠的服装选取灰白色，既融入角色清高感性，又体现其潦倒处境。李亿服装选择蓝绿色调。温璋，剧中是道貌岸然的小人，给他选取紫色官服。

三、关于纹样：剧中人物服装所有的纹样都取自唐代纹样，根据纹样位置稍作设计变形，然后配上套色刺绣，整体清新淡雅，也能够与服装颜色相匹配。

第九部分　造型创作谈及造型图

新编大型古装豫剧《鱼玄机》造型创作谈

张思萌

此次造型设计，我的设计想法是遵循剧本的历史背景。由于故事发生于唐代，所以在女生发髻上我融入了唐代的元素，并在传统戏曲梳挽上进行改良。

一、女主鱼玄机：以梳大头为基础，贴小弯来表现小姐身份，运用唐代飞天髻，这种正髻来表现女主的大气，端庄，稳重。在发饰和颜色上，序幕和尾声两部分发饰颜色以白色为主色调，用纱或白绸子打成花装饰在正髻的后面，正髻前面佩戴简单的白色水钻头饰。在归入道观后，根据服装设计图的颜色——紫色，因此在饰品的颜色上将运用紫色加以渐变的形式，以达到跟服装的统一，在样式上借鉴传统戏曲中的道姑巾，但不是照搬，只提取其中的纹样，样式设计上更为秀气。

二、丫鬟绿翘：活泼，可爱，小花旦一名，以古装头为基础，贴大柳，带小穗，运用唐代发髻中的百合髻，来表现绿翘的小巧活泼。在发饰的颜色上以绿色为主，既和服装统一，又跟名字匹配，发髻后面配以绿色飘带，前面以绿色或银色发饰为主，但要小巧，再配以簪子做装饰。

三、温庭筠：用传统戏曲中的甩发来表现其潦倒的处境，配以灰白色的绸条与服装呼应。

《鱼玄机》定妆照

造型设计和演员合影

第十部分　主创访谈

新编大型古装豫剧《鱼玄机》制作团队阐述

制作人：李佳秋

《鱼玄机》制作团队由十人组成，以制作人为核心，建立创作外联与创作内联两组。创作外联组，主要分成四个部分，即制作部、宣传部、财务部和项目申报部。

首先是制作部，该部门主要负责剧组与校内外各类资源的对接和糅合，以及创作、排练、演出过程中，所需要的全部保障工作；其次是宣传部，宣传部主要负责《鱼玄机》创作前期、创作后期、演出前后的宣传策划、撰稿、编辑、设计等几个方面工作；再次是财务部，财务部主要负责经费的申请和报批、票务、统计数据、收支明细记录以及控制成本等，尽可能减少不必要的开支；最后是项目申报部，该部门主要关注全国各类展演平台的申报信息并汇总，争取在低成本、无成本、有收益的平台进行演出，抓住国内外展示机遇。如2019年国家艺术基金、2018年北京市文化艺术基金、第八届黄河戏剧节、京杭大运河文化带精品剧目展演、北京市剧院运营服务平台、2018中国（北京）演艺博览会等项目申报工作。

制作部负责人：胡奕博

关于制作，我和制作人李佳秋已经共同商榷出一系列计划方案，接下来我们将尽力去推进这些项目的实施，为《鱼玄机》走上更多、更大的舞台提供力量！作为《鱼玄机》的制作运营，我希望能够尽自己的努力来解决创作之外的所有问题，让主创们没有后顾之忧地创作出最好的作品。

宣传部负责人：张凌羽

遵照制作组安排，我会在前期跟进剧组各项创作工作，通过微信、微博等新媒体平台，实时播报创作进度，把剧组团结一心、热火朝天的精神状态和各司其职、按部就班的工作面貌展示出来；后期在演出的预告、演出后的宣传以及展演的成果展示方面具体详尽地展开工作。《鱼玄机》是个大家庭，作为其中的一分子，希望能为这出大戏的创作出一份绵薄之力。

平面设计：王泽今

诗人鱼玄机一生对爱情向往追求，但她遇见的都不是自己所期盼的纯爱。随着她的获罪斩首，她的一生轻盈如羽毛般消散，往事烟云，爱人离去、侍女背叛，将她化为碎片。

平面设计：崔佳艺

我的设计想法是以唯美干净的粉白色作为主色调，传统的中国红和道家的青蓝色加以点缀，表现她对爱情“一生寻顾，此心如初”的追求，体现豫剧文化的深厚底蕴。团队成员协力合作，让我深刻体会到合作的重要性，我们将会共同努力，将台前幕后工作做到尽善尽美。

文字撰写：廖雨婷

我会积极参与《鱼玄机》创作前期以及演出前后的宣传策划，负责微信公众号的撰写与推送工作，分享创作过程中的咸甜故事，了解团队成员在不同的阶段，针对所学专业更为深层次的体悟。在团队交流中集思广益，落实策划案，将更多的可能性记录于笔端，我与《鱼玄机》一起成长。

项目申报部负责人：贺梦茹

我会发挥本科财务的专业特长，节约演出成本，实现效益最大化，让我们在更高、更广阔的舞台上展示自己。

财务部负责人：吴萍萍

遵照制作组安排，我主要负责经费报销、收支明细记录以及把控不必要的开支等。“把钱花在刀刃上”，这是我的首要任务，当然，我还是《鱼玄机》剧组的一颗钉，哪里需要补哪里！

项目申报部负责人：赵勐

我会实时关注各类展演平台的申报信息，为《鱼玄机》争取更多的演出机会。在执行过程中，负责多个部门的协调工作，将导演构思付诸实践。同时详尽地了解作品的发生、发展情况，解读导演创作意图，跟进创作的各个环节。

舞台监督：张乐

李佳秋：创作内联组，也称舞台监督组，主要分成两个工作阶段，即进入剧场前的工作阶段和进入剧场后的工作阶段。进入剧场前，舞台监督将跟进创作的各个环节，详尽地了解作品的发生、发展情况，解读导演创作意图，并协助创作各部门的衔接；进入剧场后，遵照导演构思，舞台监督组全权负责作品的合成，由一人主导，多人分配在音乐、舞美、灯光等位置负责，使得多个个体达到和谐统一。

遵照制作组的安排，我担任《鱼玄机》的舞台监督。作为导演的左膀右臂，帮助导演完成排练以及内部沟通联系是我的主要任务。在我们大家的努力下，相信能为观众呈现一出完美的剧目。

新编大型古装豫剧《鱼玄机》演员阐述

程闯强

说到鱼玄机，真的不知道要从哪里开始写这一次的表演（发生了太多的故事）。参与到这次的演出中，也是一个偶然的机会！刚进入大学的我便迎来了校园第一部大戏，成为剧中的一员。刚看到剧本时，导演让我饰演李亿和检场人。

虽然李亿是回忆中出现的人物，但他和鱼玄机有着千丝万缕的关系，我刚开始还是比较担心自己是否可以胜任，能否可以演好这两个角色。在排练的过程中，我尽力去做到最好！去揣摩这两个人物应有的性格。虽然它只是一个小小的角色，虽然没有太多的人去关注它，但对于我来说，只有小演员，没有小角色。这是大学生活中的一次锻炼和一次学习。

其实从接到通知开始，我们大家的时间都很紧张，因为刚上大一，戏曲导演这个专业是没有时间让你休息的。在这期间大家要上自己的专业课，要复习上课讲过的东西和完成课后作业，所以我们利用各种时间一边进行排练，一边排练自己作业。排练期间难免和主创演员之间有摩擦，但很正常，都是为了最终呈现得更完美。经过大家不断的努力，豫剧《鱼玄机》这部剧迎来了首映，首场演出便爆满、座无虚席，迎来了各大媒体报道和专家的认可。受到了观众的欢迎。

《鱼玄机》受到了大家的喜欢，演出后我们不断地修改，以求达到最好的效果。最终在主创和学院的共同努力下，我们入围了第八届黄河戏剧节，获得了竞演的机会，同时也更是得到了认可。不得不说我们的导演编剧以及主创人员太了不起了，没有院团的支撑、全靠自己去把这部剧走出学院推出市场，走向河南参加比赛。

在舞台上表演和舞台下看表演是完全不一样的，躲在幕的后面一边要时刻准备着上场的神态，一边还要在大脑里回忆自己的台词，台下还有满满的观众。对于第一次从学校走出来参加比赛表演的我们，多少有些紧张。那天的心情很激动，回想起来，面对那么多观众依然心潮澎湃。那天大家出色的表演带动着每个观众的心。激动的时候，每个人脸上挂着微笑，演到悲伤的时候，大家一片沉默。这让我看着台下觉得很满足。

演出从开始到结束，大家一直以饱满的心态去迎接这一挑战，无论是从服装、道具、灯光，还是从语言的表达，都凝结了我们的智慧与汗水。我们成功了，那时自己的激动只有自己明白。

在这次活动中，我觉得一个团队的精神非常重要，要想做一番事业，优秀的团队精神是必不可少的，真的，在一个好的团队里，你会学到很多东西。我们一起想办法解决困难，我们一起抬地毯、烫服装，等等。我们心是齐的。编剧在舞台前后催场、导演把控着全局，操尽了心。还有一点就是，只要我们努力了付出了，就一定会有收获。

大家留下了满满的友谊。比赛结束了，回到学院但我依然回忆着剧组的点点滴滴。愿我们越来越好。

新编大型古装豫剧《鱼玄机》形体设计创作谈

康晓琳

《鱼玄机》是我们中国戏曲学院研究生跨戏部联合创作的一出豫剧大戏。该剧讲述了晚唐女诗人鱼玄机对于美好爱情的向往。这部戏主要围绕鱼玄机与李忆、温庭筠、温璋三个男人之间的感情纠葛，以及戏剧冲突的制高点“杀翘”，来揭示鱼玄机所追寻的是极致的至纯之爱。同时，也展示出她这个人物性格的纯粹和至真。本剧分为五场戏，每一场都有大量的形体动作，在导演的意图指导下我们形体设计也做了大量的构思。

《鱼玄机》的导演选择恢复了传统戏曲中的检场人，这正是该剧在表演形式上的一大特点，也正因为“检场人”的出现，给我们形体设计提供了更多更大的发挥空间。今天能与大家分享我在《鱼玄机》一剧中，关于形体创作的一些感受，我感到很荣幸也很开心，希望通过这种分享能够得到更多的批评与指导，我们也会做出及时的修正。

我想先简单说一下我对戏曲形体，以及形体设计这个概念的浅薄认识。我认为，戏曲形体在现在来看，特别是对于一出剧目来说应该包括戏曲表演四功中的做和打，再细化地说就应该是包括戏曲演员在表演一出戏时的基本功、身段和把子；那么，形体设计的职位分工就是要负责整出剧目的动作设计，以及舞台调度设计。在这里我想说，我们的所有设计工作，首先一定是在遵照导演的整体构思下进行的，但这并不代表形体设计是不需要进行二度创作的。我始终觉得好的形体设计在一出剧目的编排中也许不是雪中送炭，但它一定是锦上添花。好的形体设计可以把导演的构思、创意，也就是形式，同文本就是内容，二者完美地结合，并且能够用得当的形式将内容很好地呈现出来。我理解的，过去老艺术家们排戏是不需要形体设计的，但现在排演一个剧目，需要各种不同的职位和分工，而这样的细化分配可以说有利于一出戏的创排。因此，说了这么多，是想表达我们形体设计的一个心声就是，这样一个在主创团队中看似分量较轻的创作职位，但在创排一出新戏时应该是，也确实是对人物的塑造和整体舞台效果的呈现，起着不可忽视的作用。

接下来说一下我在《鱼玄机》形体创作方面的一些感受。我们所有的动作设计都遵照三个方面，1. 尊重传统。设计形体动作时，我们会先读剧本、听导演阐述，再根据自己对文本的理解，结合剧中人物，按照戏曲传统行当来设计既符合人物性格，又不失行当特色的动作。2. 化用“程式”。我们在检场人的形体设计上下了些心思，我们尝试用借、拿、化的概念指导我们实际的创编工作。我们借用参军戏滑稽调笑的风格，给几个检场人设计了幽默诙谐的动作，这种风格的动作分别出现在几个不同的场次里。例如：第一场《闻告》，四个检场人行路的动作；另外，还借用唐代舞蹈轻盈柔美、飘然旋回和三道弯的动作特点，设计一些点缀性的动作，抽象地表现鱼玄机的某种心情，例如：第二场《情动》，四个女检场人的舞蹈动作；我们还拿用了一些传统戏曲身段的元素，例如：第二场《情动》，我们结合了“花旦”身段的俏皮可爱，编排出一组动作来表现鱼玄机对温璋的些许心动；还拿用了太极推手的动作特点设计了最后一场群体双人舞的动作。最后是化用，这部分也有一些动作，最为突出的是第四场《杀翘》，红绳舞的动作化用了传统武戏的把子功技巧和身段中“大带”的用法，用十二根红绳在舞台空间中上下浮动、编织造型，既表现剧中鱼玄机所面对的种种束缚和冲击，又烘托了此刻她痛苦纠结的心境。3. 大胆尝试。第四场鱼玄机与绿翘二人，共同为温璋赶制冬衣的一大段唱段，我们在创作中，首先确定的思路是，这一段要将“衣服”这个道具“用活”，通过一些动作，把衣服玩起来，并且我们希望能运用动作体现出姐妹二人此时截然不同的两种心境，以及两个人对待衣服（温璋的化身）的情感区别。再有就是，鱼玄机发现绿翘对其有隐瞒后，她让绿翘先行一步去找温璋，自己随后而来的一段表演中，我们用检场人来扮作故事情境中的景物（如：树木、石桥、拱门，等等），起初我们也担心这样会降低戏曲表演中独有的表演特征（虚拟性），戏曲表演的高妙之处在于“景随人移”，我们这样做会不会破坏了这个独特的表现形式。最后我们选择尝试了用人演景，我们从形体创作角度出发，想要把“检场人”用到极致，并且这样的手法在舞台上的呈现效果还是有一些新意的。总之，所有的动作，我们在设计时，都会按照此刻人物的情感情绪、唱词念白，来设计与之相符，甚至希望能设计出超脱语言的情绪表达的动作，因为我们考虑到，有些时候身体动作的表达，可能要比语言更真实。作为形体设计，我和武远远同学是希望通过大胆的尝试，借鉴和吸收其他艺术门类的一些元素，创编出既不失戏曲动作本有的特点，又能赋予它一些新意的别具特色的戏曲形体风格。

武远远

《鱼玄机》是一个大型新编古装豫剧，讲述的是唐朝著名女诗人鱼玄机为了追求挚爱“一生一人，白首不离”的故事，剧中分别有一个鱼玄机深爱着他却又被他抛弃了的李忆、深爱着鱼玄机但被鱼玄机拒绝了的师父温庭筠、鱼玄机多年的姐妹却背叛了自己的绿翘以及口口声声说爱鱼玄机又和姐妹绿翘发生了关系的温璋，这其中的爱情纠葛无疑会导致一场悲剧的产生。

在《鱼玄机》的创作团队中我与康晓琳一同担任的是形体设计的职务，根据剧本的故事人物设定与导演的要求来编排剧中人物所需要的形体动作是我们的主要工作。那么我们就需要了解到每个人物的行当设定，比如鱼玄机的行当设定是青衣，温璋是小生，绿翘是花旦，温庭筠是老生等。然后听导演的具体编排构思对不同人物设计不同的行当动作。整个形体设计工作中我们都用尊重传统、重组化用的思想来进行创作。

首先，《鱼玄机》最大的亮点在于对传统戏检场人的灵活运用上，他们一会是故事讲述者，一会是局中人，一会是道具场景，一会是人物心情，他们的形体设计我们根据唐代的参军戏把四个主要检场人设定为丑行，所以在动作上会多用一些丑行的感觉去设计编排，比如第一场的《闻告》。其次，在他们的形体设计上导演给予了我们很大的创作空间，我们大胆地把太极、舞蹈、戏曲的把子和戏曲服装的大带的一些元素放进了我们创作中，比如，第二场《情动》中的四个检场人的形体设计我们化用了唐代歌舞的感觉编排了形体动作，第四场《杀翘》中所有检场人拿着红绳子的动作化用了戏曲把子的枪和戏曲服装中的大带的动作，第五场《秋刑》中检场人的结尾动作中化用了太极推手的元素，等等。剧中检场人的道具场景设定也是一点新意，比如，第一场和第三场的桌椅，第四场《杀翘》的桥、树、拱门、假山等。可能有人会觉得在戏曲表演中景随人移已经是很高级的表演手法了，会觉得我们这样可能是多此一举，但是什么事情都是两面的，我们这么做也增加了舞台上演员更多形体表达的可能性，也能让空旷的舞台多了一些流动感与造型感。最后，就是检场人在剧中的人物心情的表达上，正因为检场人的设定灵活多变，所以让他成为人物的情感表达也是必然的选择，主要体现在第二场的《情动》和第四场的《杀翘》，都是我们根据剧中当时的人物心情而设计的符合人物感情表达的形体动作。

对于四个主演的形体设计，我们根据导演的要求以及人物的行当来具体编排形体动作，其中第四场的开头鱼玄机与绿翘缝制衣服是一个设计亮点。我们并没有根据传统的缝衣服两个人抱着衣服边唱边缝。而是把衣服拟人化地让鱼玄机和绿翘用造型与表演的动作把衣服撑起来，把它想作温璋拿起来做出一些表演与造型，这样也比较符合两个人物此时此刻的心情，一个满心欢喜对这件衣服充满爱的希望，一个满怀心事对这件衣服又爱又怕的担心，用一件衣服同时表达出两个人物的心情，把单纯的道具赋予它人的感情也是我们创作初衷。

我和康晓琳一直都觉得形体设计在一个戏曲创作中不是雪中送炭，而是锦上添花，我们的责任是让整个舞台的表演符合导演要求、丰富演员表演、满足观众审美。我们认为，我们是新一代的戏曲从业者，我们生活在当下，应该给这个时代的戏曲注入我们这一代新鲜的血液。这并不是让我们肆无忌惮地去篡改“创新”我们的戏曲，而是应该尊重传统，尊重世世代代的戏曲前辈们留给我们的戏曲精华，用自己的智慧去研究、去化用、去努力地为戏曲的发展增添一份属于自己的力量。在《鱼玄机》的形体创作工作中我们也总结出一句话，一个好的形体设计应该成为：导演的宝贝、演员的闺蜜和创作团队中的朋友。

第十一部分　演出概况

2018 年 5 月 4—5 日

《鱼玄机》在中国戏曲学院大剧场演出两场。

一、首演概况——筑梦青春，流光溢彩

2018 年 5 月 4 日、5 日，中国戏曲学院研究生跨系部联合创作剧目大型新编古装豫剧《鱼玄机》，在中国戏曲学院大剧场倾情上演。

《鱼玄机》首演合影

中国戏曲学院院长巴图，副院长冉常建，艺术实践处处长张尧，戏文系主任谢柏梁，戏文系党支部书记邹德旺，思政部主任梁建明，导演系教研室主任于凡林，剧本指导颜全毅教授，及特邀嘉宾原文化部艺术司司长贲永中，北京市委宣传部副巡视员、文促中心主任梅松，中国人民解放军北京卫戍区王文尧团长，中国评剧院院长侯红，宁夏京剧院院长刘京，北方昆曲剧院国家一级编剧王若皓，《光明日报》北京记者站站长张景华，《中国文化报》记者张婧，人民网记者池梦蕊等亲临现场观看了演出，并对这部戏予以了高度的评价。

五月四日，一个朝气蓬勃的日子，一个青春激昂的日子。大约百年前的今天，一群青年学子，为了国家大业民族大计，不畏生死，奋力疾呼。而今天，是这样一群年轻人，为了民族艺术、传统文化，为了各自的理想，团结一心，在舞台的这一方天地里，谱写了一曲华丽的乐章。

全剧剧情跌宕起伏，鱼玄机、绿翘和温璋三人的爱恨情仇，牵动着数百观众的心，台上人物的一颦一笑，一哭一闹，或引得观众侧耳倾听，或引得台下唏嘘感叹。优美精致的音乐唱腔，干脆利落的身段动作，灵活巧妙的群舞编排，诗意优雅的舞美布景，精巧别致的场次安排，将这个荡气回肠千回百转的故事，演绎得淋漓尽致，扣人心弦。

历时近八个月的创作孵化，经由校内外近百名师生的共同努力，这部演绎“一代才女爱恨嗔念”的大戏，在质朴悠扬的板胡声中，在方寸天地的舞台上，终于流光溢彩。剧场座无虚席，一段段如泣如诉的梆子腔，引得现场掌声雷鸣。这是来自校内外业界内外数百名观众对这群年轻人的努力的最好的肯定。

豫剧《鱼玄机》首演前夕，剧组收到了业内外专家名士的祝福。著名戏剧导演张曼君，著名戏曲表演艺术家李树建，著名影视表演艺术家六小龄童等人，都对《鱼玄机》剧组的付出表示了充分的肯定，并对该剧目成功上演寄予厚望。

首演结束，各家媒体争先报道演出盛况，并对此次演出予以高度评价。

《光明日报》《中国文化报》、人民网等多家媒体纷纷对豫剧《鱼玄机》的首演进行了报道。

舞台上，亦真亦幻的舞美设计，俊俏英武的扮相，华丽优美的唱腔，如泣如诉的悲剧故事，让一代才女、唐朝女诗人鱼玄机，活灵活现地展现在千年后的观众眼前。

——《光明日报》

全剧在舞台呈现上别具一格，展示出“90后”青年戏曲人才在继承传统戏曲艺术精华基础上的探索和尝试。

——《中国文化报》

豫剧《鱼玄机》反映了这批“90后”青年戏曲人才在继承传统戏曲精华基础上，不断进行创新的精神。

——人民网

全剧在舞台呈现上别具一格，颇多亮点。

——中国青年网

作为一部叙述体的作品，《鱼玄机》在舞台呈现上别具一格，空灵简约、意境悠远，将戏曲善于抒情的表现形式发挥得淋漓尽致。

——《文艺报》

豫剧《鱼玄机》主创团队主要由中国戏曲学院在校研究生组成，各位研究生导师为剧目各个环节指导把关、保驾护航，体现了历代国戏人所秉承的“一棵菜”的校园精神。

——《中国青年报》

国破家亡时，青年当自强；国富力强时，青年当自兴。一个凄美的爱情故事，一个传统的北方剧种，在这群年轻人的手里，焕发出了新的生机。这是一席京城里的豫剧盛宴，更是这群青年人，为自己的青春最好的献礼。

二、黄河戏剧节演出概况——美轮美奂谱“新”篇

2018年10月9日至26日，第八届黄河戏剧节在河南省驻马店市举行。黄河戏剧节是一项立足河南、辐射黄河流域、影响全国的重要戏曲赛事。本届黄河戏剧节由河南省文联、中共驻马店市委、驻马店市人民政府以及河南省戏剧家协会主办，由中共驻马店市委宣传部和驻马店市文联承办。我院研究生跨系部联合创作剧目——大型新编古装豫剧《鱼玄机》入

围本次戏剧节，于10月10日在驻马店市会展中心上演。

（一）演出回顾

10日下午，我院研究生跨系部联合创作剧目——大型新编古装豫剧《鱼玄机》，在驻马店市会展中心参赛。两点三十分，演出正式开始。现场座无虚席，气氛热烈。来自各行各业的观众齐聚一堂，共同欣赏这部美轮美奂的“新豫剧”。

观众随着检场人的你一言我一语进入了剧情，回到了鱼玄机的时代；演出到高潮部分，演员的每一段酣畅淋漓如痴如诉的唱腔，都引得观众自发响起雷鸣般的掌声，没有刻意的喧哗，没有高声的叫喊，一声声清脆响亮的掌声代表着最真挚的认可；演出结束后，观众依然不愿离场，或为剧情争执探讨，或为爱情感动拭泪，或为音乐震撼夸赞，或为调度欣赏称叹。

演出当天，有部分演出院团表示，希望能和国戏达成合作，为这个剧目提供更丰富更雄厚的排演条件，提升这部作品，使之流传开来。观众们主动找到剧组工作人员，交流想法，讨论感受，表示希望能看到更多这样出新出彩的戏曲剧目。次日，驻马店《天中晚报》等媒体纷纷报道了此次演出盛况。

与此同时，在演出的短短两个小时内，有25万多人在“戏缘app”上同步观看了演出实时直播，并给予了较高的评价。这是豫剧《鱼玄机》通过网络传播的方式走出校门，获得认可的一次探索。

（二）剧目研讨

12日上午，黄河戏剧节主办方组织召开了豫剧《鱼玄机》剧目研讨会。大赛专家评委针对《鱼玄机》展开了深入细致的探讨，充分肯定了我院学生在该剧目的创作上所取得的成就。专家们也对该戏的进一步提升把关把脉，提出了诸多建设性的建议。

与会专家一致评论：美轮美奂的舞台效果，空灵典雅的剧目气质，给质朴无华的中原大地吹来了一阵醉人心田的春风。《鱼玄机》一改传统豫剧豪放朴实的气质，文辞典雅，唱腔优美，导演手法新颖奇特，演员表演细腻婉约，有着深深的青春和时代烙印，使人为之眼前一亮。

著名剧作家齐飞表示：“新编古装戏《鱼玄机》，把晚唐女诗人悲凄的爱情故事，打造得简约灵动，别具一格，耳目一新，实在难得。特别值得称道的是，编导主创人员均是90后，人才难得，后生可畏！鱼玄机饰演者张亚鸽暨王献光、赵亚萍等都把人物塑造得有血有肉且唱得声情并茂，无愧是从高等学府走出来的高才生。还值得提及的是唱腔的设计和剧本的文采，都属上乘之作。”著名戏剧评论家谭静波表示：“《鱼玄机》的叙事手法和舞台呈现，在豫剧舞台上前所未有，给河南戏曲带来了不小的冲击。”

研讨会现场

《鱼玄机》这部戏，使河南戏曲评论界展开了豫剧现代化的大讨论，豫剧风雅化一词也热了起来。

（三）实践历程及感悟

豫剧《鱼玄机》是我院2018届研究生跨系部联合创作剧目中的作品，创排于2017年10月，正式公演于2018年5月。在学院科研与研究生工作处及各系部老师的鼎力支持下，从学校走向社会，亮相于黄河戏剧节这一在中原大地上颇有分量的重要戏剧赛事，在河南戏剧界引起了不小的关注和广泛好评。这离不开学生们的辛勤劳动和努力，更离不开学院老师的倾力支持。

演出落幕后，兜兜转转，回首看余晖下的演出地点会展中心，心中的幸福和感动洋溢且涌动。转过身来，蓦然发现“樊粹庭”戏曲文化广场矗立面前。

樊先生是20世纪豫剧改革的主要发起者，为豫剧的传播发展做出了不可磨灭的贡献。而今我们这群青年学子，在樊先生的故土，在前辈的关怀下，将一出饱含着深情的大戏送回了这片土地，我们用这种方式向豫剧改革的伟大先驱致敬。从中原到京都，两千里路程，历史上有许多豫剧艺术家不远万里交流学艺；从北京到中原，三四个晨昏，今天这群投身于戏曲事业的学子回转身去，接受河南梆子家乡父老的检验。

——《鱼玄机》剧组

“德艺双馨，继往开来”，是国戏校训，亦是这群学子胸中的航向标。愿他们在这朴实无华的训诫的勉励下，在传承中华戏曲，弘扬传统文艺的路上，一步一个脚印，越走越远！

三、黄河戏剧节上取得佳绩

中国戏曲学院2018研究生跨系部联合创作剧目《鱼玄机》在“天中杯”第八届黄河戏剧节大放异彩，荣获剧目铜奖，并包揽十一个单项奖。导演系学生李佳秋荣获导演新人奖；音乐系学生董淑君、李康仪、高振洋、杜金光、张浩文、冯周荣获唱腔设计新人奖；表演系学生张亚鸽、王献光荣获表演一等奖，赵亚萍荣获表演二等奖；导演系学生翟亚龙荣获表演三等奖。

黄河戏剧节是河南省委宣传部批准设立的河南省最高专业戏剧奖。本届黄河戏剧节共有来自河南、北京、上海、新疆四个省、直辖市、自治区的24家院团，25台剧目入围参赛，涵盖豫剧、曲剧、越调、京剧、淮剧、话剧等多个剧种。作为参赛的唯一一家高校，以我院研究生为创作班底的豫剧《鱼玄机》在众多的剧目中脱颖而出，满载而归。

获奖情况：

导　　演　李佳秋——获导演新人奖；

唱腔作曲　董淑君、李康仪、高振洋、杜金光、张浩文——获唱腔设计新人奖；

音乐作曲 & 配器　冯周——获唱腔设计新人奖；

演　　员　张亚鸽、王献光——获表演一等奖；

演　　员　赵亚萍——获表演二等奖；

演　　员　翟亚龙——获表演三等奖。

此次黄河戏剧节，我院研究生创作剧目取得佳绩，载誉而归。比赛结果充分肯定了我院研究生在自主创作、艺术实践领域付出的辛勤劳动；充分肯定了研究生跨系部联合创作实践平台在学生培养方面所起的重要作用；充分肯定了在我院各系鼎力支持通力合作下学生们在艺术创作上所取得的丰硕成果。

作为唯一一支由在校学生组成的团队，我校学子通过自己的辛勤努力，跻身黄河戏剧节的平台，和专业院团比肩起舞，舞出了最青春、最亮丽的一道风景。这群当代青年学子，既拥有更开阔的思维，更青春的活力，又有着创新精神和扎实的功底。他们终将在一次又一次的探索中扎硬翅膀，飞向天空，摘到星星。

四、中国戏曲学院与河南豫剧院二团艺术科研成果转化会议暨《鱼玄机》剧目授权仪式隆重举行

2019 年 1 月 8 日上午 9：00，中国戏曲学院与河南豫剧院二团艺术科研成果转化会议暨《鱼玄机》剧目授权仪式在我院大剧场二楼会议室隆重举行。

我院副院长冉常建，科研与研究生工作处处长李威，科研与研究生工作处副处长刘婧，导演系主任乔慧斌，表演系主任王绍军，戏文系党支部书记邹德旺，导演系党支部书记郑唯，戏文系教授谢柏梁，音乐系教授左奇伟，河南豫剧院副院长丁建英、二团主任楚天力，主演张亚鸽、赵亚萍出席本次会议，《鱼玄机》剧目制作人兼导演李佳秋、编剧俞思含等研究生主创参会。

作为我院研究生跨系部联合创作剧目平台推出的优秀作品，豫剧《鱼玄机》走出校门，走向社会，在第八届黄河戏剧节上斩获佳绩（获得剧目铜奖和十一个单项奖），取得了良好的社会效益，并和国家级重点专业院

团达成了合作意向。在授权仪式上，导演李佳秋、编剧俞思含和其他剧组成员表达了对学院，对各位老师以及河南豫剧院领导的感谢，她们期待这部作品能在河南豫剧院进一步成熟完善，能在中原大地上生根发芽。

《鱼玄机》艺术科研成果转化授权仪式

中国戏曲学院研究生和导师们分别从《鱼玄机》的文学剧本创作、音乐唱腔设计、导演思维创新及各制作部门的协调配合等方面回顾了《鱼玄机》剧目的创排过程，充分肯定了该剧目的艺术创作对研究生的学习成长起到的积极作用。与会专家和老师们一致认为，研究生艺术科研创作新成果转化为高水平剧院的常演剧目，提升了我院研究生跨系部联合剧目创作的平台，为研究生学以致用，教学成果转化为社会效能提供了新思路，对研究生的实践教学体系建设有着深远的意义。

河南豫剧院副院长丁建英回顾了河南豫剧院和中国戏曲学院联合培养戏曲人才的历程，并表示豫剧《鱼玄机》走出校门，走向社会，走向市场，在中原大地成功上演，充分说明了中国戏曲学院在研究生培养方面取得的硕果，也充分证明了国戏研究生在学院领导老师的带领支持下自主进行艺术实践的实力。此次授权仪式，不仅对学院的人才培养有积极作用，对院团的建设同样意义重大。产学研用共建，集中了院校和院团分别在科研探索和艺术实践方面的优势，为院团输入了新的血液，拓宽了艺术创作的道路，及时满足了院团近几年来在“出新人、出新戏”方面的实际需求。他希望借此平台，在中国戏曲学院和河南豫剧院的共同努力下，更多地培养新时代的戏曲人才，创作一系列颇具时代美学特色的戏曲作品，合作共赢。

中国戏曲学院副院长冉常建指出，此次艺术科研成果的转化，创建了我院研究生培养的新模式，对未来的教学实践有着积极的示范指导作用。也是充分贯彻落实国务院《关于支持戏曲传承发展的若干意见》中“建立院团院校联合培养机制”指导意见的具体举措。为院校和院团联合培养高水平戏曲人才指明了道路，开拓了新形式，丰富了我院研究生实践教学和剧目创作研究体系。

我院科研与研究生工作处处长李威和河南豫剧院副院长丁建英签署了《鱼玄机》剧目演出授权书。随着《鱼玄机》剧目的授权交接，中国戏由学院与河南豫剧院二团艺术科研成果转化正式完成。这不仅意味着《鱼玄机》这一剧目身份的转变，更标志着我院研究生跨系部实践教学又迈上了新的台阶。

此次研究生教学科研成果转化会议和《鱼玄机》剧目授权仪式，为中国戏曲学院与高水平剧院合作培养高端戏曲人才，产出高水平戏曲原创剧目，提供了新思路，具有开拓和示范意义。

第五章

西口情深意绵长 我等风月也等尔归

——二人台实验戏曲《西口情》剧目集

戏剧东城·第二届隆福戏剧月
北京市文化惠民演出
西口情
中国戏曲学院研究生跨系部联合创作剧目
演出地点：隆福剧场
演出时间：2019年3月1日、3月3日
指导单位：北京市东城区总工会、北京市东城区文化委员会
主办方：北京市东城区东四工人文化宫
协办方：北京隆福文化传播有限公司
承办方：北京情境文化传播有限公司
合作媒体：中央广播电视总台文艺之声、北京人民广播电台文艺广播、北京青年报、中国文化报、劳动午报
凤凰娱乐
光束戏剧
戏剧画册
有涂
票务合作：大麦

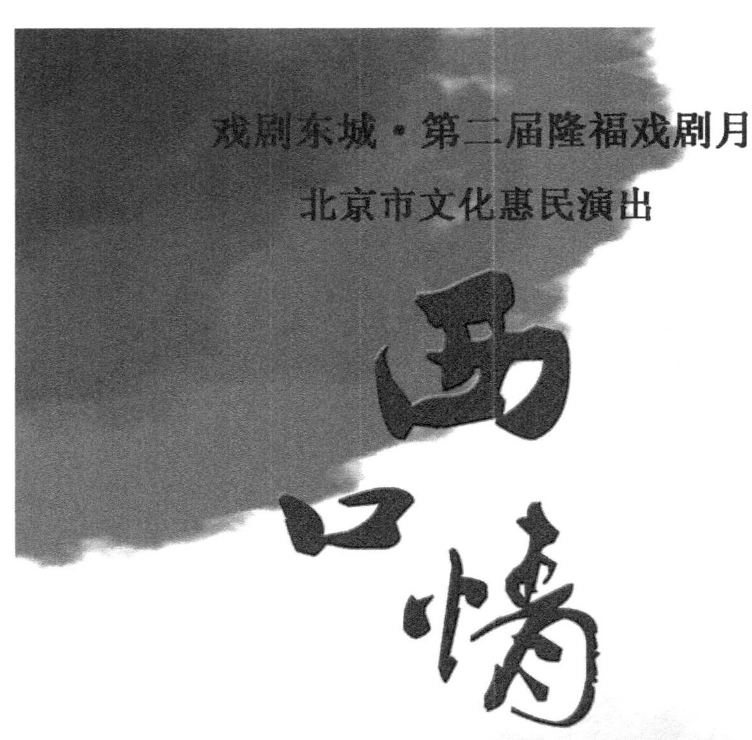

《西口情》海报

第一部分　团队简介

《西口情》剧组的建立，拉开了小剧种二人台在探索小剧场戏曲发展上的序幕。希望在我们共同努力下，使二人台艺术为更多人所知，使传统艺术充满新的活力。

二人台实验戏曲《西口情》剧组

编　　剧：李国华
导　　演：曹彦博
副 导 演：冯　源
作　　曲：郝　华
舞美设计：寇　羽
服装设计：陈雪端
灯光设计：曹亚蕾　胡万里
锣鼓设计：郝体俊
形体设计：彭　莹
音响设计：祁　源
造型设计：黄湘琴
主要演员：郑　莉　饰　秀莲
　　　　　曹彦博　饰　宝顺
　　　　　鲁怡杉　饰　李母
　　　　　王宇薇　饰　李母
　　　　　乔玉杰　饰　太春

第二部分 剧目简介

二人台实验戏曲《西口情》

民国时西北的一个小村庄里，秀莲的丈夫太春走西口十年未归，与婆婆相依为命。婆婆为了秀莲不再苦苦等待，跟村中一直照顾她们并爱慕秀莲的宝顺编造谎言，说太春已死企图让她也死心，可奈何秀莲坚决要赴西口寻夫尸首。劝说无果，宝顺说出实情，并道出多年心声，婆婆也苦劝秀莲不能再等下去，两人哭成一团。最终宝顺决定离开走西口为秀莲寻夫。

该剧目以二人台剧种进行演绎，在二人台传统剧目《走西口》中获得创作灵感，力求用现代戏曲叙事手法展现走西口历史中守家女人的心路历程。

第三部分 编剧阐述及剧本

二人台实验戏曲《西口情》编剧阐述

李国华

创作阐述

《西口情》的故事缘起于对走西口历史中守家女人这个群体的关注，在那个人口迁移和创业事件中，人们常常会在宏观上称赞它打通了中原腹地与蒙古草原的经济和文化通道的意义，却忽略掉了那些历史岁月中具体生命的叹息。走西口是一场辛酸的命运赌博，一个家就此支离。男人们收拾起行囊踏上艰苦的西口路，那些守家女人如王宝钏一样寒窑苦守；不似影视剧中的晋商经商做起生意，那时候绝大多数是穷得叮当响的老百姓，他们长途跋涉，或饿死在半路，或打短工维持生计，苟延残喘，无颜再回面对亲人；那些“执拗”的女人就伫立在村头，日复一日地等着，晨起暮归，直望得青丝两鬓雪茫茫，直望得劬劳身形化石像，却依旧等不到碎纸一片，音讯一言。

守家女人的生活是耐人寻味的，在凛冽的现实面前，她们的挣扎、煎熬以及各种选择都充满了可塑性。《西口情》就是围绕守家女人的生活，围绕这个基点，去讲述坚守、初心和人与人之间的真情。在这个善意的谎言之中，秀莲依然选择坚守初心，我从那段历史中找到了无数的这样的原型人物，大部分的守家女人都是选择等待，没有过分虚构，也没有过分抬高，爱情与责任是她们人生的追求，那时候的世界很小，小到只能容下两颗心。为了突出人物关系的合理性，我安排了回忆的段落，太春是她的救命恩人，也是给予她爱情和家的男人，使她的等待也更具意义。婆婆作为“始作俑者”，她的动机有其复杂性，在凛冽的走西口的大背景中，她深知走西口的男人一走也就意味着不归；但是早期她作为婆婆的角色严格限制儿媳的生活，直到十年经过，她看到十年来为她们掏心掏肺的宝顺，看到相伴十年已经胜似母女的儿媳，她才意识到自己跟她原是一根苦藤两枝芽：她的哥哥也走西口，扔下了妻儿不归还。为何还要让她和我这般。于是充满愧疚，力主成全。宝顺则是为了心爱的女人纯粹坚定，他从始至终都没有忘记爱是为了什么，是为她，是为对方，是不求回报。

戏曲小戏的特点是篇幅短、容量小、节奏快，戏曲作品的故事越简单越好，展现人物的内心越丰富越好，所以我在选材和结构上做了精简，力图用最简单的故事去反映最普遍的人性和情感。

在唱词方面，我吸收了一些民歌的内容和形式。戏曲的唱词要具有剧种的质感，载歌载舞是二人台乃至小戏的一个基本特色，二人台的基本曲调都来自民歌以及一些小调，这些都是经过人民群众长时间创造和锤炼才得到的，在过去的岁月，人们用各种山野小调寄托自己的喜怒哀乐，唱着“大青山上卧白云，难活不过人想人”，“一对对枕头花顶顶，摆开枕头短一个人”……那是最真实、最纯粹、最深刻的生活写照，是他们的精神家园。

在庆祝中国共产党成立95周年大会上，习近平总书记强调面向未来，面对挑战，全党同志一定要不忘初心、继续前进。同样在党的十九大，习近平总书记也开宗明义地指出大会的主题是“不忘初心，牢记使命”。一个国家的发展要不忘初心，才能永葆本真，砥砺前行；回到平凡的生活中，初心同样重要，它意味着责任与担当，意味着承诺与信念，意味着恪守与坚持，这是当代人都应该具备的精神素养。

该剧希望能以小见大，希望以这样一个故事呼唤坚守初心、呼唤真情、呼唤真善美。该剧的背景虽然在晋北乡村，但是所表达的情感是亘古不变，永不褪色的，对人性真善美的呼唤是个永恒的主题，即使在今天同样有着旺盛的生命力。

《西口情》剧本

编剧：李国华

时　间：民国

地　点：西北某一村庄

人　物：秀　莲：二十五六岁，丈夫走西口多年未归

宝　顺：二十七八岁，邻村小伙，爱慕秀莲，多年未娶

李　母：秀莲的婆婆

太　春：秀莲的丈夫，走西口在外十年未归

众妇女

【幕启。

【村头，又是一年秋末，走西口的男人该回程了，众妇女在村口瞭望着远方，等待着自己男人的归来。

众妇女 （唱）哥哥你走西口，

小妹妹我实在难留，

手拉着哥哥的手，

送哥送到大门口。

等哥哥的日子苦悠悠，

盼哥哥你快转回头。

【秀莲慢慢走出。

秀　莲（唱）想亲人呀盼重逢，

纳起个鞋鞋把你等。

【众妇女：纳起个鞋鞋把你等。

秀　莲　纳起鞋鞋针眼儿整，

一万个眼眼盼回程。

我一针又一针。

【众妇女：一层又一层。

秀　莲　纳起的鞋底千层厚，

妹妹的千层心儿缝。

【妇女接唱：她的太春哥走了十年整，

十年的千层心儿缝。

秀　莲　哥哥千里行路风雪冻，

到你转来，一天一双。

【妇女接唱：一天一双……

秀　莲　一天一双让妹妹好好疼。

【众妇女：跑西口的哥哥往家走，

秀　莲　抱住个亲亲我手呀嘛再不松。

【李母上。

李　母　唱吧！唱吧！走西口的女人就是这样唱过来的等过来的。

（唱）唱山曲容易叠调调难，

学会唱山曲解心宽。

说我不唱山曲不好待，

说我唱几句山曲想亲人。

【众人望向远方。

众妇女一　你们快看，那边来人了。

众妇女二　哎呀！还是个男人。

众妇女一　呀！秀莲，你快来，看这身架像是太春哥。

【秀莲一把拨开人群。

【宝顺平台上。

宝　顺　（唱）那不大大个小青青马，

多喂上二升料。

三天的路程两天到。

【宝顺喊一声“嗨”。

众妇女　嗨！哎呀！是宝顺哥回来了。

众妇女　宝顺哥你回来了。

宝　顺　回来啦！（又看向李母）大娘！

李　母　宝顺呀！（拉着宝顺的手）我娃你可算回来了。

秀　莲　宝顺哥，一路上都还好吧？

宝　顺　嗯，秀莲，好着呢。

李　母　宝顺娃，你是累了吧，我看你咋脸色不好看呀。

宝　顺　大娘，我想跟你说……

【话还未说完，便被妇女们拉到一旁。

一妇女　（凑上前）嘿！我看看宝顺哥又给俺带甚好东西了！

一妇女　去去去，你个不及迷的，人家宝顺哥哪会给你这样的带东西！

一妇女　那谁够格嘛？

一妇女　俺秀莲才够格嘛！

秀　莲　你们，你们这些碎嘴，竟说个甚呢！

宝　顺　嗨，就是……我一个赶船的，能带些啥吗，有金银财宝，还是绫罗绸缎呀……

一妇女　我说，宝顺哥你把人带回来就行啦！你每次一走，可让人家的心肝想坏了！

【靠近秀莲，暗指。

秀　莲　哎呀，时辰不早了，我，我得做饭去了！

一妇女　急甚嘛，哥哥妹妹见不着面。

一妇女　先把话话拉一番！

一妇女　硬实的汉子在面前！

一妇女　寡妇们都看得红眼眼！

一妇女　可俺们红眼白红眼！

一妇女　谁让人家就认呀！

一妇女　认谁呀……

一妇女　认秀……

【秀莲慌乱不堪。

宝　顺　（忙接话）我任劳任怨！

一妇女　哎！那秀莲妹子！

宝　顺　秀莲刚说要去做饭了！

秀　莲　对，宝顺哥，你一路上该饿了，我，我去做点饭去了。

宝　顺　哎，哎！

一妇女　哎！秀莲别走嘛！

李　母　（走上前来）你们这些个碎嘴的婆姨，该散了！

【众妇女追随秀莲散去。众人叫喊着“秀莲”散去。宝顺显出疲惫哀怨的表情。

宝　顺　大娘。

李　母　宝顺娃，看你这一路上是走得太累了吧。

宝　顺　大娘，我不累。

李　母　噢，那宝顺娃，这些个日子搭你船的有转回来的吗？

宝　顺　（惊）额……大娘，我这次回来就是要跟你说这个，让她们给混了。

李　母　噢，那是有转回来的人了！

宝　顺　大娘，这次，有几个转回来的人！

李　母　有转回来的了！那……那他们，他们有……太春的信儿吗？

宝　顺　这次……有……

李　母　有……（李母既惊讶又惊喜）宝顺，你快跟我说！

宝　顺　大娘……这……

李　母　你说吧！这些年我听到的坏消息还少吗。

宝　顺　大娘，您别急，听我慢慢跟你说。前些个日子听那些转回来的人说，说几年前见过太春，说他到了口外，而后又到更远去拦工就……就再没回来过，听回来的人说他得了痨病，怕是……

李　母　太春！……（颤抖）

宝　顺　大娘，他们只说他得了恶病，并没有说他已经……

李　母　十年了，到底还是等来个这……

【李母望向远方。

李　母（唱）他一言好似这秋风刺面，
　　　　　一丝希望全毁灭啊！
　　　　　思儿盼儿心头肉（啊），
　　　　　留我个空架子身俱残。

【李母已经有些站不稳。

宝　顺　唉……大娘，我就不该告诉你……

【李母摆摆手。

　　　（唱）十年来我也逢人问遍，
　　　　　问来多是恶讯，少有好言。

宝　顺　大娘，咱先回去吧，秀莲还等着了！

【李母看宝顺一眼又转过头去，宝顺转身哀叹。

李　母　等着……可怜的我秀莲等了有十年，
　　　（唱）十年来好儿媳苦守痴心一片，
　　　　　誓等我儿转回身边。
　　　　　可我儿一走十年不还，
　　　　　碎纸无一片，音讯无一言。
　　　　　等儿的希望慢慢毁……

宝　顺　大娘！

李　母（唱）数十年宝顺你不弃不离胜儿郎，
　　　　　数十年掏心掏肺无怨言。
　　　　　我不想看到她一辈子步我后尘，

宝顺你听我一言，

愿你和她成个伴！

宝　顺　（唱）我和太春不一般，儿时的交情金不换。

可当初，多病老母要侍奉，

不能与他搭肩。

许承诺，勤帮扶大娘和秀莲！

李　母　（唱）数十年我也知，你对她深藏情意在心间。

怪只怪，糊涂的婆婆我把媳严管，

无情的大娘我不成全。

到如今太春难回转，

你俩就该为个伴！

宝　顺　大娘，这……

李　母　宝顺，就听大娘一句，和秀莲成个双！这大灾之年，你也该为她想想！

宝　顺　不，大娘，他们只说太春哥得了恶病，他并没有……

李　母　宝顺，你别再劝我了，十年了，我知道我儿他再也回不来了。我是守了一辈子活寡，我不能再让秀莲遭这罪了。

宝　顺　可是我……太春他是我大哥，我不能……

李　母　大娘知道你的这份心，他要真的能回来，我跟他说！

宝　顺　大娘，这真不行呀！

李　母　难道说你心里有人了？

宝　顺　哦，没没没。

李　母　难道你是嫌弃我们娘俩？

宝　顺　哎呀，你这说的哪儿的话？

李　母　那你是因为甚？

宝　顺　我……

李　母　好，既然这样，从此后你别再登我家的门！我们不想再听别人那些闲话。

宝　顺　大娘，你，你可让我咋办嘛！

【李母故意这样说，见宝顺着急。

李　母　宝顺，大娘也知道你的心思，你难道真忍心她跟我一样等一辈子吗？就算大娘求你了。

【欲跪。

【宝顺赶忙拉起李母。

宝　顺　大娘！我……我……可秀莲那儿……

李　母　（紧接）秀莲那儿你放心，你就说……

宝　顺　甚？！

李　母　就说……就说太春他，说太春他死了。

宝　顺　（很激动）啊！不行！我咋能说这吗！

李　母　好我娃了，不说这她咋能死心。

【紧抓宝顺不放。

宝　顺　可是，即使这样她也得相信呀！

李　母　我有法子！你看这个！（掏出了镯子）

宝　顺　这镯子是？

李　母　你跟我来！

【李母在后场跟宝顺解释，突然传来秀莲的声音：娘！宝顺哥！

李　母　宝顺，事就是这样！

宝　顺　可这，可这也……

李　母　就这么定了！

【李母速下。秀莲上。

秀　莲　娘，宝顺哥！哎，怎么不在了，怎么这一会儿去哪了（四下张望），这要吃饭了，没人了，哎！宝顺哥！

【宝顺显得非常的犹豫。

秀　莲　噢，宝顺哥，咋光你在这里？我娘呢？

宝　顺　噢，她头儿先回去了。秀莲呀，正好我给你捎了点儿粮食，一会儿给你搬过去。

秀　莲　宝顺哥，早跟你说过啥也不缺……走吧，赶紧吃饭去吧！

宝　顺　（秀莲欲走，叫住秀莲）秀莲！

秀　莲　咋了宝顺哥！你手上那是拿的甚呢。

【恍惚看到宝顺手里拿着的镯子，并未看清。

宝　顺　噢，没啥。

【忙装起来。

秀　莲　宝顺哥，你咋慌里慌张的呢。

宝　顺　噢，嗨……这一路上走得太快，也没歇着。

秀　莲　看着你也累了，不跟你多说了，快吃饭去吧。

宝　顺　哎，秀莲，那个……

秀　莲　咋了嘛？

宝　顺　那个家里水瓮还满着吗？

秀　莲　满着呀，你渴了？有我烧的水。

宝　顺　噢噢，不渴，我是说呀没水我去挑水！

秀　莲　宝顺哥！

宝　顺　啊！

秀　莲　快吃饭歇着去，看你这混着呢！

宝　顺　噢……噢……是呢，你也看出来了，累傻了，累傻了。

秀　莲　你就在这等着，我把饭给你端过来。

宝　顺　哎，秀莲！

秀　莲　宝顺哥，你想说甚吗？

宝　顺　额，没甚，没甚。

秀　莲　噢……对了，宝顺哥，上次看你的鞋烂了，刚好给你纳的一双，你先把鞋试试，我端饭去。

宝　顺　噢，不用了秀莲，我脚上不有嘛。

秀　莲　行了，你那也叫个鞋？脚指头都露出来了。

【见宝顺难为情。

秀　莲　来，试试。

宝　顺　嗯，好，哎……（秀莲下）哎呀，你叫我咋把事情说出口嘛！（自言自语）

【秀莲突上。

秀　莲　咋样？合适不？

宝　顺　合适，合适。

秀　莲　我看着咋大了嘛。

宝　顺　没有咧，我这脚还长咧，大点正好，舒服，舒服着呢！

秀　莲　胡说咧，又不是三岁娃娃呢。

宝　顺　不过呀，这给太春纳的鞋……

秀　莲　你……说甚呢……

宝　顺　秀莲，你这整天在这村口等人纳鞋，就是个念想嘛，多出一双别人的这就不好咧。

秀　莲　宝顺哥，你……你突然说啥子胡话嘛……

宝　顺　我……没啥……

秀　莲　我走了……

宝　顺　秀莲！（喊住）我是说，都十年了，你，你咋还放不下嘛。

秀　莲　你累了宝顺哥，快歇着了。

宝　顺　秀莲！十年了，你……真要一直等下去吗？

秀　莲　我……要等。（欲走）

宝　顺　可是十年了，也没盼到个人影影！

秀　莲　（没等宝顺说完秀莲紧接着打断）宝顺哥，你别说了。他说过，让我等他。

宝　顺　这么多年你一个女人独自撑起这个家，你不想？

秀　莲　你别说了，别说了，（坚定）他说过他一定会回来。我先回去了。

宝　顺　可万一他……

秀　莲　（回头接说）我说过，我等他！

宝　顺　可他，他或许已经……

秀　莲　（紧张）你说甚？他咋啦？你是不有他的消息了？

宝　顺　他……

秀　莲　他，他咋啦，宝顺哥。

宝　顺　他……我……

秀　莲　你说呀，你说呀，你倒是说呀！

【秀莲觉得他似乎知道了什么。

宝　顺　我……我……你看这个……

【宝顺把镯子扔到了地上。秀莲捡起，仔细观察，惊住。

秀　莲　啊！宝顺哥，这是你的？

宝　顺　这……这你难道不知道嘛……

秀　莲　这是……这是……（仔细打量，哽咽）这是太春走的时侯我给他的。（回过神来）宝顺哥……你见到太春哥了？！

宝　顺　我……我……我没见到……

秀　莲　那你怎么会有这个！

宝　顺　我……

秀　莲　这镯子本是我们结婚的时候他送给我的，到他要走西口的时候我又给了他，我告诉他，带着这个回来！再戴回到我手上。宝顺哥，你为什么会有这个！你告诉我！

宝　顺　唉！秀莲！这……这是我前些天我在赶船的时候，有个邻村回程的老乡把这个给了我，他跟太春曾一块在那搭揽工……

秀　莲　宝顺哥，你告诉我，为什么只带回了镯子，我的太春哥呢！

宝　顺　秀莲啊……

秀　莲　你说……你说……

【在秀莲的一再逼问下，宝顺决定说出谎言。

宝　顺　秀莲，我……我，秀莲，你别逼我，秀莲你别逼问，（软软地说了句）太春他死了……在那搭病死了，人也埋在那搭了……

【秀莲瞬间黯然失色。

秀　莲　不！不！我不信你！不，不，我要去找那个人，你告诉我他在哪？！

宝　顺　噢，那人已经赶船走了……秀莲，认命吧！走西口的人啊……就是这个命啊！

【宝顺埋着头蹲在了地上。

秀　莲　太春哥！

【秀莲两腿重重地跪在了地上。

（唱）一听他言如惊雷，

万箭穿心呀空如灰。

如今镯在人不归……

我的哥哥呀，盼了十年骨一堆。

【突然天降起了雪花。

宝　顺　秀莲啊，先回去吧！外头冷！

秀　莲　外头冷！外头冷！十年前的冬天比这不知冷多少……我们一家从外地一路逃荒到这……

宝　顺　秀莲……唉……

【宝顺慢慢地隐去。

秀　莲　（唱）见镯子藏心底记忆偾张，

十年前的那一天大风狂，雪卷浪……

山高路远命像草，

逃荒路上树啃光。

艰难逃荒路，

父母把命丧。

茫茫雪野心俱灰，

慢慢地睡去见爹娘。

谁知道老天偏不叫人死，

遇上了哥哥呀近身旁。

【太春（戴着一顶毡帽）慢慢地走入。

太　春　（喊着）妹子！醒醒！醒醒！

秀　莲　（唱）强睁眼身在晃，

好似有人在身旁。

黑黝黝的脸来黑黝黝的膀，

双手捂热我心房。

【太春走上前将她抱起来。

（唱）温暖的手臂抱起我，

烂棉袄的洞洞着火光。

火光聚在红烛上，

【秀莲拿出一个红布盖头盖到了自己的头上。

（唱）太春轻轻揭去，

两个人四目相对。

恩爱的人儿拜了堂。

男女成一双，

日子如蜜不慌忙。

（突转）谁料想天叉年馑人难活，

【太春挣脱开秀莲。

（唱）哥哥呀要去口外寻钱粮！

太　春（唱）过罢大年卷铺盖，

亲亲妹妹就离乡。

哪个男人不走西口，

你心难活我也心伤。

【太春把镯子递给秀莲，离开。

秀　莲　太春哥！

【太春慢慢隐去。

秀　莲（唱）玉镯子完整人心碎，

碎成了十年的日月光。

十年来细数着日升月落，

十年来像石头坚守一方。

【恍惚中又出现太春的声音：秀莲……

秀　莲　太春哥！

太　春（画外音）等着我回来！

秀　莲　太春哥！我等你！

【企图拉住他又没有抓到。

（唱）十年前的恩情我没忘……

我要找到他，把他带回来！

我不能让他的枯骨埋异乡，

我不能抛下哥哥空断肠。

要把他一路赶灵归故里，

守他到地久天荒……

太春哥！等我去找你！

【灯暗。

【追光，李母出现。

李　母　什么？！秀莲！你要去干什么！

【秀莲画外音：娘，我要去找他，生我要见他的人，死我要把他接回来，我不能把他一个人丢在外面。

【追另一光，宝顺出现。

宝　顺　秀莲！（看看李母）大娘！

（唱）实不该，

实不该将秀莲诓。

李　母　（唱）也不想，

也不想做个狠心的娘。

宝　顺　（唱）实不该，

让她冲动不思量……

就怕她动真格往西口闯！

李　母　（唱）动真格……

怕这心心不成把祸酿！

让她冲动也把身伤……

（着急）哎呀宝顺，你快想想办法，我就怕她真的一冲动，就……

宝　顺　大娘，咱先别着急，我想办法一定能拦住她！

李　母　唉……原曾想让她死了等太春的这条心……可这孩子，唉，这都是我，天下哪有这样的父母，（意指说自己儿子死让媳妇改嫁）我这张老脸可往哪儿搁呀！

宝　顺　大娘，这都怪我。

李　母　咱一定要把她拦住！

【突然秀莲来了，秀莲上，身上驮着一袋粮无精打采地走着。两人马上分开。灯亮。

宝　顺　哎！是秀莲！

李　母　（抓着宝顺的胳膊）宝顺娃，拦住她，但万不可说漏了嘴，你可是要跟她……

宝　顺　大娘，我知道了！

李　母　（上前）秀莲！

宝　顺　秀莲！你去哪儿了？快把我们急死了。

秀　莲　娘，宝顺哥。

李　母　（一把拉住她，并摸到她肩上的粮食袋子）秀莲，你这是干甚去了？

秀　莲　噢，娘！我去借了点儿粮。

宝　顺　我不是送来些粮，你……你怎么还去借……

秀　莲　娘，宝顺哥，正好你们都在，我想跟你们说个事儿。我要去找他。

宝　顺　秀莲，你说甚？你真要去找太春！不是……不是，我是说你，你不能去！

李　母　秀莲，你，你可不能做傻事呀！（掩面而泣）

秀　莲　娘，你们都别劝我了，我要去找他，生我要见到他的人，死我要把他接回来，我不能把他一个人丢在外面。

宝　顺　秀莲，太春……太春他走了，我们也不好受，但你想想就凭你一个女子咋能走过了这西口去找他呀。那茫茫西口路黄沙漫漫，要穿过数不尽的崇山峻岭、戈壁沙滩，那一路上荒无人烟，没水没粮……

李　母　路上还土匪横行，豺狼遍布呀。你个女子就是有天大的本事，你也走不过这道鬼门关，去了就是一个死啊！

宝　顺　对呀，秀莲！听哥的，西口路走不得呀！

秀　莲　（情绪激动）别说了……我知道，我知道西口路有多难，我知道……我知道我太春哥就是这样历经千难万险走过去，挺过去的……我知道他受了多少的苦，遭了多少罪……我更知道他为了谁！

宝　顺　哎呀！秀莲，你再听我说……

秀　莲　娘，宝顺哥，我欠太春哥一条命，只要我不死，他就还活着！

李　母　秀莲！

【秀莲拿起粮袋子就要走，被宝顺拦住。

宝　顺　秀莲，你得听哥的，西口走不得！西口路可走不得呀！

秀　莲　宝顺哥，你让我走吧！你的恩情容我下辈子再报！

【宝顺拉住秀莲的粮袋子，争执间一不小心把粮袋子扯烂了，粮食撒了一地。秀莲马上趴了下来，疯狂地捡粮。

秀　莲　我的粮……我的粮……我的粮不能撒，我的太春哥还在等着我……

宝　顺　秀莲……

（唱）一句话在她心中扎下根。

李　母　（唱）她为了太春不要命。

宝　顺　（唱）她等了十年还不终，

红红的情疙瘩，

把我眼红煞……

宝　顺　（眼看秀莲着急地捡粮食，心中不忍再欺骗下去）秀莲……秀莲……别捡了，秀莲，太春他没死，他还活着。

秀　莲　（瞬间被惊到）甚！你说甚！

宝　顺　秀莲！是……我骗了你！

李　母　（手足无措，对宝顺）娃娃！你……

秀　莲　你说甚？

宝　顺　（看了看李母，又转过头）太春……太春他没死！

【李母叹息转过身去。

秀　莲　到底是怎么回事！

宝　顺　秀莲……

秀　莲　你倒是快说呀！

宝　顺　我……那个转回来的人只是说他得了恶病，我其实不知道他的下落。

秀　莲　（惊讶之余想到的红镯子，她马上拿出来）可……可这红镯子？

宝　顺　这……这镯子……是……

李　母　（转过身来）是我给他的！

秀　莲　娘！你？

李　母　秀莲，这是太春走的时候留下的，他说若是十年未还，就不要让你再等了！

秀　莲　（激动）太春哥他还没死！还没死……（突然想到）可……你们怎么能骗我……

李　母　秀莲，娘对不住你……我……我没脸了……

【李母下。

宝　顺　秀莲，你怪就怪我吧，全是我的主意！

（唱）十年的日子一眨眼，

十年的你我知辛酸。

【宝顺陷入回想。

小炉子不快我给你扇，

水瓮里没水我给你担，

你流的眼泪给你抹，

你心里的枯柴给你燃。

不想让你日子苦，

就想让你日子甜。

灾荒个又来你不好活，

别怪哥心狠把你骗。

秀　莲　宝顺哥……

宝　顺　秀莲，都是哥不好，

秀　莲　宝顺哥，我咋能怪你。这十年我心里有一面镜子咧，你对我咋样我看得清楚，我明白我对不起你呢！（宝顺看了一眼秀莲，又低下头摇头叹气）十年寒冬酷暑，春去秋来，不都是你在身边。我也想把家筑，我也想有个人，我也想啊……可宝顺哥呀，你知道我心里还有一块石头，我答应太春哥守在这里，像石头一样守在这里，我不能对不起他！（哀叹一声）宝顺哥……走西口的男人苦，守家的女人难呀……

宝　顺　难……我明白你难，我这都不算啥，我只是希望你能好，你能不遭罪咧，秀莲，哥还会对你好，你就安心留在这里等着你的真魂魂吧。

【宝顺边唱便慢慢地向后移步，哀叹下。李母上，恰撞上宝顺。

李　母　娃娃……

【宝顺叹气，摇头下。

秀　莲　（痛苦）宝顺哥，妹妹也是人，妹妹也有情，妹妹不能圆呢……

李　母　（走上前来）秀莲呀！

秀　莲　娘！

李　母　秀莲，你莫怪宝顺娃！是我这没脸的娘让他做的……

秀　莲　娘……

李　母　但秀莲呀，娘还是要说你不看这大灾之年人难活呀。我也曾让你拒绝宝顺苦苦等，我也曾让我的儿子有个盼！可到如今，又等来个什么，盼来个什么？

秀　莲　娘，我说过，我等他……

李　母　（摆手）等……咱们女人不能等了……秀莲呀！

李　母　（唱）我的哥哥也走西口，

扔下了妻儿不归还。

早就忘掉了他模样，

早就忘掉我有肩担。

日复一日没根源，

日复一日身心烂。

女人呀到这世上不容易，

女人呀为何还要不自怜。

苦命的女人别犹豫，别再等！

苦命的女人要靠山。

李　母　娘明白你的这片心，可娘我不能再让你等下去苦下去了，十年了，我不能为了儿子，再让你白白受罪，为了一个回不来的人把你给白白毁了，娘等了一辈子了，我不希望你也等一辈子，娘对不住你，娘给你赔不是了。

【秀莲去拉李母。

秀　莲　娘，我不怪你！你快起来！

李　母　秀莲，别等了，走西口的人就是那个命啊！宝顺娃不错……

（哭泣）娘求你别等了！

秀　莲　娘，娘！你别这样。

【扶李母到树桩坐下。

（唱）看此情此景心如针扎，
眼望婆婆悲泪满颊。
十年来，
泪水洒满春秋冬夏。
十年来，
婆媳二人苦渡生涯。
说没想过何去何从其实是假，
不曾想婆婆心中磐石压，
几十年吞下多少苦碎牙，
失丈夫断梁柱心遭捶打，
奈太春走西口更是冰雪交加，
万千苦痛她咽下，
大灾年却让我另寻他嫁。
多厚道的老人多真切的话，
秀莲我怎能心如铁石，择舟另划，弃老离家！

李　母　秀莲……（两人相拥而泣）

秀　莲（唱）叫一声亲娘你太不该，
听儿与你诉心怀。
太春虽走儿媳在，
一如既往情不改，
为的是，
为的是十年前饥馑生死一拽，
为的是秀莲洞房夜三跪拜，
为的是婆婆叫媳媳总在，
为的是太春口外不戚哀。
为的是一家人再享天伦，同看日月，永不分开！

李　母　秀莲啊……

【婆媳二人哭作一团，光暗。

宝 顺 （唱）冷风呼啸身不稳，

一阵阵的哭声撕我的心。

实指望吐真情互换衷肠，

没想到她心如钢要把太春寻！

我心里难活她心里苦，

大娘也茶饭不思毁精神。

五味杂陈说不出，

怎见她二人陷沉沦。

翻来覆去彻夜想，

老爷们一诺重千金！

我就是大娘的半个儿顶太春，

我就是秀莲的好哥哥担重任！

望一望，

太春走过的西口路。

绑一绑，

铺盖卷子和真心。

打点行装，

宝顺我这就去把太春寻！

【宝顺欲跟秀莲打声招呼，欲进门又止，转走拿铺盖走，秀莲上。

秀 莲 宝顺哥！

宝 顺 哦，秀莲。

秀 莲 你这是?

宝 顺 哦，我要走了……我要去走西口了，我也替你去寻找太春的下落！

秀 莲 宝顺哥，你不能！我不能让你走……是该我走！

宝 顺 秀莲！你听我说，这家虽不大，可你是主心骨！我也不能替你分担了，你要照顾好大娘和……你自己！

秀 莲 宝顺哥……

宝 顺 原是为个人守在这里，可是事到如今不可能了，是汉子总要把那西口走呀！

秀　莲　宝顺哥……我……我对不起你……

宝　顺　秀莲！到如今我只是希望，希望能和太春一样，能有一双眼眼盼回头啊……秀莲！我走了！

秀　莲　宝顺哥！

【宝顺低声吟唱“哥哥你走西口，小妹妹我实难留，手拉住我那哥哥的手，送哥送到大门口”，李母上，欲言又止。

秀　莲　（追寻着）宝顺哥！

【宝顺轻轻地抬了抬头。

秀　莲　我等他，我也等你！

【秀莲看着宝顺的背影。

（唱）哥哥你走西口，
小妹妹我实难留，
手拉住我那哥的手，
送哥送到大门口。
哥哥你走西口，
小妹妹我有句话儿留。
走路走哪大路口，
人马多来解忧愁……

【众妇女慢慢地走了出来，接上了走西口的调子。

（唱）哥哥你走西口，
小妹妹我实难留。
有几句知心的话，
你把它记心头。
走路你走大路，
不要走小路。
大路上的那个人儿多，
好给哥哥解忧愁。
哥哥你走西口，
小妹妹我送你走。

手拉着那个哥哥的手，

妹妹个泪长流。

【秀莲望着远走的宝顺，热泪沾湿了脸。

【调子继续哼唱着，众妇女走到台中央，回到每日里在村头等哥哥转回来的状态，成为一个时代的缩影群像。

【灯光渐收。

【全剧终。

第四部分　导演阐述

二人台实验戏曲《西口情》导演阐述

曹彦博

关于主题

“哥哥你走西口，小妹妹我实在难留，手拉着那哥哥的手……紧紧拉着哥哥的袖，汪汪的泪水肚里流，只恨妹妹我不能跟你一起走，只盼哥哥你早回家门口……”这首在中国家喻户晓的《走西口》清晰地告诉人们，当年为了生计贫困的走西口的人们是只身闯“口外”的。问题就在这儿来了，这么多的男人到了西口之外，爱情或者婚姻问题怎么解决？

《西口情》主要讲了在民国地处西北的一个小山村里以秀莲为主的一群痴痴等丈夫口外回来的年轻妇女的故事。有人说“走西口”是一部辛酸的移民史，抑或是一部艰苦奋斗的创业史，但对于这些留在家中的妇女来说，那是一部漫长的等待史。

剧中秀莲和婆婆相依为命，十年如一日地盼望着丈夫有一天能口外归来，她把一个女人十年的青春都耗在一个“等”上，十年的辛苦和酸楚她无处诉说，唯一的信念就是丈夫的那句“等我回来”。因为她坚信只要她活着，太春就活着，哪怕再等十年，二十年……

本剧通过秀莲这一形象展示了走西口背景下的某一类妇女的生活状况。对于生活，她们尽管受尽苦痛煎熬，但她们仍然憧憬美好；对于婚姻，她们恪守了一个作为中华民族传统美德的妇女形象；对于爱情，她们也大胆纯粹，她们坚信爱就是不为所求，爱就是无私奉献，爱就是相伴永远。

关于演剧样式

《西口情》总体制作原则是现实主义与浪漫主义的诗意结合。所谓诗意，就是美，并富于哲理或象征。具体地说，是以严谨的现实主义创新态度和方法塑造活生生的人物形象，创造并保持浓郁的乡土气息和地域特色。在此基础上，要着力强调演出结构上的音乐化、舞蹈化、戏曲化。总之，这是一首凄美的抒情曲。

为了深化《西口情》剧的主题，我希望通过一个象征性的舞台形象加以表达。设想舞台一角始终矗立着一棵苍劲、扭曲的歪脖树，象征一代代西口人的等待与期盼。

关于风格样式

这是出具有鲜明时代特征、淳厚乡土气息和浓郁地方特色的抒情剧。展现在观众面前的是一个质朴、广袤、苍茫的三晋大地，它浑厚、它沉寂、它坚实凝重，贫瘠的土地上孕育一代代自强不息的“西口人”，因此具体到《西口情》，它是拔地而起的高亢悠扬的漫瀚调山曲，是刀砍斧剁的沟沟壑壑，是如泣如诉的思念，是超越了恶劣的自然环境、情感及自我的层层困难，不屈不挠、至死不渝以及浓浓的“西口情”。

关于时空调度

在时空的处理上，为了更为有力地凸显秀莲内心的坚守与孤苦，设想在剧本原有的基础上加一场太春与秀莲梦中相见分手离别的场面强化主题。

在场面调度上，特别要注重开场众妇女群体调度与秀莲得知太春死讯后与宝顺之间的调度，开场要整体遵循“散要散得开，聚要聚得拢”的处理原则，增加戏剧张力，得知太春死讯一段充分调动戏曲身段的作用，暗示秀莲与宝顺不同的心境与复杂的情感。

关于舞美

这是一块博大、厚重、坚实、苍茫的皇天后土。多少世纪的苍风酷雨已把她冲刷凝铸得坚毅而荒涸，她像一位含辛茹苦的慈母，默默地养育着千千万万个炎黄子孙，同时贫瘠的土地又逼迫着子孙走上了“西口”，踏上了漫漫求生之路。

因此舞美设计在整体把握上既要注重当地的风土人情，除准确生动地营造舞台环境外，还希望更积极有效地参与表演，参与舞台行动，参与人物内心情感以及命运变迁的形象表达。

作曲设计构思

突破现代戏“话剧加唱”的创作模式，充分发挥戏曲艺术的特长和优势（载歌载舞），兼以歌剧或音乐剧的方法和思想来创作，力求以美的形式反映生活、创造生活。

下面对音乐提出几点要求：

1. 保持戏曲的本体特色，保持它浑厚的乡土气息。

2. 不能老腔老调，要与现代人的审美情趣紧密结合，认真地挖掘和研究流行音乐的创作思想和手法，为我所用。

3. 强化音乐的抒情色彩，吸收和借鉴其他剧中的特色，要求细腻、凄婉、动听。

4. 在不影响戏曲本体的基础上，更多地化用当地的民俗民曲以增强其艺术感染力。

5. 整体节奏疾徐适度、强弱互衬、重心突出，尤其在秀莲思念太春以及得知太春死讯的阶段。

第五部分　音乐创作谈

二人台实验戏曲《西口情》音乐创作谈

郝　华

在《西口情》音乐创作方面，一定要保持二人台的本体特色，保持它浑厚的乡土气息，不能不像二人台。针对于此，《西口情》在音乐作曲上选择地方作曲艺术家整体把握，曲中融合了很多二人台传统曲目的经典音乐，比如《哑女告状》《走西口》《五姑娘》等。

不能老腔老调，要与现代人的审美情趣紧密结合，认真地挖掘和研究流行音乐的创作思想和手法，为我所用。特别是在《走西口》民歌版本的选择上，山西版本过于通俗温婉，内蒙古版的过于凄情豪迈。最终选择了电影《人生》中陕北版的《走西口》，它以吟唱的方式低回婉转、悠长，意境深远，在营造戏剧情境的同时，也满足了剧情的需要。

强化音乐的抒情色彩，吸收和借鉴其他剧种的特色，要求细腻、凄婉、动听。在不影响戏曲本体的基础上，更多地化用当地的民俗民曲以增强其艺术感染力。比如在《西口情》中李母的出场，“唱吧！唱吧！这守家的女人就是这样唱过来的、等过来的。吟唱：三么更子里，月牙照在南，思想起我的丈夫好心惨，正在朦胧合眼睡，我梦见丈夫转回家园”，这就取自内蒙古民歌《盼丈夫》，形象地反映出守家女人辛酸的一生，除了漫长的等待，剩下的只有这解心宽的酸曲了。

要注重二人台唱腔的行腔规律。每一个剧种都有其特殊的行腔规律，在发声方式或者唱腔行韵上不同于民族声乐，因《西口情》演员非本剧种专业演员，演唱功底偏靠民族声乐，因此，在创作中注重学习二人台传统唱法，要听着是二人台。

第六部分　舞美创作谈及舞美图

二人台实验戏曲《西口情》舞美创作谈

寇　羽

《西口情》主要讲了在民国地处西北的一个小山村里以秀莲为主的一群痴痴等丈夫口外回来的年轻妇女的故事。是等待，更是一种约定。那个时代背景下的感人至深的爱情与亲情。

《西口情》总体制作原则是现实主义与浪漫主义的诗意结合。所以深入剧本，秀莲和婆婆相依为命，十年如一日地在村里盼望着丈夫回家。结合当时的历史背景跟人文情怀挖掘出西北的地域特色：地广人稀，黄土高原，戈壁荒漠。所以在舞台的整体设计风格上力求“传情”但不“写实”。以西北窑洞窗户上的窗花剪纸为切入点，以小变大，放大到整个舞台。窑洞的窗花是表达人们的美好愿望的，这也符合当时走西口的男人、女人们对美好生活的向往。所以把剪纸的二维画面放到舞台的三维画面中，与剧中的真实的演员发生碰撞，形成了强烈的对比，人人都是戏中人，而戏中人演的正是观众的经历，同时符合了总体的创作原则。

舞台后面的天幕上是由一块大的素色的绵延不绝山脉造型的剪纸构成，交代了当时的荒芜的环境。灯光可随意渲染，例如开场时的天蓝地黄的渲染，给人一种荒漠的感觉，是对整体的戏做了大方向的定位。在天幕前面有一整条贯穿的起伏的平台，与后面平面的天幕相结合有呼应，同时给演员一支点，使表演更加自然流畅，更加的地域化，让观众感同身受。同时在舞台前区加以剪纸种类的枯树枝点缀，使舞台前后呼应，达到审美的基本要求。在回忆结婚的一场，没有去用实景来表现，而是利用灯光的渲染，以及小道具的使用来烘托出结婚的场景，大大地节省了预算，同时达到了演出的要求。而舞台的中间区域有不同场次的表现，开场以几块石头来表现，中间的村头是以窑洞门造型的剪纸来表现，整个舞台充满了剪纸的符号的造型，所以给观众呈现的是一种意象化的舞台的感觉，但却是能够把大家带入情感之中的设计理念。其中的部分道具也是自己动手参与制作，使《西口情》能够顺利演出。同时配合灯光，让整个舞台更富有层次感，情感渲染更到位。

通过参与《西口情》的整体创作，深深地体会到能够在研究生时代全身心地投入创作中是多么幸福的事情，同时在各方老师们的帮助下能够顺利演出是对自己创作成果的一次最好的汇报。同时也感谢科研处及研究生处给予的难得的机会，丰富了自己的创作经历，让以后的自己在创作的道路上更加踏实前行。

《西口情》舞美设计一

《西口情》舞美设计二

第七部分　灯光创作谈及灯光图

二人台实验戏曲《西口情》灯光创作谈

胡万里

《西口情》主要以二人台现代戏的形式展现，反映了走西口历史上留守妇女的情感与生活，具有丰富的西北文化思想底蕴。在这些淳朴的人物中，是留守家中盼望太春归来的秀莲与李母，是讲求兄弟情分，心甘情愿照顾兄弟一家十年的宝顺，是大灾之年迫于生计不得不走西口的太春。在那个信息交通不发达的年代，这些苦受离别相思之苦的妇女，只能每日在村口瞭望远方，等待自己心中那个或许已经回不来的男人。

在精读过剧本和观摩联排之后，剧中每个角色的用“情”之深，使我脑海里产生了极其鲜明的人物形象。在第一幕中，众妇女热切地盼望着自己的丈夫归来，她们或许已经盼望了一年，又或许盼望了十年，她们满怀期待的眼睛望向远方，与沟壑纵横的山峦相融合，仿佛化身成为一尊尊望夫石。我迫切地想要把她们塑造成一幅雕塑群像，通过大量的侧光来塑造这种“雕塑感”，迎合一点独到的眼神光，企图把她们心中的热切与坚定也传递到观众心中。在塑造李母与宝顺、宝顺与秀莲的内心情感碰撞时，我大胆地运用灯光划分舞台演区，运用鲜明的颜色变化来表达人物内心情感；利用灯光来引导观众视线，让观众“钻”到人物的内心世界里，从视觉语言上与他们产生情感上的共鸣。例如在秀莲从宝顺那得知太春死后，心如空灰，万念俱焚的秀莲举着手中太春曾给她的定情信物，配合转悲的音乐情绪，我使用蓝色与红色鲜明的逆光去切割秀莲的演区和两侧的舞台，用这种激烈的光色冲击去展现秀莲人物情感上的波折。通过一束逆定点引导观众的视线放在秀莲身上，红色的逆光同样与蓝色的定点产生更为强烈的冲击。秀莲倒下，收掉逆光，只留下一束冰冷的蓝色定点。接着秀莲回忆起十年前遇到太春冰天雪地的场景，从太春上场的蓝色环境光中，冰冷的蓝色定点随着音乐节奏的变化以及秀莲的内心由冰转暖逐渐变成暖色光，使得秀莲心中捂热的心房与冰天雪地的环境脱离开来。通过这种手法的处理不仅使观众从光色微妙的变化中感受到人物情感的起伏，更通过使用定点光来进行时空转换，契合了剧本场次间的转换，对这种“闪回”式的剧本结构起到了铺垫作用。

《西口情》的舞美设计十分具有民国时期山西的地域特色和人文特色，在贫瘠的黄土地上孕育了时代的变迁。舞美主要由天幕、后区平台以及树枝、石墩、门窗等构成，在配合人物调度以及舞美设计时，我对天幕、平台和主要演区进行了灯光上的层次处理。在同一光色下使用了由远及近的视觉处理，在平台与主要演区上，通过门窗的切割划分成为室内、室外的场景，以此来贴合人物表演时场景变化的需要，配合舞美设计从视觉上产生了更有层次和深度的美感。

《西口情》的音乐作曲十分出彩，它不仅在唱段中推波助澜，即使在念白部分也辅以舒缓的音乐来契合人物的细腻情感，有助于灯光在整场演出中对节奏气氛的把握，起到了很好的提示作用。所以在很多灯光变化的cue点，都是配合音乐的变化来完成的，在这种视听艺术的良好配合下，给予了我更多的思考和创作空间。

在《西口情》的实践演出的过程中，我对戏曲演出作品的认识不断精进，《西口情》的每一场精彩演出离不开台前幕后无数人辛勤付出。感谢老师同学给予我宝贵的学习实践机会，感谢大家对我的包容与支持，最后祝愿《西口情》能越做越好，越走越远，将戏曲文化带给更多观众。

《西口情》灯光设计概述

曹亚蕾

该剧以民国西北某村为背景，讲述秀莲终日盼望走西口的丈夫太春归家，任劳任怨帮着太春妈李母操持家务。同村的宝顺对秀莲情有独钟，这些年也是对她倍加照顾。秀莲明白宝顺的心意，但是秀莲心中却是只有太春。宝顺后来见无法赢得秀莲的青睐，也毅然决然地走西口去了。该剧将男女至爱、离情别绪与人生苦情一并抒发，以凄婉的歌声，揭开了移民史上波澜壮阔的一页，饱含着时代的沧桑。

有“河曲保德州，十年九不收，男人走口外，女人挖野菜”这么一句话，很形象地体现了人们当时的无奈。贫瘠的土地，恶劣的自然环境迫使人们离开故土。“阳高地处北塞，砂碛优甚，高土黄沙，满目低土，碱卤难耕……地瘠民贫，无所厚藏，一遇荒歉，流离不堪。”在贫瘠的土地，寒冷的气候，无川流灌溉的恶劣自然环境里，生活困苦。每遇灾歉，人们不得不流离失所，奔赴口外谋生。可是再苦在黄土地上成长的西北汉子骨头里也有那么一股子干劲。

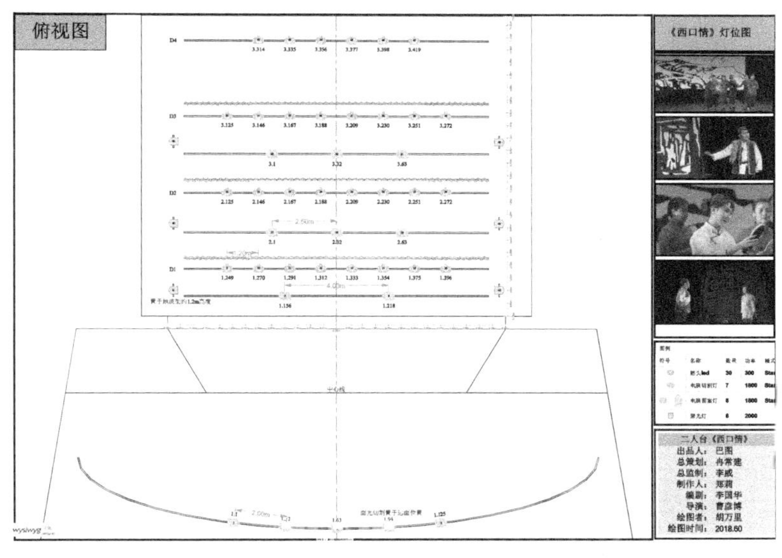

《西口情》灯位图

灯光设计构思的形象种子是西北的黄土地，它的那种饱受风雨的磨砺所留下的道道沟壑，可是它还依然坚韧地矗立在那片土地，映射出那片土地上生活的人们的那股劲，一股不服输的劲。所以灯光设计中将着重勾勒那种沟壑感，创造一种黄沙漫天的压抑气氛，反衬生活在这片土地上人们的那种爱，对爱人、对生活、对那片土地的爱。

第八部分　服装设计图

《西口情》宝顺造型图

第九部分　造型创作谈及造型图

二人台实验戏曲《西口情》造型创作谈

黄湘琴

《西口情》中人物有：秀莲（26岁左右），宝顺（28岁左右），太春（离别时20岁左右），太春母（60岁左右）。

故事背景：民国初年山西农村大部分男性劳动力离开家乡走西口。

在创作这部戏的造型之前，首先我先掌握了戏中人物的年龄分层，这样有利于抓住戏剧人物的普遍性，再而事件发生在民国的山西农村。这样人物的特点就一目了然。造型要突出人物的朴实感，不可花哨，再而要突出地域特征，女人扎一个矮发髻，这样方便劳动，同时体现女性特征。面部特征“正方脸，棱角分明，鼻短而大”是典型的山西人形象。造型应该突出他们“老实本分，忠诚可靠”，这样说来，在描绘男性的时候，就应该露出演员的额头，眉毛描绘得棱角分明，宽而厚，有深浅变化。鼻梁挺直，嘴唇厚而饱满。而老太太在戏剧中的差别界限并没有那么分明，可以分为好老太太和坏老太太。在这部戏中可以肯定的是，这是一个十分质朴善良的农村老太太。所以在造型上，我想要给她一个花白的盘起来矮发髻的发型，其他参照老年妆来化。

秀　莲

老太太，太春之母

到了真正实践的时候，在妆容上我参考了戏曲中化妆特点。

在秀莲的造型上，发型我设计了一个看似简单其实有内容的造型，在她的后面的盘发中我使用了带假麻花辫的更加丰富形式的假发髻，从外表看并不明显，但是可以使整体造型看起来更加饱满。前额的头顶我将演员的头发垫高，突出饱满的额头，因为演员的脑门儿比较大，再而为了突出造型的风格化，我制作了一个长条形的桃心刘海，在演员的耳旁两侧加了两条生动的鬓角。在没有加上妆容的时候，整个造型看起来也是符合审美规律的。

在秀莲的妆容上我参考了戏曲花旦的妆容特点，将粉红色的胭脂从眼角带至面颊，因为演员所扮演的秀莲在剧中是26岁左右的妇女，所以面颊的粉色不应该偏冷色，应该适当偏朱红，这种颜色看上去更加成熟。颊彩的颜色同时是模拟一种山西农村女人风吹日晒体现在脸部的那种红润感。化妆体现审美的地方在于给不同的人物造型都能体现不同风采，扮演秀莲的演员长相非常甜美，但是颧骨比较高，所以在给其化妆造型时要扬长避短，利用鬓角修饰脸型，颧骨上方的颊彩不应该过红，腮红应该平着打，而不是打在苹果肌上，这样会更加突出颧骨，视觉上也就没有那么好看了。

太春和宝顺都是戏中的男性角色，区别在于，太春年纪二十岁就离开了家，再也没有回来，那么剧中的太春的样子就应该是二十岁，扮演太春的演员是剧组年纪最大的，但是在剧中扮演的是最年轻的男人太春。在太春和宝顺的妆容上我参考了戏曲小生的妆容，利用肉桂色和深肉粉色的腮红从眼角带至脸颊，体现了戏曲的韵味，再而模拟一种山西男人黝黑老实的感觉。男性妆容在戏中的差别并不大，为了体现戏曲之美，在舞台上并没有为了体现生活感而做减法，而更多的是加法，是一种艺术的美。

老太太的造型是其中难度最高的，因为她的造型既要体现沧桑的老年状态，又不能丢失戏曲之美，所以这里我又参考了戏曲老旦的妆容，给老太太的扮演者也画上了有形状的眉毛，只是没有那么深，给她画上了灰色系眼影，为了在舞台上不过于苍老，也涂了唇彩，是那种深色偏紫的颜色。为了体现毛发的真实感，老太太的角色并没有使用假发，而是使用她自己的头发，用市面上有售的白灰色一次性染发剂染好，然后用手梳成一个矮发髻，加一个简洁的发簪。这样老太太看起来没有那么有距离感，同时又是具有戏曲之美的。

《西口情》定妆照

第十部分　主创访谈

二人台实验戏曲《西口情》制作团队阐述

《西口情》剧本几经修改，其中对人物心路历程的探索更加深刻了，故事突出一个“情”字，从一个谎言开始到谎言的揭开结束，“情”字贯穿始终。

这里是秀莲坚守初心，苦苦等待，
对宝顺有情难圆的“情”；
这里是宝顺为了心爱的女人，纯粹坚定，
忍痛骗她后最终又为她而走的“情”；
这里是婆婆意识到苦守一生，
对命令其坚守的儿媳充满歉疚，
编造谎言只为弥补遗憾的“情”。

他们的“情”是纯净的，又是崇高的，在平凡的生活里，没有比人对人之间的真情伟大的了。从三个守家人身上能够看到人性的真、人性的善、人性的美。

通过剧本精神首先展开了细致的分析，演员根据剧情、人物的成长背景以及性格等因素充分理解人物的成长脉络，体会人物在该剧情中的心路历程。而后演员们互相对台词，从台词中体会角色的个性，定位这个角色的基本形象和基本情绪，把握台词表达的力度、节奏和情感。然后在与演员们对词的过程中互相探讨、互相纠正，以求快速地融入场景中，做到“在场景中对话”，慢慢地做到入戏，跟场景自然地结合在一起。

戏曲“非奏之场上不为功”，其最终实现取决于舞台效果。剧本所探讨的是人性的至美，在舞台表现上，导演创作希望表达诗意叙事效果。

戏曲者，谓以歌舞演故事也。利用戏曲歌舞叙事的特征，《西口情》中加入简单的歌队参与叙事，融入贴近生活、曲调婉转的民歌调子，让观众快速进入到那些过去的世界，奠定整出戏的情感基调，也让舞台更加饱满，充满力量。

还有比如一场回忆的场景，利用舞美效果和演员身段（融入舞蹈动作）的配合，运用意识流刻画主人公的心理世界，营造出一个似真似幻的空间。

小剧场戏曲《西口情》脱胎于传统的二人台的舞台风格，加入一些新的审美情趣，使之更能跟当代观众产生共鸣。

二人台实验戏曲《西口情》演员阐述

郑莉　饰　秀莲

《西口情》这部二人台小戏从创意诞生到剧本成立，再到成功上演。剧组成员从最初的三个人壮大到了二十几人，这个过程中，剧组的每个人都付出了很多辛苦。作为剧中的主要演员，我对这部戏寄予了很深的感情。二人台是我的母剧种，但是在今天，我的母剧种和很多地方戏一样却面临着失传的窘境，这部《西口情》就是基于二人台传统戏《走西口》的文化背景和故事情节诞生的，我们期望通过打造这部戏，将我们的地方小戏更好地传承、发扬下去，我认为，这是我们作为后备力量军最应该做的事情。

而我作为剧中人物——秀莲的塑造者，同样受益颇深。女主人公秀莲痴痴地等待着自己十年未归、生死未卜的丈夫，而在她的生命中却存在着十年如一日地对自己好的宝顺哥。此情此景下，秀莲面对着生活的无助，内心的苦楚，她内心的挣扎与抉择，和十年艰苦岁月所带给她的，将是怎样的人物外化行为与性格特征。这是我对秀莲这一人物要进行深刻思考和深入挖掘的，在这个过程中，也是对我分析剧本，刻画人物能力的最好锻炼机会。

从 2018 年 5 月到目前，由我塑造的“秀莲”已经与观众见面六次了，无论从中国戏曲学院小剧场，还是到深圳的拉阔戏剧节，还是再到北京的隆福剧场，每一次的演出，都使我对秀莲这一角色的体验更深刻一次，与秀莲的心更贴近了一步。这个过程就是演员与所创角色在不断进行对话，它就像现实当中人与人之间的相处。时间长了，了解与默契的加深是必然的。在这个过程中，我对于表演方面最深刻的一点体会就是要追求自然。从心底流露的感情是自然的，从传达感情所用的肢体语言是要自然的，而演员在演戏过程中的情感铺垫，就像一步一步的筑垒过程，越自然，表演之间的状态就会越稳固默契，才会在表演高潮时将状态推向顶峰。而在这一过程中，我也学会了最重要的一点，就是独立创造角色的能力。在一开始的过程中，我会寻求老师的指导。最初阶段，我会努力消化老师所教给我的，但这更多的是一种模仿似的学习与表演状态。但在经历两次真正的舞台演出后，我逐渐可以选择性地消化吸收，把适合我自身条件的表演状态予以保留并加工，把不适合我的部分予以改良。而每次的改变在经历了舞台，经历了角色与观众的对话后，他们所给予我的反应与反馈，又成为我进步的动力与成长的养分。这也使我在每一次的演出中都不断有着新的改变，表演状态也逐渐更趋于自然，与角色的距离也更加贴近。

在研究生的三年中，我有机会在一部新戏当中去创造一个全新的角色，是十分幸运的。这个过程给予我的成长是弥足珍贵的，也希望《西口情》能带着我们团队最初的创作热忱与期望越走越远。

王宇薇　饰　李母

随着西口情两场演出的圆满落幕，我们也进入了琢磨作品，探讨和打磨作品的阶段中。在《西口情》中，我饰演李母一角色，这个角色可以说贯穿整个剧情的发展，是一个很重要的角色，从一开始和“李母”相识到最后的融为一体，其实对我而言是一个挑战和难得的尝试，也是我第一次出演老旦这个行当。

通读剧本，李母是“走西口”的受害者，等了一辈子、盼了一辈子、苦了一辈子，到最后丈夫也没有一丝音讯。这样的女人，在那个年代在山西一带还有千千万万个某某，李母只是那个时代的一个缩影。然而在这个家中更不幸的事发生了，李母的儿子也走了西口，家里的两个顶梁柱都没了盼望，这样一个女人如何坚强地度过漫漫岁月？面对她可怜的，和她一样悲惨命运的儿媳妇，她会如何做决定？十年，说不长它也不短，李母也不希望看到她如女儿般的儿媳妇重复她的命运，就决定要撮合她和村里一个一直爱恋着秀莲的宝顺为一对。撇开自己的儿子不说，这样的女人能作出这样的决定，我认为在她的心中也是纠结和痛苦万分的。迈出这一步，李母也是勇气可嘉，她的人物形象在我心中，也瞬间变得很饱满了。

在演绎角色和分析剧本中，我努力去把握李母角色的“火候”。如何让这个角色变得纯粹，不“脏”。因为在剧中，有李母将太春当时给秀莲的定情信物偷偷给宝顺这个行为动作，目的是让宝顺骗秀莲说太春死了，让她死心，十年了！你不能再等下去了！这些心理活动和肢体动作，如果处理不当，就会容易给李母这个角色披上一层狡猾、心机的负面形象，所以在一开始我真的会有小心翼翼琢磨角色的感觉。在这个过程中，我也收获到了如何让角色更立体、更准确的技巧和能力。

首先，我认为一个演员要想演好角色，最重要的就是“用心”地去“读”透剧本。

在这里为什么要把“用心地”一并加上双引号，就是为了强调用心真的非常重要。一开始拿到本子的时候只是略读剧本，了解大意，后来发现在和演员一起对台词时，也只是互相话语的碰撞罢了，脑海中是空空一片，没有空间感和画面感，后来在用心通读后，进入人物的语境和内心中去逐字逐句，断字断句后找到了不一样的感觉，也给对方带来了情感的碰撞和刺激。当然这里的“读”已经跳跃了默读阶段。

一开始总觉得自己找不到人物的状态，有段时间也总是质疑自己饰演不来老旦这一行当，自己总觉得我“不是”。后来在一节理论课中，老师说了一句话“习惯，就是常习，则惯”。我仿佛恍然大悟，开始不停地、反复用心读剧本，甚至是其他演员的台词内容也去读，找人物感，这对后来的排练与演员的衔接和情感呼应加快了速度，也减少了很多磨合，我认为多读剧本，用心读透剧本真的是每个演员要做的一门很重要的私下功课。

其次，对于唱腔的把握和处理也是尤为重要的。

由于二人台的唱段较为丰富，也是这个剧种的最大特色，所以整个剧中的唱段占着非常大的篇幅，那么唱段的处理和表达也是至关重要的一笔。

《明心鉴》中有记载："曲者，勿直，按情行腔。阴阳缓急，板眼快慢。当时情理如何，身段如何，与曲合之为一，斯得之矣。"《西口情》的作曲设计，考虑到了剧中每个角色的特点和人物情感与关系，那么在我们演绎时怎样让唱腔和自己融为一体，能够让"它就是我，我就是它"，我认为并不简单。由于每个人有每个人最出色的音色区域，也有最弱的音域，所以对于我本身而言，高而细的假声是我最好的一段区域，宽而厚的中低声区域是我最不好掌握的区域。但是在老旦中，往往都是宽而厚的中音最为多。所以这于我而言又是一个避免不了的考验。

后来在不停的、反复的练习中，我也找到了属于自己的唱腔特点，在很多中低音唱腔中，我努力去往宽厚的感觉靠拢，但在有一些高亢，人物内心激动的唱腔中，我会更突出地去演绎那一部分，将自己的特长变得更长，从而让观众忽略我的短处。所以我也在想，如果有的演员就是唱不上去高音和快板，那该怎么办？我认为真的可以考虑改曲，因为无论是你的词曲还是身段动作都是靠演员来展现的，再美妙的旋律和华丽的辞藻，演员来不了，也只能让作品大打折扣。

最后，就是演员根据自己的特长和短板来自己作调整，最大限度避免可能在舞台上会出现的缺陷。

当然一千人眼中有一千个哈姆雷特，同样一段唱腔不同的人演绎也会有不同的感官刺激，但是只要在人物的个性与情感之中，就都是自然而然的。

还有一个同样很重要的问题，就是在舞台上呈现角色时，有没有做到"美"。这个观念也是我的导师常常讲到的点。演员如何让观众有美的感受，真的太重要了。演出结束后，我的导师跟我讲到"你真的很像一个老太太，但是你没让我感受到美"。说实话，真的有打击到我，但是这个问题一直萦绕在我脑海中很久很久，我在想那什么是美？怎样才能美呢？同样在理论课的学习中，我得出了结论："美，贵在似与不似之间。"似与不似之间，你看到的是我，也非我，那什么是我？一个戏曲演员站在台上，既是行当角色，又是演绎的历史人物，又是自我本身，多个“我”在不同的时空中不断切换，所以你在这个时刻也说不清你到底是谁！也可以说，如果你从头至尾只去展现一面的“我”，也是不可能实现的。这也是戏曲很有魅力的地方吧。比如，在唱到动人之处，我已经把自己当作是剧中的李母，心痛万分之时流下了眼泪，事后觉得非常不妥，因为我忘了自己是个戏曲演员，眼泪不假思索地流下还是我没有“修”到位，其实也影响到了我的妆容以及后面几句的唱腔把握，这样带来的观演效果与眼泪含在眼眶打转就是不落下，是差之千里的。在下一次的演出或实践中，我会吸取经验，来完善。

演出结束后，通过观看视频录像，我又得出了一个结论：演员一定要仔细在录像中去发现自己存在的问题，以便下次避开曾出现的错误。当你在观看自己的演出视频后，才能站在一个观众的角度来分析自己哪里好，哪里把握得不好。只有通过这样的方式，才能直面自己的缺陷和优长，在下一次演出时真正地把角色完整立体地立在舞台上。就像我在观看视频时，才理解了导师说的“不美”，到底不美在哪里，所以中国的古话说得好：旁观者清。把自己放在旁观者的角度去看待演绎的角色，才能准确地找到不足之处，才能对症下药，越来越完善。

距离《西口情》演出落幕已有一个月之久，我们也在各自找寻问题和解决问题的过程中。在从一开始拿到剧本到饰演李母这一角色再到今天，我认为这已经不仅仅是完成了一个人物角色的收获了。无论是在理论中与实践的结合中，还是通过别人口中对这个戏这个人物的评论与探讨中，我都收获了许多。比如：如何找到最适合自己的扮相，如何发现“美”，如何去掌握一个陌生的行当，如何建立自己的信心，怎样“自然”地把角色演活，如何在舞台上做到松弛。这些都是通过这个戏引发出的联想，真的要感谢学校提供给我们这次机会，让我们几个人能够团结在一起去做一些有意义的事，发现自己的不足，不停地打磨自己，无论是从演员饰演的角色出发，还是生活中我们要扮演的各种角色出发，都让我们在不同程度中得到了提高。真的要感恩。

在此希望下次的演出在吸取这两次经验的前提下，能够把《西口情》

李母的角色诠释得更好，更准确。

鲁怡杉　饰　李母

中国戏曲学院研究生跨系部联合创作项目《西口情》，经过近三个月的创排，于 2018 年 5 月 18 日在国戏小剧场成功首演。这次创排活动凝结了各位主创人员的心血和汗水，经过一次次的修改、讨论、排练，最终得以和观众见面。在此过程中非常感谢学校为我们提供的平台和机会，也非常高兴能以演员的身份加入这个项目，经过几个月的奋斗和努力，我们都快速成长，收获颇丰。

《西口情》这一作品，主要讲述了在民国时期，西北地区的一个小村庄里，秀莲的丈夫太春走西口十年未归，与婆婆李母相依为命。婆婆为了让秀莲不再苦苦等待，跟村中一直照顾她们并爱慕秀莲的宝顺编造谎言，说太春已死企图让她死心，可奈何秀莲坚决要赴西口寻夫尸首。劝说无果后，宝顺说出实情，并道出多年心声，婆婆也苦劝秀莲不能再等下去了，两人相惜哭成一团。最终宝顺决定离开，走西口为秀莲寻夫。

我作为《西口情》剧组的演员，在剧目中饰演“李母”这一角色。“李母”是走西口时期千千万万走西口女人的一个缩影，男人走西口，女人在家守。在剧目中，她的丈夫走西口一去不回，她等了一辈子，盼了一辈子，深知守家女人的艰难和痛苦；此外她的儿子也走西口十年无音讯，所以，她站在一个女人的角度，以自身体会劝说儿媳不要等了。在此剧目中，“李母”这一角色形象很饱满，她既是一个恪守本分的典型妇女，又是一个敢于突破思想的女性，所以在创排的过程中要着重突出她的形象特征。

在唱腔方面，李母的核心唱段有两个，其一是得知儿子死亡的噩耗后，唱道：“他一言好似这秋风刺面，一丝希望全毁灭，思儿盼儿心头肉，留我个空架子身俱残。”这是李母刚得知消息后的唱段，所以这一段以弱唱起唱，节奏刻意放慢，一方面表现李母此刻震惊的情绪，另一方面体现李母对此事的无奈，其中“身俱残”运用了哭腔的方式，也表现出李母的老无所依，令人痛心；其后接唱：“十年来好儿媳苦守痴心一片，誓等我儿转回身边，可我儿一走十年不还，碎纸无一片，音讯无一言，等儿的希望慢慢毁”，这一段是李母十年来对儿媳的看法，她深知儿媳苦等儿子是何等痛苦，所以这一段以叙述为主，节奏稍微加快，以中速演唱，一方面叙说儿媳的好，另一方面叙说等儿的苦。其中“无一言”的“言”字，在老师的指导下，由原来的4拍加长为10拍，更加突出了苦等的漫长。还有“等儿的希望”这一句，采用了清唱的手法，更加突出了希望渺茫的感觉；其后再接唱：“十年来，宝顺你，不弃不离胜儿郎，数十年掏心掏肺无怨言，我不想看到她一辈子步我后尘，宝顺啊，你听我一言，愿你和她成个伴”，这一段主要是李母劝说宝顺，希望他跟秀莲在一起。为了体现李母此时的心情，这一段又进一步加快节奏，一方面表现李母态度的转变，另一方面表现李母早有打算，为后面的戏做铺垫。以上就是李母第一个核心唱段中的设计和表现。其二是李母劝说秀莲时的唱段，唱道：“我的哥哥也走西口，扔下妻儿不归还，早就忘掉了他模样，早就忘掉了我有肩担。”这一段是李母自身经历的诉说，为了更直接地让观众感受到李母的无奈，所以这一段对着观众唱，以求和观众产生共鸣。之后接唱：“日复一日没根源，日复一日身心烂，女人啊，到这世上不容易，为何还要不自怜，苦命的女人，别犹豫，别再等，苦命的女人要靠山”。这一段是李母对秀莲的劝说，所以这一段对着秀莲唱，以求秀莲能听劝说，其中“到这世上不容易，为何还要不自怜”，这一句节奏加快，一方面表现出李母作为女人的深感不易，另一方面与前面的诉说形成对比。以上就是李母第二个核心唱段的设计和表现。在该剧目中，李母的每个唱段都经过作曲老师、乐队老师、指导老师、导演和演员的反复琢磨，通过一次次的尝试和磨练，最终设计出适合的表演速度和技法，在此创排的过程中，我们也体会到了创作的艰辛和不易，使自己在这方面得到了有效的锻炼。

在念白方面，李母最主要的两段对话念白就是劝说宝顺和劝说秀莲。其中劝说宝顺时分三个层次：其一，李母直言劝说：“这十年来，你对她，哎，我都知道，这怪我呀！宝顺，你听大娘一句，和秀莲搭个伴儿，这大灾之年，你也该为她想想吧”，这一句台词是李母挑明要撮合宝顺和秀莲，需要有些试探的语气。其二，李母劝说无果采用激将法说道：“好，既然这样，从此后你别再登我家的门！我们不想再听别人那些闲话”，这一句是李母刻意激将，所以说台词的节奏加快，语气要很强烈。其三，李母为了撮合二人编造谎言，说道："就说，就说太春他死了！"这一句，是该剧剧情发展的展开点，说台词时节奏要放慢，一方面体现李母内心的痛苦挣扎，另一方面表现李母的无可奈何。此段台词的三个层次呈递进关系，在创排的过程中，需要和对手演员不断练习，不断磨合，互相揣摩气口，把握节奏，我们通过不同方式的尝试和练习，最终达成共识，形成统一的台词节奏，以求表达鲜明，使观众体会到李母内心的情绪变化。以上是李母的第一段主要台词。其中劝说秀莲分为两个层次：其一，李母站在母亲的角度劝说："娘不能再让你等下去苦下去了，十年了，我不能为了我儿把你给耽误了"，这句台词要用母亲的口吻来说，加入爱怜和心疼的感觉。其二，李母站在一个女人的角度劝说："娘已经等了一辈子了，我不能让你再等一辈子啊，走西口的人就是那个命啊，秀莲，听娘的，不要再等啦！"这句台词要以一个过来人的身份说，加入坚定和期望的感觉。此段台词是李母劝说秀莲和宝顺在一起，打消她继续等夫的念头，在创排的过程中，这段台词来来回回修改了好几遍，既要体现出李母的决心，但又不能表现得太绝情，所以剧组演员经过反复排练和讨论，最终形成了演出版本，在此过程中，大家各抒己见，表达自己对角色的看法和感受，经过反复琢磨形成统一意见，也让我们感受到了集体力量的强大。

在身段方面，李母是二人台现代戏中典型的老旦形象。在整个剧目的表演过程中，李母没有太多复杂的身段表演，一些情绪和情节的表达通过不同的调度来完成。其中，当李母和宝顺得知秀莲要走西口寻夫的时候，为了体现二人的着急，采用了来回踱步调度、交叉踱步调度、小圆场调度等。再如，李母和秀莲互诉衷肠的时候，采用了同上同下调度、互望圆场调度等，将整个舞台利用起来，充分体现二人的相互依靠，惺惺相惜。在创排的过程中，我尽量去找农村老太太的感觉，在身形、动作、眼神等方面下功夫，力求呈现一个贴近角色，接地气的李母形象。在此过程中，我也体会到，每个角色的完美呈现都需要细节的处理和揣摩，需要不断地体会角色，挖掘角色背后的语言，才能使人物更加饱满生动。

非常有幸能参演《西口情》这个作品，扮演李母这一角色使我收获颇丰。在整个剧目的创排过程中，我们有过激情澎湃，也有过消极迷茫，所有的经历都将成为我们宝贵的财富。《西口情》这一作品的呈现，离不开学校的支持、老师们的鼓励、主创们的坚持，通过这一作品，我们都得到了锻炼和成长。在此，再次感谢学校为我们提供的平台，给予我们实践的机会，让我们进一步地认识自己，完善自己。

第十一部分　演出概况

（一）5 月 18 日、19 日于中国戏曲学院小剧场，2018 年国戏研究生跨系部联合创作剧目收官之作——二人台实验剧目《西口情》真情上演，受到中国戏曲学院及各界人士广泛关注，反响热烈。

《西口情》定妆照

《西口情》主创人员合影

（二）中国戏曲学院研究生跨系部联合创作剧目《西口情》参与深圳拉阔戏剧节演出。

2018 年 11 月 28 日，由深圳戏剧家协会主办，龙岗戏剧家协会承办的深圳首届拉阔戏剧节在深圳龙岗开幕，这次戏剧盛会共吸引了来自全国 12 个省份的 19 个优秀剧目参与。这次戏剧节为期一周时间，共进行了 50 多场演出，30000 余名观众通过现场与直播的方式观看了戏剧周的展演，实现了拉阔戏剧周“要广大市民能接触戏剧、让全民能参与戏剧节、把戏剧艺术普及到百姓当中去”的初衷。

由中国戏曲学院出品，中国戏曲学院研究生跨系部联合创作剧目，二人台现代戏《西口情》带着浓郁的西北风情，吟唱着那些三哥哥二妹妹用一生凝练成的曲调，过了一道道河爬了一座座山，阵阵飞入南岭来。

开演之前，龙岗戏剧家协会主席，戏剧节总导演唐华刚老师把《西口情》剧组“隐藏”在幕后的锣鼓设计，国家一级演奏员郝体俊老师请到了台前，希望让观众更近距离地欣赏戏曲音乐的魅力。当已是花甲之年的郝体俊老师得知《西口情》要赴深圳演出，便主动要求一起参与演出。当剧中音乐响起，他激情澎湃的演奏，融合大家投入深情的演出，赢得了观众的阵阵掌声。

来自湖南溆浦县目连戏传承保护中心的目连戏艺术家们给予了《西口情》很高的评价，传承保护中心主任郑丽萍说：“看到中国戏曲学院为我们带来的二人台现代戏《西口情》，感动现场所有观众的远远不止剧情，还有他们自带的乐队、灯光师、音响师、编导、字幕、化妆师，还有他们每一个人认真到不能再认真的态度，值得我认真学习！”

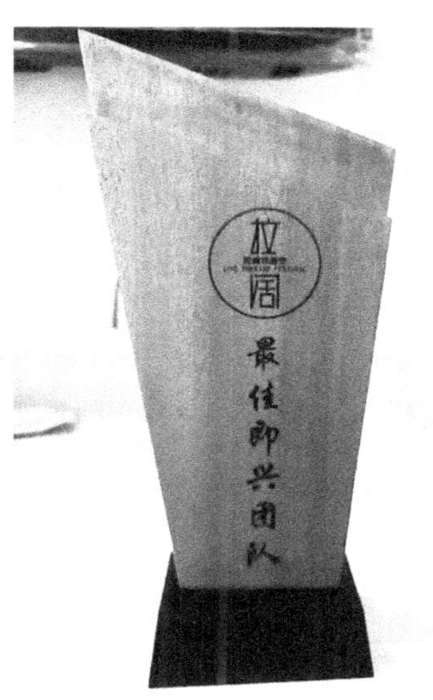

深圳拉阔戏剧节“最佳即兴团队”奖

《西口情》第二场演出安排在深圳龙岗红立方广场上，同样吸引了人们的目光，很多市民都停下来驻足观看，感受着那触动人心的曲调，戏曲的魅力在观众们的心里生根发芽，伴随着台上演员的精彩演出，观众们不时爆发出热烈的掌声。

此次演出也得到了《南方都市报》《深圳日报》等诸多媒体的报道，对二人台艺术给予了很高的评价！

深圳市拉阔戏剧节合影

第二届北京隆福戏剧节合影